群言文丛

文化长廊

群言杂志社 编

群言出版社
QUNYAN PRESS
·北京·

图书在版编目（CIP）数据

文化长廊 / 群言杂志社编 . -- 北京 ：群言出版社，2015.12

（群言文丛）

ISBN 978-7-80256-965-2

Ⅰ．①文… Ⅱ．①群… Ⅲ．①文艺评论－中国－当代－文集 Ⅳ．① I206.7-53

中国版本图书馆 CIP 数据核字 (2015) 第 272734 号

责任编辑：孙平平　胡蔓青

封扉设计：北京锦绣东方图文设计有限公司

出版发行：群言出版社

社　　址：北京市东城区东厂胡同北巷1号（100006）

网　　址：www.qypublish.com

自营网店：http://qycbs.shop.kongfz.com（孔夫子旧书网）

http://www.qypublish.com（群言出版社官网）

电子信箱：qunyancbs@126.com

联系电话：010-65267783　65263836

经　　销：全国新华书店

法律顾问：北京天驰君泰律师事务所

印　　刷：廊坊市蓝海德彩印有限公司

版　　次：2015年12月第1版　2015年12月第1次印刷

开　　本：787mm × 1092mm　1/16

印　　张：15.75

字　　数：218千字

书　　号：ISBN 978-7-80256-965-2

定　　价：39.00 元

目录 文化长廊

序　言

集众思，汇群智，为文化繁荣发展作出新贡献

张宝文

《群言》杂志1985年创刊，今年迎来了创刊30周年。古话说："三十而立。"回顾30年的历程，《群言》一直秉承和恪守发刊词中"知识分子群言堂"的宗旨和"要说真话、实话，不说假话、空话、大话，对新情况、新问题发表新见解"的承诺，聚焦国是、关注民生，兼收并蓄、博采众长。围绕党和国家中心工作，就经济、社会、教育、文化、科技、生态建设等领域的重大问题进行深入探讨，刊载了一系列具有政治性、学术性、针对性、可读性的文章，形成了时代性和经典性相交汇、党派性和广泛性相统一的风格和特点。

新时代要求新风貌，《群言》在大家共同努力下，在广大盟员支持下，与时俱进、不断出新，努力讲好民盟故事，传递民盟声音，汇聚正能量。2014年，《群言》成功扩版，栏目更加丰富，内容更加充实；2015年，为适应新形势新任务，推出创刊以来首份地方专刊，为宣传民盟地方组织和当地经济、文化、社会发展成果作出了有益尝试。

当前，我国正处于全面深化改革的新时期，各族人民在中国共产党的领导下，正在为实现中华民族伟大复兴的中国梦而奋斗。要实现中华民族的复兴，首先中华文化要复兴。一个国家、一个民族的强盛，总是以文化兴盛为支撑的。没有文明的继承和发展，没有文化的弘扬和繁荣，就没有

中国梦的实现。习近平总书记在2014年10月文艺工作座谈会上强调：“历史上，中华民族之所以有地位有影响，不是穷兵黩武，不是对外扩张，而是中华文化具有强大感召力。”随着时代的发展和人类文明的不断进步，在全球一体化趋势强劲的今天，文化的力量和影响愈发突显出来，比任何时候都更加广泛和深刻。在文化建设中如何处理好古与今、中与外的关系，如何在交流和碰撞中发展和传播自己的文化，是摆在我们面前的重大课题。《群言》作为文化建设主体中的一分子，作为民盟思想宣传工作中的一分子，必须深刻认识“建设社会主义文化强国”的内涵与意义，始终坚持“三个自信”，不断奋发进取，以坚定的立场、鲜明的态度、生动的笔触，为我们的文化凝魂聚气，为我们的时代凝心聚力，在推动文化大发展大繁荣的宏伟事业中有所作为，为实现民族复兴作出贡献。

希望《群言》要做社会主义核心价值观的践行者和弘扬者。核心价值观承载着一个民族、一个国家的精神追求，体现着一个社会评判是非曲直的价值标准。我国是一个有着13亿多人口、56个民族的大国，确立反映全国各族人民共同认同的价值观“最大公约数”，才能使全体人民同心同德、团结奋进。放眼世界，将当代中国价值观念贯穿于国际交流和传播的方方面面，阐释好中国梦，重塑世界对当代中国的正确且全面的认知，非常紧要。因此，我们必须从巩固全国各族人民团结奋斗的共同思想基础和对外树立当代中国良好形象的战略高度，把践行和弘扬社会主义核心价值观作为一项根本任务抓紧抓好。

《群言》务必要讲政治，始终坚持和发展中国特色社会主义；讲大局，展示昂扬向上的社会主流，反映光明进步的社会本质；讲正气，坚持团结稳定鼓劲、正面宣传为主的方针。要以高度的政治理论素养、政治敏锐性和政治鉴别力，始终保持鲜明坚定的政治立场和清醒的头脑，“言能践行”，扎实深入地践行社会主义核心价值观；“言近旨远”，生动具体地弘扬社会主义核心价值观，为坚持和发展中国特色社会主义提供精神动力和舆论支持。

《群言》要做中华优秀文化的传承者和传播者，铸民族之魂，立爱国之根。“文化是民族的血脉，是人民的精神家园”。习近平总书记在不同场合讲到我们的优秀传统文化，将其视为国家和民族传承发展之根本，自信可为造福人类之智慧和力量。如他曾指出：“要坚持道路自信、理论自信、制度自信，最根本的还有一个文化自信。”为什么要如此强调传统文化？从国情看，实现民族复兴需要文化支撑。我们讲“国无德不兴，人无德不立”，这个“德”从哪儿来？需要我们“以文载道”、“以文载德”，然后“以文化人”，如此方能“立人”、“兴国”。譬如人之德，“格物致知、正心诚意、修身齐家、治国平天下”，“非淡泊无以明志，非宁静无以致远”等，千百年来被国人奉为圭臬；“天行健，君子以自强不息；地势坤，君子以厚德载物”，“苟利国家生死以，岂因祸福避趋之”，“先天下之忧而忧，后天下之乐而乐”等，激励了多少仁人志士。譬如国之德，“与时俱进”、“天下为公”、“小康社会”、“和而不同”等，现今仍为我们所用，成为流淌在我们血液中的文化基因。当今中国，“立德”尤显重要。从世情看，文化软实力是强国的标志之一，世界和平也需要吸纳中国优秀传统文化中的精神和价值。当今世界，既有文明的冲突，也有文明的渗透，还有文明的融合，只有对内提炼文化精髓、丰厚文化底蕴、创新文化成果，对外讲好中国故事，传播好中国声音，才有利于我们自身文化软实力的不断增强，有利于我们坚定不移地走和平发展道路。

《群言》应以高度的历史责任感，自觉地站在时代的前沿，自信地担负文化自强的任务。要关切中华文化的现状、问题和走向，秉持费孝通先生提出的“各美其美、美人之美、美美与共、天下大同”的文化理念，阐中华传统文化的“妙言要道”，择国外优秀文化的“百家之言”，多发有筋骨、有道德、有温度，启迪思想、引人向上、温润心灵的好文章，为建设社会主义文化强国贡献力量。

《群言》要做新时期民盟履行参政党职能的参与者和宣传者，聚盟内力量，树民盟形象。《群言》的一条工作主线就是要从民主党派角度出发参政议政、关注国是。自创刊起坚持至今的《专题座谈》（《笔谈》），以及《盟员风采》、《参政议政》等栏目，就是民盟履职成果的集中展现。可以说，《群言》既是民盟组织及成员参政议政和履行“政治协商、民主监督”的重要渠道，也是向社会展示民盟参政议政成果及自身建设现状的重要平台；既是盟外知识分子认识民盟的主要窗口，也是促进盟员向心力和凝聚力的有力纽带；既构筑了民盟中央和地方组织纵向沟通的阶梯，也搭建了民盟各级组织横向了解的桥梁。当前是我国多党合作的最好时期之一，时代的发展对参政党提出了更高的要求，办好《群言》正是我们助推多党合作事业全面发展的应尽之责。

《群言》应坚持“说言直声”、“言必有中”，聚焦国家中心工作和社会热点难点，更好地展现民盟参政议政和自身建设的丰硕成果；应坚持“广开言路”、“畅所欲言”，鼓励广大盟员抒发见解、阐述观点，进一步加深对民盟工作的参与度，加大对民盟工作的宣传力度，切切实实地为民盟发展发挥作用。

值此《群言》创刊30周年之际，《群言》编辑部编选了这套文丛，以此纪念《群言》走过的历程，表达对30年来帮助、支持《群言》发展的各界朋友、新老作者和广大读者诚挚的感谢！我衷心希望《群言》以质量求发展，文章务必坚持言之有文、言尽其意，更要言之有物、言必有中。要提高质量，把现有的一些栏目品牌做得更好更强，并不断树立新的品牌；要荟萃盟内外更多专家学者的文章，刊发更多高质量稿件。《群言》要以创新助发展，务必根据信息时代、网络时代、数字时代的要求，在栏目设置、文章题材等方面推陈出新，不断丰富办刊模式，使刊物始终充满活力。

我在对《群言》的寄语中曾说，“群贤抒群言，群策集群力”。我们要使《群言》始终保持活力和水准，离不开各位顾问编委、作者读者以及盟的各级组织和盟员一直以来的支持和帮助。“积力之所举，则无不胜也；众智之所为，则无不成也。”相信有大家的鼎力支持，《群言》不仅能够拥有足以傲人的历史，未来更将呈现愈加美好的前景，必将为中国文化大发展大繁荣作出更大的贡献！

音乐欣赏

赵　沨

“音乐欣赏”题目比较大，它牵连到许多音乐美学的根本性问题：（一）音乐的本质；（二）审美感受；（三）音乐的社会功能。这三个问题不好分割开来讲。根据中国古代音乐美学论著，把有关的三个问题都接触一些，然后再根据外国的有关论述简单地加以叙述。

中国的文化是非常悠久的，很早就有非常精湛的音乐理论的论述。现存的关于音乐理论的专著，最早的可推《乐记》（此书的成书年代有不同的意见，郭沫若同志认为它是孔子的再传弟子公孙尼子辑写的；又一种说法认为它是汉儒辑集过去儒家的论点而编成的）。此书对音乐的理解可用一个简单的公式概括：“德——音”，即“音者德之华也”。但《乐记》也没有否定音乐的审美作用——“乐者乐也”。总之，认为音乐的本质是：从道德达到艺术，即“善大于真，达到美”，以善为起点。这是儒家著作所接触到的一些问题。中国的儒家用两句著名的话来说明：“凡音之起，由人心也，人心之动，物使之然也。”这话比较好地概括了音乐创作的过程和起源。

国外对音乐的起源争论不休，没有结论；有“劳动说”、“模仿说”、“崇教说”和“性爱说”……这些在国外有长篇的论述，我们认为这些说法都有一定的道理。但如“攻其一端”，难免失之片面。

音乐在不同的社会生活中起到不同的社会作用，或是祭祀，或是男女社交，或是用于劳动的协调……

音乐作为文化现象有它的特殊性，不像绘画和小说，可以放在那里大家看，音乐必须有一个中间作者——演奏、演唱家来进行二度创作。还要有修养的听众来进行第三度的创作，才能完美地完成这一审美过程。因此，要求欣赏者必须具备一定的音乐知识修养，还要有一定的欣赏技巧——如集中和记忆。这是音乐欣赏学必须研究的主要对象。“你如果想得到艺术的享受，你本身就必须是一个有艺术修养的人。”（马克思）集中，就能听出音的纵和横的关系。记忆，即把听到的复杂东西记住一个必要轮廓。

听音乐大体上需要音乐工艺学和音乐社会学两方面的知识及集中、记忆方面的技术。有了这些，就具备了听严肃音乐（即古典音乐，艺术音乐）的能力。人们曾把音乐的欣赏分为三个层次，即①直觉的（好听不好听，喜欢不喜欢）；②知觉的（好像表述了一些什么，或者使人联想到一些什么）；③理性的（从音乐工艺学、音乐史学……全面进行判断）。

音乐种类繁多，大体可分为：严肃音乐、通俗音乐、民间音乐三大类。这三大类只有内容和形式上的差别，可以说没有高下之分（因而我不同意提什么“雅俗之争”……）。

严肃音乐中有好的也有坏的。通俗音乐中也有好的，也有是纯粹对感官甚至是对心脏刺激的坏东西。民间音乐也不是全部都是好的（其中还有“糟粕”么）。比较而言：严肃音乐里内容健康能使人精神向上的多一点，通俗音乐由于大多是商品化的东西，好的少一点。

各国都存在严肃音乐和通俗音乐争夺观众的问题。通俗音乐唱片磁带多占70%，其余只占30%。

“爵士音乐”（流行音乐最初的形式，大约兴起于本世纪之初），是源于美国新奥尔良地区的一种舞蹈音乐，大体上是黑人音乐加上欧洲节奏形成的。它只有100年的历史，其所以流行和它的商品化并大量生产有关。第二个原因是这种音乐比较通俗易懂。完全作为娱乐来听，可以满足在一定社会形态下、生活方式下的一部分人的审美需要。

“流行音乐”（各种从“爵士音乐”引申的变种，如拉格泰姆、摇摆乐、摇滚乐、滚石乐、披头士、迪斯科……）有坏到不堪入耳的，有的流行音乐也有较好的，如反对非正义战争的和很风趣幽默的作品。我们不反对“流行音乐”（通俗音乐），我们反对的只是庸俗的、情调低下的音乐。

应该用非常好的、轻松愉快的、带有一定艺术音乐性质的轻音乐充实和满足不同年龄、不同教育、不同职业的不同人们的审美需要。用不同的音乐满足不同的要求，因为不同文化背景是无法消除的，这样使社会生活丰富和完满起来，才是正常的。

三类音乐，有文野、粗细之分，但是不要提高下之分，不仅不要作道德性、特别不作政治性的判断为好，这样会比较公允。

在欧洲，他娱性的音乐高度发展。而中国比较停滞，不少乐种还在自娱性阶段。中国没有经过资本主义高度发展的阶段，所以在音乐生活上也有这样一段空白，缺乏比较高深的专业性的他娱性音乐。这是中国音乐赶不上西方音乐的一个方面，1949年以后有了很大的改变。

我不认为我国音乐生活是非常健全的。根本的问题，看一个国家的音乐文化水平不能只看其交响乐队、歌剧、芭蕾是否发展。有人说要看国际比赛上能否获奖，这也不全面，最近有不少年轻的演奏、演唱家在国际上获奖，但这不能说明整个国家音乐的普遍提高，音乐明星不能代表整个民族音乐文化水平。只有中小学音乐教育得到重视和发展，才能为民族音乐文化水平打好基础。而现在在这方面不够重视。有些是空白的，甚至是往邪路上引导。

第二是社会音乐文化生活的改善和发展。对中小学音乐教育，不能只看作是德育和智育的补充和组成部分，而应明确地提出美育。美育，无疑是和德育，特别是智育有着密切关联。锦州市南一小学的“音乐加强班”，文化学科在全市会考成绩中高于全市同年级总分约20—30分，便是不可推翻的明证之一。因此美育有着德育、智育所不能代替的作用，如对青少年的耐力、毅力、专注力、分辨力、联想力、信息反馈能力等方面都有着明显的积极作用，所以，用德育、智育来包括美育的说法我是不敢苟同的。因为对人类来说，美感的教育是认识世界整个知识结构的重要部分。从功利的角度看，学音乐是使青少年得到全面发展的重要手段。

音乐和别的艺术有很大的不同，同一音乐对不同的人的确可能有不同的感受，这是所谓音乐内容的相对不确定性的原因，但从总体说来，音乐是社会生活的反映，是可以表达明确的思想、情感内容的。可以这样说：原始社会的音乐，是人类社会文化现象之一，而到了阶级社会，音乐则是社会意识形态之一，起着上层建筑的作用。

（摘自《群言》1986年第10期）

与陈白尘、董健谈《中国现代戏剧史》

柯 灵

白尘、董健同志：

《中国现代戏剧史》打印稿收到已久，因为忙乱，直到最近才草草读了一遍，因此只能说点浮光掠影的印象。

我首先向你们表示衷心的祝贺，编写组三年的辛苦有了可喜的成果。我觉得这是一部很好的现代戏剧史，第一，好在公允，月旦人物，品藻剧艺，评骘功过，权衡轻重，大体上做到了公平、合理和得体。第二，好在务实，力求还历史以本来面目。既将左翼戏剧运动放在核心地位，也不贬抑各个团体、流派、个人的贡献，既肯定左翼之得，也指出左翼之失。不像有些中国现代文学史，实际上成为左翼文学史。那种定于一尊、包打天下的派势，既不符合历史真实，又不符合艺术规律，更与实事求是的精神背道而驰。

要做到这一点是不容易的，因为这需要真正的史识和史德。

但如果要求更严格些，下列诸点是否可以再斟酌一下？

现代中国的新文学运动（包括新戏剧运动），与政治运动系出同源，互为映发；后来又由于革命需要，把“艺术从属于政治”定为金科玉律，其流弊之深，已经有目共睹，《现代戏剧史》对此已有恰如其分的评述。要准确地反映现代戏剧的进程，当然不能不涉及密切相关的政治风云。但政治与戏剧，就其本性来说，毕竟分属于不同的范畴，是否可力避政治概念与艺术概念混为一谈？例如根据划分阶级的概念，把剧作家界定为“无产阶级”、“资产阶级”、“小资产阶级”，或者“无产阶级戏剧家”、“小资产阶级民主主义戏剧家”，就无助于真正妥帖地剖析作品，说明问题；把艺术上复杂的意识形态表现，划分为“无产阶级思想”、“资产阶级思想”，更经不起严格的科学检验。又如说五四运动是“以彻底地不妥协地反帝反封建精神，标志着资产阶级领导的旧民主主义的终结和无产阶级领导的新民主主义的开始”，这种现成的政治考语，似乎早成定论，无可置疑；但揆诸实际，却又不尽如此。长期以来，封建主义的猖獗、民主道路的壅塞，就动摇了这种定论的确切性。用这种大而化之的政治概括作导言，和具体的戏剧实践相印证，就会产生许多矛盾。

纠正“重政治，轻艺术”的偏颇，倾力于作品的思想和艺术分析，是《现代戏剧史》的一个特点，予人以耳目一新之感。但政治倾向性和思想性有时微感含糊不清，这二者有联系，却又不是一回事。艺术家在政治上思想上艺术上的成熟与否，常常互相表里，互为因果，有内在原因，也有外部原因。强调“思想和艺术的不平衡”、“艺术上的成长往往落后于思想上的发展”，就需要更有说服力的论证，阐明这种偏枯现象是怎么造成的。我们两位影响最大的剧作家：田汉1949年前的有些作品，思想上艺术上不够成熟，而曹禺的作品却“对中国现代话剧艺术由发展走向成熟起决定性的作用”；1949年以后，田汉写了《关汉卿》，标志这位老戏剧家“一生创作的高峰”，而曹禺却没有一部新作超越旧作，其故安在？作为《现代戏剧史》的读者，我就很想知道其中的缘故。在艺术分析上，虽然致力甚勤，是否可以要求更深细一些？试举一端为例：话剧是语言的艺术，曹禺和李健吾在这方面有突出的成就，《现代戏剧史》提到了，却像蜻蜓点水，一掠而过。

我读到的打印稿并非全璧，但主要章节都有了，看目录，从全书结构、布局、章节的安排，能够清晰地看出现代戏剧运动的轮廓。行文晓畅流丽，较少学院气和八股气。但读后有个感觉，是前后重复之处太多。例如田汉、曹禺、夏衍三个专章，都是以“创作道路”始，继以主要作品的评述，而殿以“艺术成就和艺术风格”为结，其中就有许多交叉重叠，而缺少一种由浅及深，由粗及细，登堂入室，层次井然的立体感。

关于梁实秋的“抗战无关论”，在现代文学史上，似乎已经铁案如山，《现代戏剧史》上也加以鞭挞。但我对此却不敢苟同。不久前我查了原始材料，当时论争的导火线，是梁实秋在重庆《中央日报》副刊《平民》上发表的一段编者告白，原文如下：“现在抗战高于一切，所以有人一下笔就忘不了抗战。我的意见稍为不同。于抗战有关的材料，我们最为欢迎，但是与抗战无关的材料，只要真实流畅，也是好的，不必勉强把抗战截搭上去，至于空洞的‘抗战八股’，那是对谁都没有益处的。”

梁实秋曾经反对无产阶级文学，是左翼的论敌。关于政治理想和文艺主张这一类的问题，除了尊重各人的自主权利，别无他法。不同的意见可以争论，但由此否定论敌的一切，那就失去了辩证唯物主义者应有的求实精神和民主风度。就事论事，梁实秋的这段言论，无论如何也不能说他有什么原则性错误，除非我们有足够坚强的论据，反过来肯定：把无关抗战的材料硬作搭题文章是可取的，“抗战八股”是有益的。而且抹煞“于抗战有关的材料，我们最为欢迎”这个重要前提，引申为“与抗战无关”论，只能认为是断章取义，曲解原意。最近我为《中国现代文学序跋丛书——散文卷》作引言，特别对这个问题作了论述，发表后请加指正，此处不再重复。

关于抗战时期的戏剧活动，我有些粗浅的看法。战端初启，形势紧迫，面对这样伟大的民族自卫战争，戏剧家出于爱国热情，写些宣传鼓动的作品，用以动员群众，发扬民气，是完全需要的，倒不必过于苛求，以“公式概念”和“急就章”相责。但长期抗战深入发展，战时生活千变万化，却不得不要求戏剧创作面向现实，用最好的审美手段和思想探照，担负时代赋予的神圣义务。有关抗战的作品，当然应该占中心地位，但决不应该把无关抗战而有重大现实意义和艺术成就的作品，完全排斥于舞台之外，因为这样做，不但直接违反生活现象的复杂性，精神世界的丰富性，也只能是对戏剧艺术本身的桎梏和阉割。《乱世男女》被指责“动摇抗战心理”，《芳草天涯》被斥为“有害的非政治倾向”，就是从这种机械的观念派生出来的。曹禺的《北京人》和《家》（据巴金小说改编），吴祖光的《风雪夜归人》，李健吾的《青春》，杨绛的《称心如意》和《弄真成假》等等，这类无关抗战作品的产生与流传，就是对它最有力的反驳。文艺教条主义最突出的表现之一，就是根据政治形势设定界限，把文艺创作赶进狭隘的死胡同。对这种惨痛的教训，我们应该清醒一些了。

至于对梁实秋“抗战无关论”的批判，即使在战火横飞的当年，人们情绪容易激动的时代，我以为也未免失之褊急。现在经过40年的岁月澄滤，旧事重提，继续以偏见为真理，那真是太没有意思了。我大胆而冒昧地预言，这些公案，现在不予清理，历史早晚会给它平反的。

我总的要求，是希望《现代戏剧史》从层层束缚的僵硬观念中破茧而出。编写组已经在这方面作了艰苦的思考和努力，使全书洋溢着清新的气息。但是不是可以期待更放手一些，彻底一些？

白尘同志近顷健康情况如何？深以为念。他驰骋剧坛50年，此中甘苦，点滴在心。晚晴正好，千祈珍摄。

祝《中国现代戏剧史》早日问世。

编写组诸同志致意，不另。

柯灵1986年9月11日

（摘自《群言》1987年第1期）

诺贝尔文学奖的我见

冯亦代

茅盾先生去世前几年，有一次我得到海外朋友的来信，说有人提名茅盾先生为诺贝尔文学奖的候选人，便兴冲冲地去告诉他。茅盾先生听了报然一笑，说诺贝尔文学奖基本是操在戴有色眼镜的人手里，如果要发给亚洲人，则七八十年中得奖人中不会只有一个印度的泰戈尔和一个日本的川端康成了。我起初天真地有些不相信诺贝尔文学奖评审者的偏见，但这几年看了诺贝尔文学奖颁发的事实，使我信服茅盾先生的话了。因此每年有什么消息传来时，我也就一笑了之。

最近召开的中国当代文学国际讨论会上，有人提出诺贝尔文学奖为何长期冷落包括中国在内的东方文学时，与会的汉学家、瑞典文学院院士、本届诺贝尔文学奖评审委员会委员马悦然（哥朗·马尔姆维斯特）居然侃侃而谈，说什么中国文学作品的翻译太差，所以不能得奖。他的话泄露了天机，原来诺贝尔文学奖不是以作品本身的价值评奖的，对于委员会不识的文字，则完全靠英译文或其他欧洲国家的译文。

最近我与美国笔会中心主席小说家荷汤斯·克利谢尔女士晤谈，也谈到诺贝尔文学奖以译文为取舍的问题。她说印度的泰戈尔是用孟加拉文字写作的，但是取舍的标准则是凭的英译本，至于日本的川端康成完全是靠翻译者的漂亮译文，否则他们也不会得到文学奖。

讨论会中，马悦然坚持说中国文学的翻译者做了许多工作，仍不能令人满意，直接影响了西方认识和评价中国文学。否则“五四”以来的一些优秀中国作家是会得到诺贝尔文学奖提名的。（原来不过是提名而已！）

说来说去中国之无人被提名诺贝尔文学奖，不是评审委员的无知，完全是个翻译的质量问题。难怪他的话音刚落，听众大哗。新加坡国立大学中文系高级讲师王润华质问说，诺贝尔文学奖是文学奖还是翻译奖？这是种对亚洲人特别是对中国的偏见。马悦然语为之塞。

其实诺贝尔文学奖根本以作品的欧洲语言为根据，即如1986年得奖的非洲尼日利亚作家索英卡即是个居住在国外、用英文写作的人。他身任联合国教科文组织的国际戏剧协会主席，因1985年6月在国际戏剧节中取消了英国国家剧院排演及改编的乔治·奥威尔讽刺小说《动物农场》的上演，而臭名远扬。平素以政治手腕圆滑著称，难怪诺贝尔文学奖要以奖金为酬了。因为非洲作家中，比索英卡写得好的大有人在。

诺贝尔文学奖86年（其中1913、1935、1943未发）来，一方面以英、法、德、意、西等欧洲语言为主，对东方文学怀有偏见；另一方面则对社会主义国家的政治偏见色彩亦越来越浓厚，它特别看中持不同政见者（不独文学奖如此，和平奖亦复如是）。1958年，苏联诗人小说家帕斯捷尔纳克因写《日瓦戈医生》在国外出版，而在国内受到批判，诺贝尔文学奖就给了他；不过帕斯捷尔纳克拒绝受奖，评审委员会讨了个没趣。1965年，文学奖给了苏联的肖洛霍夫，也因为他在国内受到批判。苏联小说家索尔仁尼琴写过长篇小说《古拉格群岛》，他如果不叛逃美国，1969年的诺贝尔文学奖能就此归他吗？马悦然可以用译文的质量来搪塞我国，不知他对颁发苏联这三笔奖金又有什么解释。

总之，时至今日，诺贝尔文学奖已为西方所独占，要提东方文学吗？评审委员会就闪烁其词了。正如英国作家韩素音女士所指出的，占有世界人口1/4的中国，她的文学理应受到重视，这确是公正的话。岂能如马悦然者以译文作遁词，而掩盖评审委员会的政治偏见？

以我的愚见，诺贝尔文学奖得固不足以喜，不得也不足以为忧，在评审委员会没有彻底改变他们的偏见与无知以前，一切可作如是观。何必因为颁发一个奖给中国，反而去为诺贝尔文学奖作粉饰的工具呢？

（摘自《群言》1987年第2期）

传统音乐的继承和突破

赵　沨

在音乐上主张全盘西化，从“五四”以来便有人这样提，当然这和政治上全盘西化完全是两码子事，但是这种主张也同样是不正确、不切实际的。

在音乐上主张全盘西化的人立论的根据不外乎是说中国音乐不科学，中国音乐很简陋，等等，不久以前还有人持这样的论调，如说中国音乐是单线条的，中国音乐思维的方式是封闭型的，等等。

这不能不使我想起，近年来广泛流传的一种全盘否定中国文化传统的思潮。

文化传统，包括音乐文化传统，时髦的说法说是一种历史的积淀，实际上这种比喻并不完全恰当。因为文化现象不像考古学上的文化堆积层一样，文化传统经历过许多次的扬弃和升华，是一个又一个否定之否定发展的结晶。就说封建主义文化吧，它并不是一个一成不变的事物，先秦的封建文化和唐宋的封建文化，便有着显著的不同，因而不能笼而统之地对待它。

清末以来，欧美音乐文化传入中国，对我们的民族文化产生了一定的推动作用，但同时也形成了一种否定传统、鄙视传统，美其名曰突破传统的势头，近年以来随着我国开放政策的推行，这种势头愈演愈烈，也就是说，对音乐文化传统持一种虚无主义的态度的人好像越来越多了。

封建文化要不要反对呢？当然是要的。但是，封建文化是不是就等于传统文化呢？不是的！如果因为要反对封建传统，便一股脑儿地反对传统文化，这正像泼洗澡水把小孩儿一起泼掉一样了。传统之所以能够形成和继续，必然有其合理的一面，当然随着历史生活的改变，这合理的一面也可能消失。但是，任何传统在其发展的过程中，那些对我们有价值的部分必然被保存下来。就音乐文化而论，长期的传统必然根植于人们的生理、心理、审美习惯的基础，这便是传统中有价值的部分，也是不能消失的部分。

列宁和毛泽东都提出过两种文化现象的论点，传统文化中既有民族性的精华，又有封建性的糟粕。继承传统绝不意味着就是国粹主义，突破传统也不意味着就是虚无主义。

从音乐文化现象来说，无论是音阶、调式一直到形形色色的多声音乐，中国人民从奴隶社会起就创造了灿烂的音乐文化。这种文化不仅是中国境内各民族千百年共同创造的结果，也不仅曾对日本、越南、朝鲜产生过巨大的影响，同时也是中国人民在音乐实践中不断吸收外族音乐的结果，它已经形成为一种根深蒂固的审美习惯和审美态度。因而，传统文化的突破和发展，应该是一个扬弃和升华的过程，是一个否定之否定的过程，国粹主义固然行不通，虚无主义也是要不得的。如果对传统音乐文化采取极端的虚无主义态度，不分青红皂白地一概否定，最终将否定了音乐文化本身，君不见欧美形形色色的反对传统的流派最后都走上了反音乐的绝路了吗？

（摘自《群言》1987年第4期）

为胡适说几句话

季羡林

在中国近现代史上，胡适是一个起过重要作用但争议又非常多的人物。过去，在极“左”思想的支配下，我们曾一度把他完全抹杀，把他说得一文不值，反动透顶。十一届三中全会以后，我们看问题比较实事求是了。因此对胡适的评价也有了一些改变。但是，最近我在一份报刊上一篇文章中读到，（胡适）“一生追随国民党和蒋介石”，好像他是一个铁杆国民党员、蒋介石的崇拜者。根据我的了解，好像事情不完全是这个样子，因此禁不住要说几句话。

胡适不赞成共产主义，这是一个事实，是谁也否认不掉的。但是，他是不是就是死心塌地地拥护国民党和蒋介石呢？这是一个值得探讨的问题。他从来就不是国民党员。他对国民党并非一味地顺从。他服膺的是美国的实验主义，他崇拜的是美国的所谓民主制度。只要不符合这两个尺度，他就挑点小毛病，闹着独立性。对国民党也不例外。最著名的例子是他在《新月》上发表的文章：《知难行亦不易》，是针对孙中山先生的著名的学说“知难行易”的。我在这里不想讨论“知难行易”的哲学奥义，也不想涉及孙中山先生之所以提出这样主张的政治目的。我只想说，胡适敢于对国民党的“国父”的重要学说提出异议，是需要一点勇气的。蒋介石从来也没有听过“国父”的话，他打出孙中山先生的牌子，其目的只在于欺骗群众。但是，有谁胆敢碰这块牌子，那是断断不能容许的。于是，文章一出，国民党蒋介石的御用党棍一下子炸开了锅，认为胡适简直是大不敬，竟敢在太岁头上动土，一犬吠影，百犬吠声，这一群走狗一拥而上。但是，胡适却一笑置之，这一场风波不久也就平息下去了。

另外一个例子是胡适等新月派的人物曾一度宣扬“好人政府”，他们大声疾呼，一时甚嚣尘上。这立刻又引起了一场喧闹。有人说，他们这种主张等于不说，难道还有什么人主张坏人政府吗？但是，我个人认为，在国民党统治下而提倡好人政府，其中隐含着国民党政府不是好人政府的意思。国民党之所以暴跳如雷，其原因就在这里。

这样的小例子还可以举出一些来，但是，这两个也就够了。它充分说明，胡适有时候会同国民党闹一点小别扭的。个别“诛心”的君子义正词严地昭告天下说，胡适这样做是为了向国民党讨价还价。我没有研究过“特种”心理学，对此不敢赞一辞，这里且不去说它。至于这种小别扭究竟能起什么作用，也不在我研究的范围之内，也不去说它了。我个人觉得，这起码表明胡适不是国民党蒋介石的忠顺奴才。

但是，新中国成立以后，我们队伍中的一些人创造了一个新术语，叫作“小骂大帮忙”。胡适同国民党闹点小别扭就归入这个范畴。什么叫“小骂大帮忙”呢？理论家们说，胡适同国民党蒋介石闹点小别扭，对他们说点比较难听的话，这就叫作“小骂”。通过这样的“小骂”，给自己涂上一层保护色，这种保护色是有欺骗性的，是用来迷惑人民的。到了关键时刻，他又出来为国民党讲话。于是人民都相信了他的话，天下翕然从之，国民党就“万寿无疆”了。这样的“理论”未免低估了中国老百姓的觉悟水平。难道我们的老百姓真正这样糊涂、这样低能吗？国民党反动派最后垮台的历史也从反面证明了这种说法是不正确的，是不符合实际情况的。把胡适说得似乎比国民党的中统、军统以及其他助纣为虐的忠实走狗还要危险，还要可恶，也是不符合实际情况的。

我最近常常想到，新中国成立以后，我们中国的知识分子学习了辩证法。对于这一件事无论怎样评价也不会过高的。但是，正如西方一句俗语所说的那样：一切闪光的不都是金子。有人把辩证法弄成了诡辩术，老百姓称之为“变戏法”。辩证法稍一过头，就成了形而上学、唯心主义、教条主义，就成了真正的变戏法。一个最著名的例子就是，在封建时代赃官比清官要好。清官能延长封建统治的寿命，而赃官则能促其衰亡。周兴、来俊臣一变而为座上宾，包拯、海瑞则成了阶下囚。当年我自己也曾大声疾呼宣扬这种荒谬绝伦的谬论，以为这才是真正的辩证法，为了自己这种进步、这种“顿悟”，而心中沾沾自喜。一回想到这一点，我脸上就不禁发烧。我觉得，持“小骂大帮忙”论者的荒谬程度，与此不相上下。

上面讲的对胡适的看法，都比较抽象。我现在从回忆中举两个具体的例子。我于1946年回国后来北大工作，胡适是校长，我是系主任，在一起开会、见面讨论工作的机会是非常多的。我们俩都是国立北平图书馆的什么委员，又是北大文科研究所的导师，更增加了见面的机会。同时，印度尼赫鲁政府派来了一位访问教授师觉月博士和六七位印度留学生。胡适很关心这一批印度客人，经常要见见他们，到他们的住处去看望，还请他们吃饭。他把照顾印度朋友的任务交给了我。所有这一切都给了我更多的机会，来观察、了解胡适这样一个当时在学术界和政界都红得发紫的大人物。我写的一些文章也拿给他看，他总是连夜看完，提出评价。他这个人对任何人都是和蔼可亲的，没有一点盛气凌人的架子。这一点就是拿到今天来也是颇为难能可贵的。今天我们个别领导干部那种目中无人、天上天下唯我独尊的气势我们见到的还少吗？根据我几年的观察，胡适是一个极为矛盾的人物。要说他没有政治野心，那不是事实。但是，他又死死抓住学术研究不放。一谈到他有兴趣的学术问题，比如说《水经注》、《红楼梦》、神会和尚，等等，他便眉飞色舞，忘掉了一切，颇有一些书呆子的味道。蒋介石是流氓出身，一生也没有脱掉流氓习气。他实际上是玩胡适于股掌之上。可惜胡适对于这一点似乎并不清醒。有一度传言，蒋介石要让胡适当总统。连我这个政治幼儿园的小学生也知道，这根本是不可能的，这是一场地地道道的骗局。可胡适似乎并不这样想。当时他在北平的时候不多，经常乘飞机来往于北平南京之间，仆仆风尘，极为劳累，他却似乎乐此不疲。我看他是一个异常聪明的糊涂人。这就是他留给我的总印象。

我现在谈两个小例子。首先谈胡适对学生的态度。我到北大以后，正是解放战争激烈地展开、国民党反动派垂死挣扎的时候。北大学生一向是在政治上得风气之先的，在反对国民党反动统治方面也是如此。北大的民主广场号称北京城内的“解放区”。学生经常从这里列队出发，到大街上游行示威，反饥饿、反迫害、反内战。国民党反动派大肆镇压，逮捕学生。从小骂大帮忙的理论来看，现在应当是胡适挺身出来给国民党帮忙的时候了，是他协助国民党反动派压制学生的时候了。但是，据我所知道的，胡适并没有这样干，而是张罗着保释学生，好像有一次他还亲自找李宗仁，想利用李的势力让学生获得自由。有的情景是我亲眼目睹的，有的是听到的。恐怕与事实不会相距过远。

还有一件小事是我亲身经历的。大约在1948年的秋天，人民解放军已经对北京形成了一个大包围圈，蒋介石集团的末日快要来临了。有一天我到校长办公室去见胡适，商谈什么问题。忽然走进来一个人——我现在忘记是谁了，告诉胡适说，解放区的广播电台昨天夜里有专门给胡适的一段广播，劝他不要跟着蒋介石集团逃跑，将来让他当北京大学校长兼北京图书馆馆长。我们在座的人听了这个消息，都非常感兴趣，都想看一看胡适怎样反应。只见他听了以后，既不激动，也不愉快，而是异常地平静，只微笑着说了一句：“他们要我吗？”短短的五个字道出了他的心声。看样子他已经胸有成竹，要跟国民党逃跑。但又不能说他对共产党有刻骨的仇恨。不然，他决不会如此镇定自若，他一定会暴跳如雷，大骂一通，来表示自己对国民党和蒋介石的忠诚。我这种推理是不是实事求是呢？我认为是的。

总之，我认为胡适是一位非常复杂的人物，他反对共产主义，但是拿他那一把美国尺子来衡量，他也不见得赞成国民党。在政治上，他有时候想下水，但又怕湿了衣裳。他一生就是在这种矛盾中度过的。他晚年决心回国定居，说明他还是热爱我们祖国大地的。因此，说他是美国帝国主义的走狗，说他“一生追随国民党和蒋介石”，都不符合实际情况。

新中国成立后，我们有过一段极“左”的历史。对胡适的批判不见得都正确。十一届三中全会以后，我们拨乱反正，知人论世，真正的辩证法多了，形而上学、教条主义、似是而非的伪辩证法少了。我觉得，这是了不起的成就，了不起的转变。在这种精神的鼓舞下，我为胡适说了上面这一些话，供同志们探讨时参考。

（摘自《群言》1988年第3期）

伦理是中国文化体系的核心

梁漱溟

我从来说中国缺乏宗教，中国人淡于宗教。孔子说：未能事人，焉能事鬼。又说：未知生，焉知死。孔子就是注重现实人生。这是孔子的非宗教态度。

有人将儒家称为儒教，这不对。儒家不是宗教。“子不语怪力乱神”。宗教与此相反，它恰恰要议论“怪力乱神”。孔家的精神全部放在照顾现实生活上，如父慈子孝，如兄友弟恭，都是眼前生活。从前读书人供奉“天地君亲师”，五者并列，“天地”与“君”、“亲”、“师”同时供奉。宗教则不能如此。宗教中的“上帝”是“全知全能”，是高于一切，不能与人并列。中国传统文化的代表——儒家，总是在现实生活中毕恭毕敬于眼前。宗教则毕恭毕敬于“上帝”。故说中国人淡于宗教，中国人远于宗教。故说中国儒家不同于其他宗教。

在上述情况下，外来宗教乘虚而入。中国所有的伟大宗教均为外来的，天主教、基督教、回教、佛教，无不是外来的。中国也有些零零碎碎的迷信流行于社会，但够不上宗教。伟大的宗教中国没有产生过，有则均为外来。中国有的就是伦理。

“上帝”一词，古书上有，但不重要，而伦理在中国特别重要。伦者偶也，伦理内容的根本精神是“互以对方为重”。这与西方的“个人本位”、“自我中心”不同。“互以对方为重”，是双方的，不是单方的。此种精神在任何地域、任何情况下均合乎人情，最行得通的。

随着注重伦理而来的是讲“天下太平”。“天下”，无所不包，不分国内国外；讲“太平”，而不讲“富强”。讲“富强”，春秋战国时有之，但此后均讲“天下太平”。“天下”无疆界可言。讲“天下太平”，最无毛病，最切实可行。这个精神最伟大，没有国家，这是人类的理想；人类前途不外乎此。

中国此种传统精神与现代化不相冲突，它在空间上不分地域，在时间上无论何时，均合情合理。

有人说，发展商品经济要讲“利”，而中国传统强调“义利之辨”，耻于言“利”，因此是彼此矛盾的。讲义与利，义不是空的；利在义中，义包含了“利”的问题。合乎情理的利叫做义，不是完全对立的。

（摘自《群言》1988年第9期）

阳光下的造型艺术

——谈城市雕塑

王克庆

美化生活·陶冶性情·记载历史

人类总是要求美的——美的体态、美的风度、美的气质、美的心灵，虽然美学的观点各自不同，但对美的要求是永恒的。城市是由建筑、雕刻、园林等组成综合整体的环境艺术，城市雕塑在城市建设中起着画龙点睛的作用，它能美化生活、陶冶性情、记载历史。源远流长的古代文明的历史，记载在古代建筑与石刻艺术上，被人们称为“石头的编年史”，它体现着一个民族在不同的历史时期中物质文明与精神文明的发展水平。城市雕塑是空间艺术，也是视觉艺术。它具有最普及、最坚固、最持久的特点，它对人们起着日久年长的潜移默化的教育作用，激起人民的民族自豪感。

我国是文明古国，有着悠久灿烂的文化艺术遗产。秦始皇墓兵马俑的巨大规模震惊了世界。简朴淳厚的霍去病墓石刻成为汉代雕刻艺术的杰作。唐朝顺陵乾陵的石刻是古代雕刻艺术的精品。经过许多朝代陆续建造起来的著名的龙门、云岗、麦积山、大足等石窟艺术，成为研究我国社会发展史的珍贵资料。甘肃敦煌千佛洞可以称为历史悠久、规模宏大、丰富多彩的艺术博物馆。

总之，宗教的潜移默化、皇权的威严、历史人物的贡献、人民群众的智慧，无不通过室外城市雕刻的艺术形式流传下去，成为永久性的艺术和人类的精神财富。

纪念碑雕塑·园林雕塑·建筑装饰雕塑

纪念性雕刻在城市雕塑中占有重要的地位。当年法国雕刻家艾特恩·莫理斯·法尔孔纳为俄国创作纪念碑雕塑《青铜骑士》，用了12年的漫长时间构思彼得大帝的马像，探索雕像与彼得堡12月广场环境的协调，观察雕像各种角度的影象，研究雕像在晴、阴、雨、雾不同天气和昼夜不同时间的效果。作者是将彼得大帝作为“一个国家创造者、立法者、恩人来创作的。而在彼得的形象上，却也显示了智慧、不屈的意志，豪放与威严的、叱咤风云的表情相结合”。法尔孔纳利用花岗岩峭壁雕琢成浪涛的造型，更加强了艺术效果，达到浑然一体的完美境界。我在列宁格勒市曾多次去欣赏这件作品，感觉在晨雾未散或寒冷雪夜中的《青铜骑士》更富有诗意，难怪俄国伟大诗人普希金要写诗歌颂《青铜骑士》。

英国现代雕刻家亨利·摩尔的《皇帝与皇后》青铜雕刻，成功地处理了室外雕塑的造型、比例、雕塑与空间关系等问题。作品突出地表现出气势雄伟、自由舒展的效果。就室外雕塑所追求的巨大感、建筑感来说，摩尔的《皇帝与皇后》铜像与埃及古王国时代的《国王与王妃》的石刻坐像有着内在的联系。

罗丹是法国大雕刻家，他以艺术家的灵感和激情、自由奔放的艺术手法、浓郁而浪漫的诗意，达到了艺术上的高峰。后人出于尊敬，将他的巨作《加莱义民》放置在室外广场。然而罗丹艺术的微妙的感觉、变幻莫测的光影、流畅的手法，在室内顶光的照射下显示了高超、激动人心的艺术效果，但是在室外的强烈、变化的光线下，效果却并不理想。

罗丹的学生布德尔的作品却在室外公园和广场获得了理想的效果。布德尔这样来说明他与罗丹的不同："罗丹是一个多么迷惑人的人啊！他实际上懂得怎样使大理石能像活生生的人的肌肉在跳动，同时他是一个多么了不起的天才的解剖学者。可是我希望综合。""我是建筑的雕塑家。"他的代表作之一《拉弓的赫克利斯》是希腊神话中半人半神的英雄。布德尔没有用古典理想化的手法来塑造赫克利斯，而是将现实生活中的形象综合起来，以表现人类征服自然战胜邪恶的巨大力量。雕像的构图明朗透空，是空间艺术的杰作，也是优秀的纪念碑式的作品。

苏联女雕刻家莫希娜是布德尔的学生。1937年，她所创作的《工人与集体农庄庄员》参加了巴黎博览会。当时将不锈钢的雕像设计在展厅的顶上，建筑物成为雕塑的基座。作者研究了环境与视觉规律，大胆确定全身的高度约有九个头的比例，夸张阔步的动作，运用飘带动势，力求表现气势磅礴奋勇前进的时代精神。雕像以第一个参加法国巴黎博览会的社会主义国家的人民的精神风貌轰动了巴黎。

园林雕塑一般都选取优美、活泼、轻松的题材，在创作上比较自由多样。当然也不排除在公园中放置主题严肃或纪念性的雕塑。园林雕塑有不少是与喷泉、流水结合起来设计的。我曾经到过离列宁格勒市不远的波罗的海半岛的彼得夏宫，那里红瓦白墙的别墅建筑，近百座古典风格的镀金铜像与造型多样的喷泉，在蓝天白云、树林草地的映衬下，构成一幅优美的画面；喷泉的音响和滚滚海涛交织在一起，有声有色，别具一格，使人心旷神怡。澳大利亚堪培拉的喷泉造型则是现代风格。意大利18世纪雕刻家贝尼尼以丰富的想象设计的《三叉泉》，从层层岩石上喷出泉水，造成山间溪涧的境界，给城市带来大自然的美。贝尼尼还设计了《河之泉》，位于意大利罗马的拿沃那广场，喷泉中间是一组岩石和万光碑，四座雕塑代表世界上四大河流——尼罗河、恒河、多瑙河、密西西比河，四条河又象征四大洲。我国近年来创作了大量园林雕塑，哈尔滨、广州、北京等城市比较集中。突出的作品有《天鹅》《鹿》《起步》《鱼》《牡丹仙子》《双鹤》《五羊》《珠海渔女》，等等。

建筑与雕塑本是姐妹艺术，建筑装饰性雕塑更要依赖建筑而存在。雕塑本身必须具有装饰性和建筑感。建筑装饰性雕塑的题材内容也比较自由，类型多样，包括圆雕、浮雕、镂空雕等，苏州亭园的砖雕、北京古城天安门的石狮和华表、卢沟桥的柱头的石狮都属于这种雕刻。希腊《宙斯祭坛》的墓座四周高2米、长130米的浮雕带，反映奥林匹斯圣山诸神与巨人之战。浮雕结构严谨、力量充沛、明暗层次变化无穷，像一首充满激情与力量的交响曲。

城市雕塑的造型是处在空间中的立体造型，既有体积又有重量。这种造型艺术，特别是圆雕，要能从远近、四周等不同的角度加以观赏。城市雕塑的比例不仅指雕塑本身的长、宽、高、深的比例，而且包括体、量比例，空间比例，雕塑与台座的比例，雕塑与周围环境的比例；城市雕塑的色彩不仅指雕塑本身的色彩，而且包括雕塑色彩与建筑、树林、山地、天空、流水的色彩的对比组合；城市雕塑的光线不仅要研究自然光、人工光，而且包括清晨、黄昏、白天、夜的日光走向和照明灯光方位的不同效果。城市雕塑的质地显得相当重要：不锈钢质料展示现代金属的美；钛金属开辟了新的境地；有色玻璃使雕塑玲珑剔透；铜自古以来就是珍贵的金属，它的表面效果处理丰富多彩；铁却给人以沉重的感觉；花岗岩显得庄严、坚硬，砂石质地的雕塑有古朴感；大理石柔润秀丽；彩色的陶塑具有珍珠宝石般绚丽的光彩……根据城市雕塑的不同题材和不同造型，选择不同质地的材料，为艺术家施展才能开辟了广阔的天地，这是探索雕塑造型艺术古典美、现代美——庄严、典雅、柔润、质朴、刚健、雄浑不可忽视的课题。

根据以上所谈到的为数不多的作品，我们不难看到：首先，必须考虑城市雕塑与建筑、环境的结合；其次，必须考虑城市雕塑的比例、造型、色彩、光线、质料及空间、视觉的特殊规律；最后，必须考虑城市雕塑的美学、心理学方面的问题。当然艺术创作是复杂的形象思维活动，不是几条原则所能代替的。只有寻求激动人心的雕塑艺术语言，才能创造出耐人寻味、流芳百世的作品。

美学·心理学

城市雕塑创作的形象思维要探索自然美、城市环境美、雕塑的形式美和内容美。在探索城市雕塑美学问题时，总离不开所表现的内容、形体、比例（长、宽、高、深、体、量）、质地、色彩、光线，离不开研究流动人群的视觉效果和心理共鸣。我想城市雕塑既可以是具象的，也可以是抽象的；既可以是现实主义的，也可以是浪漫主义的；既可以是装饰性的，也可以是象征性的；既可以是古典型的，也可以是现代型的。现代艺术思潮必然会反映到城市雕塑艺术中来，现代科学技术也会不断地被运用到城市雕塑领域。探索与尝试、成功与失败、支持与反对在艺术实践中是避免不了的。美国科技馆前的《无限》，构思新颖、造型流畅、色彩明快，反映了现代人注重哲理性的思维特征。对我国长江葛洲坝雕塑——《四面体》人们曾议论纷纷，其实，脱离截流工程的特定环境的人看则认为它是抽象的，而熟悉大江截流的特定环境的人看则认为它是具象的。现代的雕刻家开始把音乐、流水、火焰运用到城市雕塑设计中去。这些尝试和争论必然会给予我们极大的启示，引起我们探索城市雕塑艺术美学的浓厚兴趣。

心理学也是我们必须研究的课题。记得我童年时一进寺庙大门，见到四大金刚吓了一跳，再往里走，坐佛面带慈祥、安静地微笑，可亲可昵，使你觉得可以把命运的希望寄托在佛的身上，特别是观音、文殊等雕像，秀丽动人，令人景仰。天主教堂高高的天顶，暗暗的彩色玻璃窗，造成一种神秘莫测的气氛。这些都说明建筑家、雕塑家只有研究人们的心理，才能使建筑、雕塑具有潜移默化的精神的感染力量。我不信教，但是我认为宗教艺术的心理学需要研究。研究民族心理对于艺术来说更为重要。每一个城市和地区都有民间传说故事，每一个民族都有自己的民族感情和心理。这难道不该成为我们创作城市雕塑的重要依据吗？苏联乌兹别克共和国干旱的首都有一座雕塑——《乌兹别克河流》，雕刻家构思三个造型不同的年轻姑娘穿着民族长裙，头顶水罐背背相依，形成三角形的构图，泉水从罐里溢出流在姑娘身上，三位姑娘象征乌兹别克的三条河流——阿姆河、锡尔河、泽拉夫尚河。民族感情通过这珍贵的“水”陶冶着乌兹别克人民。民族感情是一个民族的“魂”。城市雕塑史上成功的作品无不是准确而生动地反映这种感情的典范。只有深入挖掘所处历史时代的民族心理，才能创造出具有“编年史”意义的城市雕塑。

目前，我国非常重视城市雕塑的发展，雕塑界的老前辈刘开渠同志在全国城市雕塑规划、学术会议上提出“积极稳步”的发展方针。众望所归，形势喜人，时代赋予我们艰巨而光荣的使命，要求我们团结一致，艰苦奋斗，勇于实践，创作更多优秀的社会主义城市雕塑作品，给人民留下宝贵的精神财富。

（摘自《群言》1988年第10期）

“五四”精神漫笔

王　瑶

（一）“五四”理应是青年节

“五四”是一次伟大的思想解放运动，它在人们思想观念上所引起的巨大变化，的确是划时代的。现在我们规定“五四”为青年节，特别重视青年的创造性和历史使命，是“五四”精神的一项重要内容。谁都知道，“五四”新文化运动的中心阵地是《新青年》，它创刊时的原名叫《青年杂志》；当时会员最多的社团是“少年中国学会”，出过《少年中国》和《少年世界》月刊。李大钊写过著名的文章《青春》，认为“凡以冲决历史之桎梏，涤荡历史之积秽，新造民族之生命，挽回民族之青春者，固莫不唯其青年是望矣”。鲁迅当时的著名论点之一，就是“青年必胜于老年”，他认为“创造这中国历史上未曾有过的第三样时代，则是现在的青年的使命”（《坟·灯下漫笔》）。更趋极端的则有钱玄同的“40岁以上的人都应该枪毙”之说，丁西林的名剧《压迫》中的主人公也说：“一个人一过了40岁，他脑子里就已经装满了旧的道理，再也没有地方装新的道理。”这种新的观念和传统的看法是完全相悖的。孔子讲“三十而立，四十而不惑”，人要到40岁才算成熟，于是40岁的人就开始留胡子，抱孙子，这才算熬到了可以成名立业的年龄。金圣叹在贯华堂本《水浒传》的序中说：“人生三十而未娶，不应更娶；四十而未仕，不应更仕。”40岁以前只是人生的准备阶段，属于少不更事的岁月。以前称赞青年最习用的一句成语是“少年老成”，它的含意完全是褒义的；但经过“五四”的洗礼，人们如果仍用这句话来称赞青年，就等于说他没有朝气，变成贬义了。同样，如果我们说一位年长者富有青年人的气质，完全是赞扬性的；但在过去，这等于是说他幼稚。观念的变化如此之显著，不能不说是“五四”思想解放的一项重要成果。

事实上新文化运动和文学革命的前驱者，当时也都是40岁以下的人，我们完全可以说“五四”是以青年为中坚力量的。以“五四”这一年为例，当时年龄最大的陈独秀和鲁迅也只有39岁和38岁，其余的如周作人为34岁，李大钊为31岁，胡适28岁，郭沫若27岁，毛泽东26岁，叶圣陶25岁，茅盾23岁，冰心只有19岁。当时这些青年人树立了多么大的历史功绩，是人所周知的。记得抗战后期的1944年，当时国内民主运动高涨，重庆政府明令把青年节改为3月29日（黄花岗烈士纪念日），不准纪念“五四”，重庆《中央日报》社论的题目就是《五四之风不可再长》，因此“全国文协”才针锋相对地定“五四”为文艺节。我们并不赞成在年龄上搞“一刀切”，40岁以前怎样，40岁以后又怎样，思想意识的不同是不能简单地用年龄来画线的；但“五四”的经验告诉我们，青年人的热情是十分宝贵的，也的确能够有所建树；那种一听见青年人要求民主的声音就急着采取戒备措施的心态，恐怕最终是要碰钉子的。

（二）“我是我自己的”

鲁迅的小说《伤逝》中的女主人公子君有一句著名的话：“我是我自己的，他们谁也没有干涉我的权利！”这的确是觉醒了的“五四”青年的语言。按照传统惯例，在谈话中除对下属或子女等以外，是不能随便自称“我”的；现在的习惯用语如“我以为”、“我的意见”等，都是“五四”以后才流行的。过去官场中的自称“卑职”之类不说，即使是对地位相当的人谈话，也多自称名字，如“某某觉得尚可斟酌”之类；不是连孔子也说“巧言令色足恭，左丘明耻之，丘亦耻之”吗？那子贡自称“赐也”就更不稀奇了。如果不自称名字，也多半要用“自己”、“兄弟”等代词；敢于直称“我”，以平等的态度表示个人的看法，要求别人尊重自己的独立，确实是“五四”以后的事，这是同“五四”提倡尊重个性、人格独立分不开的。

又如我们把文艺作品叫“创作”，也是“五四”以后的事，这是同过去的“善属文，辞采华丽”之类不同的。郭沫若等讴歌创造，《创造周报》创刊号上就宣称“我们是要重新创造我们的自我”，认为创造社同人的共同点就是“内心的要求”，就是认为创作必须是表现作家的个性和内心世界的。当时对旧文学的批判是那么尖锐，如“桐城谬种、选学妖孽”之类，抨击的对象正是那种不要创造、而一味以模仿古人为能事的旧式文人。譬如一个人写了一首律诗，如果别人称赞他是“盛唐风格”或“沉郁顿挫，直逼老杜”之类，他就高兴得不得了；这哪里谈得上作者自己的个性呢！所以鲁迅说：“最初，文学革命的要求是人性的解放。”（《〈草鞋脚〉小引》）沈雁冰在革新后的《小说月报》第一期上讨论文学问题，首先提出的是“文学和人的关系”，周作人提倡“人的文学”，都说明了人的觉醒和个性的解放是前驱者注意的焦点。尊重个性和人格独立是民主的基础，是和人的现代化密切联系的，这是值得我们继承和发扬的“五四”精神的重要内容。

（三）“娜拉”的出走

妇女解放的程度通常是衡量社会解放程度的天然标尺，思想解放运动当然首先要接触到妇女问题。民主精神的锋芒是直接指向封建等级制度的，鲁迅指出中国过去“人有十等，一级一级的制驭着，不能动弹”；那最下面的一级叫“台”，“台”的下面就是“比他更卑的妻”（《坟·灯下漫笔》）。这正说明妇女是长期处在社会最底层的，因此在《新青年》第一期上陈独秀就发表了他的《妇人观》，鲁迅在《新青年》上的第一篇文章就是《我之节烈观》；与《狂人日记》写在同一年。“五四”时期热烈地讨论女权问题，提倡男女平等，周作人称赞清初俞正燮的《节妇说》和《贞女说》，都是提倡民主精神的必然结果。

五四新文化是以西方文化为重要参照的，因而真正产生了巨大社会影响的，还是易卜生的《娜拉》，1918年《新青年》4卷6期上发表了罗家伦、胡适合译的话剧《娜拉》（以后潘家洵的译本更名《傀儡家庭》），胡适还写了介绍性的论文《易卜生主义》；剧中女主人公娜拉要求独立人格，不甘于做丈夫的傀儡，于是离家出走了。为什么要介绍易卜生呢？鲁迅的解释是“因为事已亟矣，便只好先以实例来刺戟天下读书人的直感”（《集外集·〈奔流〉编校后记三》）。事实上，不仅在话剧创作上有了写女子追求自由独立而离家出走的，如胡适的《终身大事》和欧阳予倩的《泼妇》，而且在社会上也直接引起了巨大的影响。鲁迅在北京女子高等师范学校演讲时所面对的那一群有一条“紫红的绒绳的围巾”的青年女性，就是娜拉的崇拜者，因此鲁迅所讲的题目才是《娜拉走后怎样》。我们只要翻翻例如白薇的《悲剧生涯》或者阎纯德等编写的《中国现代女作家》中关于早期一些女作家的经历，就可以体会到走娜拉道路者的艰辛经历了。

妇女对人格独立和男女平等的强烈要求，在“五四”时期的话剧创作中反映得最为明显。譬如以古诗《孔雀东南飞》为题材的剧作，一时竟出现了四种，即熊佛西的《兰芝与仲卿》，袁昌英的《孔雀东南飞》，北京女子高等师范学校国文部四年级学生联合编的《孔雀东南飞》和杨荫深的《磐石与蒲苇》。内容都是控诉妇女的悲惨命运的。郭沫若写了《三个叛逆的女性》，歌颂历史上的卓文君、王昭君和聂嫈，作者在后记里强调“她们不是因为才力过人，所以才成为叛逆；是她们成了叛逆，所以才力才有所发展的呀”，就更是鼓动妇女起来自我解放和发展了。

经过了70年，不仅当时所要求的参政权，就是鲁迅在《娜拉走后怎样》中所说的经济权，例如财产继承和男女同工同酬等，现在都已经明文载于宪法和法律，好像妇女问题已经不存在了，也不大有人认为男女平等还是民主精神的重要内容；但看看社会上计划生育工作所遇到的困难，甚至大学生分配工作时所遇到的阻力，就不能不深深地感到，民主精神是同现代化的进程相联系的，“五四”所强调的男女平等的精神，还是必须继续发扬的。

（四）“重估一切价值”

鲁迅在《狂人日记》中大声疾呼：“从来如此，便对么？”这是一种时代的呼声，因此才发生了那么激动人心的社会影响。胡适在《新思潮的意义》中对此更有明晰的理论表述：“新思潮的根本意义只是一种新态度，这种新态度叫作‘评判的态度’”；“对于习俗相传下来的制度风俗，要问：这种制度现在还有存在的价值吗？”“对于古代遗传下来的圣贤教训，要问：这句话至今日还是不错吗？”“对于社会上胡涂公认的行为与信仰，都要问：大家公认的，就不会错了吗？人家这样做，我也该这样做吗？难道没有别样做法比这个更好，更有理，更有益吗？”胡适由此而作出了一个重要的概括：“‘重新估定一切价值’，便是评判的态度的最好的解释。”周作人在《复古与反动》一文中对胡适这一概括给以很高评价，他说：“新文化的精神是什么？据胡适之先生的解说，是评判的态度，是重新估定一切价值”。“重新估定一切价值”可以说是五四新文化运动的理论旗帜，也是“五四”精神的中心内容。对于一切传统的观念和判断，包括权威的“圣贤教训”和社会公认的习惯势力，也包括外来的各种学说和文化，都要提出质疑和评判，当然这也就意味着新的思想观念的倡导和确立。为什么鲁迅、郭沫若、茅盾等人当时都赞扬过尼采呢？实际上他们并不是对尼采哲学体系的全盘接受，而是赞赏尼采那种独立思考、重行估定价值的鲜明态度。

那么什么才是进行评判的价值尺度呢？应该说，尽管前驱者们的观点并不完全相同，但就其主旋律来说，则不能不是符合于民主和科学的精神，有利于中国现代化进程的观念或事物。新文化运动本来是在世界形势和西方文化的影响下，中国人民对现代化的历史要求的一种自觉的反应。文学革命如果用一句话来扼要地说明，就是要求用现代人的语言（白话）来表达现代人的思想感情（民主、科学）；它是与封建专制主义和蒙昧主义直接对立的。因此就价值观念说，现代化就是对待文化评估的重要尺度。当时对国民性和启蒙运动的讨论等，都是为了促进人（国民）的觉醒和解放，使之成为“现代中国人”，即实现“人”的现代化，以适应中国走向现代化的历史潮流的；发扬民主是如此，发展科学也是如此。这是评判的尺度，也是“重行估定一切价值”的出发点。

中国社会的现代化进程是漫长而艰巨的，现代文化的创造和同外来文化的融合同样是一个长期的历史进程，这个历史阶段远未结束，我们今天仍处在这个进程之中。作为现代化的起点，五四新文化运动所提出或讨论过的许多问题今天仍然是学术文化领域注意的热点。尽管问题的提法不同了，内容进入到更深的层次，更广阔、也更复杂了，但就许多方面来说，仍属于同“五四”时期相同的类型或范畴；其根本原因就在于我们所面临的仍然是现代化的问题。因此就追求的目标来说，“五四”精神的许多方面都是需要我们继承和发扬的。尽管时代前进了，内容更深化了，但“五四”精神的主要方面是决不能随意抛弃的。

（摘自《群言》1989年第5期）

振兴京剧艺术琐议

冯　牧

纪念徽班进京200周年的活动，在首都和全国引起了令人欣慰的热烈反响。这对于振兴京剧，使之摆脱目前通常称之为“危机”的局面，无疑是一件大好事。在北京舞台上，一时间又出现了几年来罕见的群芳竞秀的热闹景象，也许因此会给长期以来被冷落了的京剧艺术带来一线生机，这当然使人高兴。

但我不大相信通过一场规模盛大的纪念活动，就会使濒临困境的京剧艺术转危为安，顿然改观。因为曾经被全世界誉为中国民族文化瑰宝的京剧艺术之所以遇到了“危机”，是由多方面的原因造成的，这种使人忧虑的局面不是一朝一夕形成的，因此也不是采取一两项措施就可以迅速改变得了的。

我也不相信那种偏激到了武断的说法。有人说，由于京剧是封建历史时期的产物，随着时代的变迁，它已经完成了历史使命，肯定会被某种新创造出来的艺术形式所取代；因此，它已经注定了要走向衰亡，这是历史的必然，为它唱唱挽歌，也不是什么坏事。我认为，这种论断不是出于偏见，就是出于无知；而偏见可能比无知更加于事无补。

我不相信已经具有150年历史、并且以其精美丰富的艺术表现体系而使举世为之倾倒的京剧会走向衰亡。我甚至也不相信另一种说法：京剧已经不可避免地要变成一种“博物馆艺术”。正如我不相信另一些中国传统文化（比如国画）最终会变成“博物馆艺术”一样。京剧艺术的正式形成，确切地说只不过有150年左右的历史，但溯本求源，它的“根”可以远溯到将近千年以前的宋金元时期，那时，富有中华民族特色的戏曲音乐文化已经相当发达。京剧艺术（以及其他许多戏曲剧种），从根本上说，就是这一古老文化艺术体系不断孕育、嬗变、融合、发展、成熟所结出的硕果，它是中国人民珍贵的精神财富和文化遗产。对于它，我们只能采取积极地加以保护和发展的方针，使之不断地丰富、创新和完美；那种只愿意以西方的美学标准来衡量一切艺术现象、自觉或不自觉地菲薄和鄙视中国民族文化传统的习惯和态度，都是不可取的，甚至是浅薄的。

要克服京剧所面临的“危机”，恐怕要做大量的长期而深入的工作，有些工作是很艰难的。比如文化经济政策问题和艺术管理体制的改革问题，就是由来已久的老大难问题，但又是一个不可回避的问题，一个必须花大力气，下大决心才有可能解决的迫切问题。这里姑置不论。

我在这里还想就两个方面的问题谈一点自己的感想。

一个是培养新的京剧观众问题。我认为这并不简单只是一个如何组织和引导更多的观众来观赏京剧的问题，而是一个含义更为深远的问题，也就是如何在我们的社会生活中创造更好的文化环境、文化氛围和提高广大青少年更加热爱祖国、热爱民族文化的思想素质问题。我发现，现在的许多青年，不论对于祖国的传统文化知识或是对于辉煌的民族艺术遗产，常常缺乏应有的、起码的兴趣和素养。他们不仅对于戏曲，就是对于祖国传统文化的其他方面（比如古典文学作品），也常常安于保持一种蒙昧无知的状态而不以为憾。这里就牵涉到一个国民教育的改进问题。任何一个国家人民的文化素质都是从小培养起来的；任何一个国家都应当重视培养人们对于祖国民族艺术遗产的理解和崇敬的感情。我们在这方面恐怕还存在不少问题。不少青年人在文化生活上的“厚洋薄中”，乃至盲目地排斥民族戏曲的情绪，恐怕是和他们幼年时期所受到的启蒙教育和文化熏陶分不开的。我注意到，现在有些大学开始重视这方面的问题，开设了帮助学生理解和欣赏京剧、昆曲的课程，这虽然聊胜于无，但恐怕也不能从根本上改变目前这种令人担忧的状况。我认为，只有把“弘扬民族文化”这个重大课题同改进我国国民教育工作真正融汇在一起的时候，这个问题才可能逐步获得解决。

我是一个爱好京剧艺术60年如一日的老观众。我在少年时期上的是教会学校。我参加过好几年学校唱诗班的活动，曾经使我对于西洋音乐产生过很大兴趣。

但这并没有影响、更不曾排斥过我对于京剧和昆曲的日益增长的爱好。我时常怀着亲切的心情回忆起我青少年时代的几位学校教师。我最初学会的几段昆曲（《弹词》和《夜奔》），就是在初中的音乐课上学到的。而另一位教语文和历史的老师，则是最早带我去“富连成”科班看戏，教会我如何欣赏京剧艺术的启蒙人。现在，恐怕是很难找到这样的既能教舒伯特的歌曲，又会教昆曲，既能讲《史记》，又能教会人欣赏京剧的不同流派的老师了。

因此，我认为，包括京剧在内的任何艺术品种的热心观众，都不会是自发地产生的，而是在一种特定的文化环境中，通过长久的宣扬、培养、熏陶和影响才会产生的。关心京剧艺术命运的人，都有责任把培养京剧艺术的新观众，或如马克思所说的，培养新的“音乐之耳”（京剧的音乐之耳）当作一项重要的工作来做。这种工作，可以通过课堂教育、剧场演出、业余文化活动、加强舆论引导等方式来进行。这些工作，如果能够有计划地持之以恒地进行下去，我相信，在广大的爱国青年当中，必将有越来越多的人，会为我国戏曲艺术所具有的独特魅力所吸引，而逐渐成为京剧艺术的欣赏者和爱好者，正如我少年时代所经历过的那样。

我要谈及的另一个问题，是培育和造就更多的德艺兼备的京剧艺术家问题。常常有人这样慨叹：京剧的“危机”，主要是后继乏人。这样的忧虑有一定的道理。的确，我们在舞台上确实已经很难看到如当年的杨小楼、余叔岩、“四大名旦”、“四大须生”那样的有着难以企及的艺术成就的京剧艺术家了。但尽管如此，我们还是不能不承认，新中国成立以来，在正确的方针引导下，京剧艺术还是出现了许多为广大观众所喜爱和赞赏的杰出的表演艺术家和优秀剧目。他们的艺术造诣的影响，遍及海内外。京剧艺术有史以来还不曾出现过如此广泛的世界性的轰动效应。这也是京剧界的前贤所不曾梦想过的。同时，从个人成就来说，我们纵然很难说出有哪一位京剧艺术家在造诣上已经超过了余叔岩和梅兰芳；但就总体而言，40年来，京剧艺术无论在表演、歌唱、剧目创作上或是在音乐伴奏乃至舞台美术上，我们都不能不承认已经有了足以令人欣慰的不可低估的发展。

我们确实为现在还没有出现如梅兰芳、余叔岩、程砚秋、周信芳、盖叫天等那样的艺术大师而感到遗憾。正因为如此，我们就更加应当把培育人才的工作当作一项紧迫的具有长远意义的工作来加以重视。我们应当具有这样的远大目光，千方百计地创造条件，把发现和培养出大量在艺术上可以起到承前启后、继往开来作用的京剧艺术接班人，当作是一项战略任务来看待。“后继乏人”并不等于“后继无人”。我在近几年来就不时地发现过这样令人高兴又使人担忧的现象：一方面，一批批才华横溢的新秀脱颖而出，壮大了京剧的队伍；而另一方面，有些极富天分和潜力的青年新秀，却往往由于得不到热情的挟持和学习与实践的条件，不能使自己的才能得到充分发挥。我时常痛惜地看到，其中有的人有如昙花一现，流星过眼；有的人则宁愿离乡背井，漂泊海外。当然，这里既有主观上的，又有客观上的原因，但无论如何，这种现象总是值得我们深长思之的。我在这里无意于责备任何人，因为出现这种现象的社会原因是很复杂的，只有经过全面的综合治理才可能得到解决。我所以在这里表露了我的忧虑心情，主要是希望我们能够切实地总结一下在培育人才的成败得失方面的经验和教训，以利于在不久的将来，争取再次出现一个人才辈出、群星灿烂的兴旺局面。

我热切地期望，通过纪念徽班进京的活动，京剧艺术能够出现一个转机。我相信，如果我们能够深刻地把握住京剧出现“危机”的原因及其规律，我们就有可能找到克服危机的有效方法，京剧艺术就不但不会走向衰微，而且会在战胜困难的过程中攀上新的艺术高峰。京剧艺术的前景是美好的。

（摘自《群言》1991年第2期）

我所知道的徽班进京

翁偶虹

京剧并不是北京土生土长的产物，它是由徽剧孕育衍变发展而成的。1790年（乾隆五十五年）为了庆祝乾隆皇帝八十寿辰，三庆徽班进京演出，到现在已经是200年了。一般说四大徽班，是指三庆、四喜、春台、和春四大戏班而言，这是一种概括性的说法。他们的演出形式已接近于京剧，当然那时还没有京剧这个名词，遂统称为“皮黄”。在三庆班进京之后，四喜班与春台班在1800年（嘉庆五年）左右，由安徽、江苏分别进京。和春班成立更晚，是1803年（嘉庆八年）由庄亲王出资邀集安徽的著名艺人组班进京的，称为“王府大班”。在此期间，还有两个徽班继三庆班之后，接踵而至，与三庆班争雄于北京剧坛。那就是四庆徽班和五庆徽班，又称为四庆徽、五庆徽。当时各个徽班都有著名演员。三庆徽有高月官、陈喜官、金双凤、沈霞官、苏小三、邱玉官，四庆徽有董如意、童双喜、曹印官、陈桂官，五庆徽有胡祥龄、潘巧龄、程春龄、薛万龄。三庆班的高月官就是最先进京的三庆掌班人高朗亭。他在同行之中年岁较大一些，可是上台演戏，一举一动完全是妇女风韵。他精于昆曲和皮黄，还善于演唱流行的小调，代表作是《傻子成亲》《背娃入府》，可见三庆班初来北京，是以旦角为主的。另一位旦角金双凤，善演《李桂枝查监》，就是后来常演的吹腔戏《奇双会》《贩马记》。还有一位小旦沈霞官擅演《郭华买胭脂》，就是后来常演的《买胭脂》，这两出戏都是徽班的代表剧目。四庆徽的董如意是安徽庐江人，他的拿手戏有《铁笼山》《扯伞》

《醉酒》。这里所说的《铁笼山》，似乎就是后来京剧的《铁笼山》。但《铁笼山》的主角最初是司马师，从俞菊笙起改为姜维。而董如意在剧中扮演的是蛮女，属配角，可见从前演戏，配角也用好的角色扮演。四庆徽的旦角曹印官，演《补缸》《戏凤》可称佳绝。《补缸》就是后来常演的《锯大缸》，《戏凤》就是后来的《梅龙镇》《游龙戏凤》。这些戏当时称为“乱弹”，后来都包括在京剧之内。还有陈桂官是怀宁人，《捡柴》一剧演得“情态不胜凄楚”。《捡柴》是全部《春秋配》的一折，后来梆子、京剧都有此剧。五庆徽的小生演员胡祥龄，擅长剧目有《九焰山》《汴梁古井》《改妆》《比武》。《九焰山》是乱弹名剧，演薛家将反唐的故事。剧中有薛蛟改装的情节，与《改妆》里的周文彬都是男扮女装，胡祥龄在两剧中都是先演小生后扮旦角。《比武》就是昆曲《铁冠图》里的《对刀步战》，胡祥龄扮演李自成的义子李洪基，偏重武功。《汴梁古井》就是后来京剧、梆子常演的《汴梁图》，胡扮演皇后柳瑞莲，文武并重，可见他是个既工文武小生，又能常演旦角昆乱俱精的演员。五庆徽还有一位贴旦潘巧龄，善演剧目有《卖翠》《舟遇》《射雁》《书房》。《卖翠》是昆曲，《舟遇》是秦腔，《射雁》是乱弹，《闹书房》是梆子。五庆徽年岁最小的贴旦是薛万龄。他的代表剧目是《打饼》，演的是武大郎与潘金莲做炊饼的趣事，也属于乱弹里常演的剧目之一。在三庆班进京的同时，四庆五庆徽班也拥有许多名演员。这两个徽班都是在四喜、春台、和春之前进京的。徽戏最初只有吹腔、拨子两种腔调，后来又吸收了江苏的昆山腔，也就是昆曲，湖北的二黄调，也就是二黄；还有柳枝腔、罗罗腔，也就是流行小调。可以说，1790年进京的徽班所演唱的声腔和剧目比原来的徽剧丰富了许多，这也是徽剧孕育衍变发展为京剧的一个重要因素。

至于四喜、春台、和春班前面说过都是在三庆、四庆、五庆徽班之后进京的。此外，还有嵩祝班、新兴金钰班、大景和班等徽班。为什么以三庆、四喜、春台、和春为代表而称为四大徽班呢？原因是这四个徽班雄踞剧坛，各有特色。三庆的“轴子”、四喜的“曲子”、春台的“孩子”、和春的“把子”。所谓三庆的“轴子”，是指三庆班擅演全部连台本戏，《三国志》就是它的代表作。在这个戏里，角色整齐、各有绝技。程长庚的活鲁肃，徐小香的活周瑜，卢胜奎的活孔明，杨月楼的活赵云，钱宝峰的活张飞，黄润甫的活曹操，自然是当时戏曲界流传的佳话。四喜班的“曲子”，是指四喜班善演昆曲。嘉庆年间，有人写过《都门竹枝词》就有“新排一曲桃花扇，到处哄传四喜班”的赞誉之词。和春的“把子”是指和春班擅演武戏。和春班每场必演一两出武戏，因而以“把子”标志它的特色。春台的“孩子”，有两种说法。一说是春台班青年演员多，演得又好；一说是“打中场”的孩子特别出色。“打中场”是当时一种风气，在中轴武戏之后，由“私寓”的相公串演一两出戏，能够招徕更多的观众。“私寓”又叫相公堂子，当年南方的戏班来到北京，各有公共寓所，又叫大下处。其中有些好角因为公寓里人多嘈杂，便自己另租一所房子居住，就叫私寓，还各自起个堂号。他们也招收徒弟，传授技艺，一切待遇比科班从优，教得也认真。但是挑选较严，必得面目清秀，聪明伶俐。这些孩子学会了之后，必须登台实践，并被称之为相公。于是堂子的主人便与各戏班约定，在每天中轴武戏之后，由他们的子弟串演学过的戏，叫作“打中场”。可能当时春台班的“打中场”受到观众的欢迎，因此有春台的“孩子”之说。实际上春台班的名演员最早是汉剧演员参加徽班的余三胜。他的代表剧目如《定军山》《四郎探母》《当锏卖马》《托兆碰碑》《琼林宴》《捉放曹》等戏的精华被后来的谭鑫培所吸收。同时还有旦角蟾桂、玉兰、凤林，花脸朱大麻子和产滚子都是名噪一时的好角，并不是专靠“打中场”招徕观众。后来春台班由俞菊莲掌班，更以武戏号召观众。由此推断，四喜班曾由张二奎挑梁，创出了“奎派”，也不是专演昆曲。和春班的老生王洪贵、段二、黄玉林，旦角汪洁林，花脸王先爵、潘锡寿，小生龙德云都有各自的拿手剧目，也不是专以演武戏见长。可能是某一时期内武戏占了上风，因而有和春的“把子”之说。这些说法只能代表某一个时期，不能代表四大徽班的整个面目。

徽班进京后的发展并不是一帆风顺的。1798年（嘉庆三年）清政府曾颁发了诏谕，说乱弹、梆子、弦索、秦腔等戏，声音“既属淫靡”，其所扮演者“非狭邪媟亵、即怪诞惊乱之事，于风俗人心殊有关系，此艺腔调虽起自秦皖，而各处辗转流传，流风日下，不可不严行禁止”。嗣后，除昆弋两腔仍准其照旧演唱外，其他一概不准起行演唱。禁令一出，徽班虽然也受到了一定的限制，但是由于徽班是个诸腔具备的综合班子，在昆曲方面，有较厚的基础，专演昆曲仍然出色，并且把二黄腔的旋律加以变化，用笛子来伴奏，穿插在昆弋的剧目中演出，效果仍然超过昆弋。在禁演期间，徽班以顽强的艺术生命力在北京剧坛上保持着领先地位。坚持到1803年，出现了四大徽班的繁荣局面，此时禁令早已无形撤销，而一般士大夫阶级仍然蔑视徽班，把他们演出的剧目不加分析地概括为“奸盗邪淫”，例如三庆班的代表作《三国志》便说是“奸”，和春班上演的《施公案》便说是“盗”，春台班的《混元盒》《窘得福》《青石山》《双包案》《金钱豹》等便说是“邪”，四喜班的《五彩舆》《德政芳》《盘丝洞》《雁门关》《戏目莲》《胭脂判》等戏便说是“淫”。实际上，他们所说的“奸”，不过是在争夺政权上的勾心斗角；所谓的“盗”，把正义的绿林人物和反抗统治阶级的英雄都包括在内；所谓的“邪”，不过是一些降妖捉怪的神话武戏；所谓的“淫”，把含有男女爱情的忠奸斗争或神话故事戏都称之为“淫”。当然像《双钉记》《双铃记》《十二红》等有严重的奸杀色彩，可以说是淫戏，那不过是一小部分，其他剧目大体上还是比较健康的。尽管这种种毁灭性的舆论大有扼杀四大徽班的势头，却阻挡不住广大观众拥护四大徽班的洪流，直到京剧形成，仍然继续演出这些剧目。

（摘自《群言》1991年第2期）

比较文学与文化转型时期

乐黛云

所谓文化转型时期是指在某一时期内，文化发展明显产生危机和断裂，同时又进行急遽的重组与更新，如西方的文艺复兴，中国的魏晋六朝和五四时期。文化发展总是通过“认同”和“离异”两种作用来进行。“认同”表现为与主流文化一致的阐释，是在一定范围内向纵深发展，是对已成模式的进一步开掘，同时表现为对异己力量的排斥和压抑，其作用在于巩固主流文化已经确立的种种界限和规范，使之得以巩固和凝聚。“离异”则表现为批判和扬弃，即在一定时期内，对主流文化否定和怀疑，打乱既成规范和界限，对被排斥的加以兼容，把被压抑的能量释放出来，因而形成对主流文化的批判乃至颠覆。这种“离异”作用占主导地位的阶段就是文化转型时期。在这种时期，人们要求“变古乱常”，在一定程度上中断了纵向的聚合，而以横向的开拓为特征。横向开拓也就是一种文化外求，外求的方向大致有三：第一是外求于他种文化，如文艺复兴时期西欧文化对希腊文化的借助；汉唐之际中国文化对印度、西域文化的吸收。第二是外求于同一文化地区的边缘文化（俗文化、亚文化、反文化，少数民族文化），如中国文学发展史中，词、曲、白话小说成为独立的正式文体都是包容了俗文化的结果。第三，外求于他种学科，弗洛伊德学说与进化论对文学观念的刷新就是一例。

目前，世界已显露了种种文化转型时期的迹象。从物质方面来看，50年代以来，电脑主宰了大工业生产，整个工业体系正在进行急遽更新，世界进入了信息时代。作为20世纪前半叶帝国主义特征的垄断寡头经济被多元经济所代替，分割世界势力范围的殖民体系分崩离析而代之以独立的亚、非、拉各民族国家，这些国家构成了从未有过的第三世界。马克思、恩格斯在《共产党宣言》中曾经预言："过去那种地方的和民族的自给自足和闭关自守的状态，被各民族的、各方面的互相往来和各方面的互相依赖所代替"，"物质的生产是如此，精神的生产也是如此"。这一预言已经成为现实而给世界生活带来全新的内容。

另一方面，人对世界的认识能力有了极大提高：爱因斯坦的相对论，马克思主义的社会革命论，弗洛伊德的精神分析学，使人类对自然、对社会、对人本身都有了新的认识。统治了几个世纪的、以欧洲为中心的文化建构无可挽回地破碎了。人们认识到一切体系和中心都是人为的设想，都是从无垠的宇宙、无限的时间之流，按照人的认识能力而截取的细部。例如关于原子微观世界的系统解释虽然是经过了无数实验"实证"了的"客观存在"，但这些实验都是通过一定时空中人类头脑的"主观认识能力"设计出来的，与人类实验尚未涉及或无力涉及的未知领域相比，实在微乎其微。正如人们用一根蜡烛照亮了有限的时空，却无法证实未被照亮的时空一定和已照亮的时空类似。因此，任何体系和中心都不是绝对的，不可更改的。认识这一点至关重要，它促成了发达世界文化自我中心的解体，为认识第三世界各民族文化的多元发展提供了前提。

西方马克思主义者哈伯马斯（Jürgen Habermas）又进一步指出：任何体系的构成首先要"定位"，定位就是一种"自我设限"，也就是有所规范。无边无际就无法构成体系。但体系一经完备就会封闭，封闭就是老化的开始。解决这一悖论的唯一途径是"沟通"，即找到一个参照系，在与参照系的比照中，用一种"非我的"、"陌生的"眼光来重新审视自己。这就是哈伯马斯所说的"互为主观"。只有这样，才能跳出原体系的"自我设限"，有可能扩大自我，以承受和容纳新的体系。这种开放、融合也正是对原有体系的批判。一种体系与多种其他体系沟通网络的建立，及相互间的取长补短，就是原体系的重建，也就是新体系的诞生。这就是批判—沟通—重建的发展之路。哈伯马斯的理论彻底摧毁了“欧洲中心论”，促成了早已烂熟的西方文化体系的“解构”，迫使发达世界向其他文化体系，特别是向遥远异域的第三世界文化体系寻求沟通，寻求参照系以突破自己，解脱困境，达成新的发展。

此外，第三世界各国随着其政治经济的发展，在文化方面也急于挣脱过去的边缘、从属地位，向中心移动，寻求与发达世界文化的沟通。沟通的目的是理解。要达到相互理解就必须有一种双方都能接受的“话语”。例如要一起打排球，就要有一套双方都接受的排球“话语”（如共同遵守的规则等）。第三世界所面临的，正是多年来发达世界以其雄厚的政治、经济实力为后盾所形成的，在某种程度上已达致广泛认同的“文化话语”，正如英语在很大范围内已成为流通语言一样。第三世界文化要从边缘移向中心，要进行和发达世界的文化对话，就必须掌握这套“话语”。问题在于如果第三世界只用这套“话语”所构成的模式和规则来衡量和诠释本土文化，那么，大量最具本土特色和独创性的活的文化就有可能因不符合这套“话语”的准则而被摒除在外。果真如此，则第三世界与发达世界的“对话”仍然只是发达世界的单一语调而不能达成真正的沟通。当然，这里所说的本土文化并不只是亘古不变的“已成”的文化陈迹，如鼎、鬲、编钟之类，而是在永不停息的时间之流中不断发展成形的“将成之物”。用一句故作复杂的话来说，就是正在进行的当前整个社会的表意活动的集合，包括意义的产生、传达以及各种释意活动。因此，所谓弘扬民族文化并不是单纯地对过去已成事实的铺陈，而是要以当代意识（以各种文化体系为背景）对之赋予新的生命。这不是简单的延续，而是断裂后的复苏。

总之，一是地球各部分的联系日益紧密；二是发达世界文化自我中心的解体和寻求他种文化作为参照系的需要；三是第三世界面临对本土文化赋予新义的历史使命并从世界文化边缘向世界文化中心位移。这就有可能使世界进入一个新的文化转型时期。

既然文化转型时期是一个“变古乱常”、横向开拓、文化外求的时期，那么，以跨文化文学研究和跨学科文学研究为其主要内容的比较文学学科就有了充分发展的余地，对第三世界的比较文学来说，尤其是这样。

首先，比较诗学将会有更大发展。比较诗学是泛指文学理论的比较研究。前面谈过第三世界要进入世界文化对话，首先要解决“话语”问题。这既不能全是发达世界已经形成的固有的“话语”（尽管这套话语经过数百年积累，汇集了千百万智者对于人类各种问题的思索，确有可取之处），又不能只是本土文化陈旧的、已经属于过去的“话语”。要进行真正的对话就必须找到一个中介，这个中介可以充分表达双方的特色和独创，并足以突破双方的体系，为对方提供新的立足点来重新观察自己，为“更新”和“重建”构成前提和可能。这个中介就是人类面临的共同问题。尽管人类千差万别，但从宏观来看，总会有构成“人类”这一概念的许多共同之处。从文学领域来看，由于人类具有大体相同的生命形式（如人与人，男与女，老与幼，人与自然，人与命运，个人与集体等）和体验形式（如欢乐与痛苦，喜庆与忧伤，分离与团聚，希望与绝望，爱与恨，生与死等），以表现人类生命与体验为内容的文学，就一定会面临许多共同问题。例如对于“什么是诗”这个问题，中国人、印度人、阿拉伯人、西方人都会根据他们不同的生活和思维方式各有自己的回答。这些回答既回响着悠久的历史传统的回声，又同时受到现代人的诠释和检验。前面谈及的世界文化对话正是这样一种现代人的对话，或者说各种文化体系在现代诠释中的平等对话。这种对话一方面充分发挥各种文化长期形成的特色和独创，另一方面又必须充分了解他种文化，找到新的参照系，以便对自身进行新的审视，通过“互为主观”，突破旧体系，完成文化现代化，达到新体系的重构。可见人类面临的共同问题正是进行世界文化对话的必要中介。任何文化体系对这些问题的回答都只能是一方而，只有通过多种文化体系的对话，这些问题才能获致我们这一时代的最圆满的解答，并向未来展开回答这些问题的更广阔的视野和前景。在这一过程中，融合了世界各民族文化优点的、更高阶段的诗学就会通过比较诗学的途径逐步形成。

第二，比较文学中的影响研究会更加着重双向研究。过去，第三世界存在于发达世界的掠夺之中。正如美籍巴勒斯坦学者赛义德教授在他那本激烈的小书《东方主义》中所指出：西方世界以其强烈的欧洲文化优越感通过文化霸权方式对东方加以统治、重建和支配；正是在这种文化霸权中，东方被作为“非我”而被命名和界说。这固然是事实，但同样是事实的是在这个过程中，亚、非各国文化也对发达世界国家产生了极其深远的影响。非洲音乐、雕塑对欧美艺术风格的转变，中国工艺、建筑、文学、哲学对西方文化的渗透和影响都是毋庸置疑的事实。如果说过去人们比较重视的是发达世界文化对第三世界文化的影响，较感兴趣的是追踪西方文化以何种方式渗入、延展于第三世界文化的脉络之中，那么，现在人们已注意到从相反的方向进行对应的工作。在文学领域来说就是要对文学的影响进行双向的发掘和研究。这种研究会对被研究双方的文学提供更丰富的材料和更深刻的开掘。

第三，文化转型时期的横向开拓和文化外求把原来就是比较文学重要组成部分的跨学科文学研究提到了更重要的地位。文学与其他艺术形式如绘画、音乐的关系引起了广泛的兴趣，文学与其他人文科学，与社会科学，与自然科学的关系将会得到更深入的研究和发展。

第四，翻译是跨文化研究必备的工具。研究一国文化当然以精通该国语言为宜，但任何伟大的学者也不可能精通全世界的语言，尤其是第三世界广阔的不发达地区，更需要专门人才去研究那里未被整理、开发的语言，以便对其作品加以译述。翻译不仅是比较文学领域内的一个实际问题，而且是一个十分重要的理论问题。一个民族的语言与其思维方式、文化习惯密切相关，两种语言互换的可能性和局限性本身就是跨文化研究的一个重要课题。这个课题对以语言为唯一表达手段的文学来说，更其重要。

最后，对中国比较文学来说，还有两个重要的特殊课题，那就是少数民族比较文学研究和世界华人文学研究。中国是一个多民族的国家，但长期以来，少数民族及其文化都受到排斥和压抑，被驱逐到边缘地带。少数民族文化是一个尚待开发的宝藏。中国各民族文化的对话与汇合必将给中国文化的发展带来新的生命力。另外，世界各国几乎都有中国移民、华人社区、中国城。虽然远离本土，这些区域往往仍然持续不断地保留着中国传统文化。几代中国人带着自己的生活习惯、思维方式在他种文化的包围之中存活下来。他们处于两种文化交接的边缘，他们的经历和写作记录了两种文化相互碰撞和吸收的原始踪迹，是研究文化汇合的第一手资料。最近已在中国兴起的“边缘人”、“留学生文学”研究，预示了这一比较文学新层面的发展前景。

总之，随着21世纪的到来，世界正在进入一个新的文化转型时期。这一转型的主要内容很可能是发达世界与第三世界文化的汇合，和各学科之间的交叉融汇。以跨文化文学研究和跨学科文学研究为己任的比较文学，特别是第三世界的比较文学应在这一文化转型时期为文学的发展和更新作出自己的贡献。

（摘自《群言》1991年第3期）

呼声一向多　办法至今少

——也谈出版界的“怪圈”

周汝昌

出版事业重要不重要？此问实在多余。文化战地上的胜负得失，它是一种“显示仪”。知识分子的“用武之地”，离开书（以及其变相变形物），是不可想象的。国民素质的培养与提高，没有书，大约也很难成为事实。造纸、印刷两大文化技术的发明是人类进化的基本条件之一，书也就是中华民族的骄傲品，炎黄子孙灵源智府的展示与传扬。“藏书家”历来是中国人的一种高档次的文化耕耘者与守护神。

我在书刊上有时看到一些数据，说是全国出版书已多达77万种。这种繁荣兴旺的成绩，真令人为之惊喜异常，振奋无比。我绝不怀疑这一数据的真实性，这是多少人的心血与劳力才换来的成果啊！“无谓秦无人”，看来，“大有希望”这句常见的话，也是有理有据的。

说也难信，同时又传来了叫苦声：研著写作者叫苦，读者叫苦，出版者叫苦，发行者叫苦，销售者叫苦，买书者叫苦——为此而写文抒感者也在叫苦。

苦在何处？并非秘密，人已咸知：办社难，出书难，印书难，征订难，觅购难，找好书难，负担书价难。

最近，我见一位著名作家撰文慨叹这个出版界的“怪圈”，我读了着实受他的“感染”，不禁同声一叹。这“怪圈”，真有点像旧时代说的“鬼打墙”，你若遇上它，凭你怎么绕，也绕不出那个迷魂阵来。

这“怪圈”什么样子呢？它表现为好几个令人困惑的异常深奥之连锁环节。头号环节：出版社不印好书，有价值的文化学术书出不了。为什么？因为征订“起印数”达不到，印了光赔本，全社工资和奖金都没了着落，税也纳不上，所以逼得印些无聊的、无益以至有害的“畅销书”。主其事者未必全不明白这是赚造孽钱，是犯文化罪。然而“钱”战胜一切，书稿再好也没奈何之道。

如此，这个“征订数”就是个判定书稿命运的“生死簿”，发行部门根据“情况”而决定“征订数”的主要负责人就是执掌“生死簿”的“判官”。而这些判官，他们的资格、文化水平、学识程度、任职条件的审批，又由谁来任主考和阅卷官？如合格了，通过何等法律手续任命？我们是不大了解的。我们只感到居此任者的“权力”太大，判决书稿命运的立法执法的程序也太欠严肃了。

然而，这种不严肃的规定，这种不合理的制度，到了90年代的今天，仍然是合法的出版发行之道。改革的思潮与措施，至今也还触不动这座堡垒。这不只是个企业经营管理的范畴。国家文化建设的难易迟速，国民素质提高的丰歉广狭，无不以传播文化的出版发行工作为一重要条件。这样大事，却必须“听命”于“征订数”之决定者。从全国看，这少数决定者，实际就成了主宰文化命运的最“权威”的人士之一！你能想象吗？但你必须承认：此乃事实。

这一事实，并非引不起大家的关注与忧虑。远的不说，只前几年，报刊上就此一题展开过讨论，反映极为热烈，议论纷纷，名篇累累。文化知识界，出版印刷界，读者群众“界”，着实地闹腾了一大阵。结果如何呢？我印象中是最后发行部门也出来讲话了，人家也有苦，也要向大家一诉。他们难题也大，据说一经征订，就得付款，书多钱少，资金周转不灵，怎么办？还有，订数多了，卖不出去，不“畅销”，压存库房，资金回不来，又怎么办？

这么一来，似乎把大家诘问得哑口无言了。办法呢？似乎也没有人能马上提供或继续研求。总之是闹腾一阵之后，照例不了了之。所以，直至今日今时，作家还在深深慨叹此一“怪圈”之怪性与此圈之圈力。

我很欣赏那位作家的思力，他提出一个建议：假定征订起印数是5000册，那么我们这样一个大国，省、市、区、县、镇的书店有多少？大概不会少于5000吧？若然，那么一种书实行“每店一册”的办法，也就够了“起印数”，何致一部数十年心血凝聚的书稿却只“征订”出数百册呢？这说得大有道理。我听说的某一唐诗鉴赏辞典，初版出来后，供不应求，二版（或是重印）一征订，竟然报上来45万部！可见我们国家读书人不为太少，如只订数百册，合理与否？谁来回答？如果说，发行部门有不同层次与不同地区之别，没法子让一部将要付印的好书“分配”到那假设的“5000书店”里去，实行“每店一册”，那么这就是一个发行系统的“体制”问题。此种问题，是否一成而不可变？是否早已经无改革之余地与可能了？有没有人研究过？这就不是我所能知道的了。但那位作家说理论事的逻辑，我看还是可以令人赞赏不置，我不相信那作家与我这种书呆一样，他了解实际，更了解出版界的真相。

当然，事情往往各有各的难处。拿征订说，发行部门只凭了出版社的一纸“征订介绍”、“内容说明”之类（大都不过三五百字吧？），就要“拍板”，说我们要“40万部”！这确实很难，真不好办。说话须公道，不能单怪一方一人，环节是多的。那么，这种“300字说明介绍制”，就是板上钉钉，死不能动了吗？可不可以大家也来研究研究，看看能否想法改进一下？对此我有亲身经历，曾对拙著提供“内容简介”、“提要说明”（以供“征订”之需），责编看了，不以为然，另拟了。事后我比一比，另拟的未见比拙文更“吸引人”，平平庸庸，很一般，没突出特色，也没说到点子上。那么，这部书又怎能指望人家一见此文，就能慨然批上“5000”册呢？

诸如此类，定然还有很多问题，是我们外行人不得而明、无从理解的，搅在“怪圈”之里之外，这就是有人说的“诸方皆叫苦”。再听听出版社同志倾诉，也是苦不堪言。

出版社的做法作风，有好有坏，品格不一。他们有很好的，真为中华文化建设做好事，令人尊敬。有的只向“钱”看，做出些坏事，只为捞点儿造孽钱。有的本心未必坏，只因为事势所逼，也不能不考虑“吃饭”和“奖金”等问题。但是有些事，传闻不美，有伤道德，趋于下流，则也不可置而不论。听说有的社，为了书好订好销，乱改书名，书名新鲜别致，或洋味时髦，一下子能多招来万把册的订数！这自然也是目下一般国民文化素质欠高和社会风气轻浮佻薄之一种反映。改改书名迎合“社会心理”，讲求命名艺术并非绝对的不可以，但事有分寸。一位朋友告诉我两个事例：

某社得某学者一部书稿，本名为《拿破仑评传》，百分之百的学术著作，该社同意出版，作者以此上报职称。而书出后，书名变成《拿破仑演义》，作者哭笑不得，职称大受影响。另有一作者写成《秋瑾研究》，某出版社不出。作者立改名曰《鉴湖女侠传》，出版社欣然出版。

另有北师大郭预衡教授为《汉赋通论》撰序，也曾因此书之出，中经种种周折屈辱，一言难尽，遂尔写道：此书出版困难，是作者思想不够开放。倘若定名为《汉赋与弗洛依德》就顺利了。呜呼，敝友愤而谓为可悲，难道是言过其实吗？

当下，出版界盛行的做法是：不给稿酬；作者包销；自负印费；乱拉财东；双方“协作”……出版社也有难处，负担很重，所以又难尽怪他们。但是以“写本书”为生涯的人，他往哪儿去捞钱自费或包购自销呢？难题就是这么样地“转圈”。

然而，今年1月28日，北京某报报道了一桩怪事：三家承印非法书物者，合计之数竟高达120余万册！这需全部没收销毁。试问：这一笔账，其浪费之人力、物力、财力是多大？如以此来印好书、难出的学术文化著作，可印多少？！

转回头来再说说书店。还拿1月份来说，5日《北京日报》第2版用头条地位以《本市新华书店为何越来越少？》为题，反映了市民的呼声。可敬的记者为此奔走调查，全市每八万人才合得上有一处书店，书店中拥挤不堪。儿童书店全市只有两家，挤得孩子喊叫，可是受了罪还买不到一本爱看的书。书店同志则也苦得很，说由于是微利企业，不受重视，而书店资金可怜，无力发展。所以店点越来越缩，有的改了时装店，有的成了个体户阵地……

我看了这些，心绪如潮，实难平静，想一想，心里十分难过。

确实，没有适当的话可表，还得采用那作家所说的“怪圈”。讳疾忌医，是为愚极。只管悲观，也于事无补。剩下的是，恳切呼吁，这种状态，不可任其流而不返，因为这是关系民族文化命运的大事。究竟是否真的一点办法也没有了？还是办法没人想，没想好？还有没有其他出路的可能性？无论如何，这样的大事，如不解决，又怎样弘扬文化，振兴中华？有关部门，登高一呼，延请全国诸方专家硕学，志士仁人，就此课题，开一次严肃郑重的会议，调究实况，讨寻症结，集思广益，献其智虑。国家的重视，社会的支持，难道就真的“没办法”？笔者至愚，也不这样看事。

我同情那位作家的呼声：“怪圈，怪圈，何时得了！我们切盼书籍出版发行能早日走出这个怪圈。”多么感人的声音哪！

（摘自《群言》1991年第4期）

关于“百花齐放，百家争鸣”

冰　心

在我们的想象里，“百花齐放”是一幅多么鲜丽的画图；“百家争鸣”是一个何等痛快的场面！但是要“百花齐放”，必须有风和日丽的“天时”，也要有阔大肥美的“地利”。“百家争鸣”也要有据理力争（这“理”是对国家对人民有利的理）、畅所欲言的自由激发的论坛。

提倡双百方针的领导者，必须布置安排下一个能促成“齐”与“争”的空气和环境。

我的手边正放着一本《龚自珍全集》，随便翻开，正看到他的一首《咏史》：“金粉东南十五州，万重恩怨属名流。牢盆狎客操全算，团扇才人踞上游。避席畏闻文字狱，著书都为稻粱谋。田横五百人安在，难道归来尽列侯？”

足见中国历史上已有了不少的“文字狱”！但诗人还有一首沉痛的呼吁：“九州生气恃风雷，万马齐喑究可哀！我劝天公重抖擞，不拘一格降人才。”

今天，我们不信天公，却相信人力。只要有“抖擞”起来的人力，那么，“不拘一格”的“人才”，自然会一群一群地“降”下来的！

（摘自《群言》1991年第5期）

百家争鸣与进化论的发展

叶笃庄

百家争鸣、百花齐放是促进自然科学向前发展的基本方针，也是自然科学向前发展的主要动力。这是一条客观规律，任何人都无力干涉的。古往今来，欲以一家之言独霸天下者，不是没有，但都不能长命，经不住历史的考验。

解放之后，向苏联学习，在生物科学和农业科学方面，走过一段弯路。前事不忘，后事之师，在坚持百家争鸣、百花齐放的方针下，重温这一段历史可能是有益的。1948年，全苏列宁农业科学院召开了一次大会，有700多位科学工作者出席。在那次大会上，所谓米丘林路线的代表人物、全苏列宁农业科学院院长李森科做了《论生物科学现状》的报告，如他所言，他的报告是经过苏共中央委员会“批准了的”，不言而喻，生物科学界都必须按照他的报告行事。从此，在苏联，孟德尔·摩尔根学派、遗传学染色体学说被带上“唯心主义”、“反动”、“资产阶级伪科学”的帽子。于是罢百家，而独尊以李森科为首的一伙人所“创造”的“米丘林学说”和“创造性的达尔文主义”，而且这是经过苏共中央批准了的“一言堂”。生物科学以政治画线，严重地混淆了科学和政治的关系。

新中国成立后，生物科学的这股冷风也吹到了中国。在大学里只准讲授“米丘林学说”和“创造性的达尔文主义”，禁止讲授摩尔根遗传学。不仅如此，摩尔根学派的科学家们还要公开检查自己的“反动的”、“资产阶级的”学术思想，承认“错误’，表示“悔改”，声明皈依“米丘林学说”。

1956年8月，中国科学院和高等教育部联合举办了“青岛遗传学座谈会”，风气开始有所转变，在进化论教育中删去了“廿世纪资产阶级科学危机”（主要指的是孟德尔·摩尔根遗传学）的内容，摘掉给生物科学戴的政治帽子，准许开设摩尔根遗传学课程。随着1957年“反右”、“双反”运动，在相当程度上又重蹈旧辙，认为“批判孟德尔·摩尔根遗传学不够”；介绍摩尔根的理论观点，被称为是“自然科学上的修正主义”。1958年教育革命，“拔白旗”，随后教改实行“搬太岁”（包括达尔文），闹得乌烟瘴气。直到1961年教育工作贯彻八字方针后，学术空气才慢慢活跃起来。但是遗留下来的不良影响还是很深的，例如现代进化论的代表著作，T. 杜伯赞斯基的《遗传学与物种起源》，1964年出版时，还是以“内部资料”发行的。

到了“文化大革命”，就闹得更不成样子了。在“开展科学领域大批判”中，把进化论打成“资产阶级的科学理论”，甚至在中学取消了生物学课程，鼓吹以哲学代替自然科学。胡言乱语，莫此为甚。中共十一届三中全会以后，文化教育战线进行了拨乱反正，进化论的教学和研究，在百家争鸣、百花齐放的方针指引下，又活跃起来了。

自从1859年达尔文的《物种起源》问世之后，科学的进化论本来就是在百家争鸣、百花齐放下日益发展起来的。这一局面，100多年来，直到今天，并未停止过。达尔文的学说取得了决定性胜利后，进化论虽被许多学者所接受，但也并非接受其全部，特别是达尔文的自然选择理论。关于物种的形成、进化的动力、适应性的起源等，都存在着各家之见，形成了进化论的若干流派，如“新拉马克主义”，魏斯曼的“新达尔文主义”，荷兰遗传学家优里斯的“骤变论”、“现代综合进化论”、“偶然进化论”，莫诺的“小变论”、“直生论”，柏格森的“活力论”。近代分子生物学兴起之后，在进化论中又出现了一个新的学派，叫作“中性进化论”或“非达尔文进化论”，系统提出这个观点的是日本人中村资生。此外，还有科学家提出“间断平衡理论”，认为生物进化是跳跃式的，以此来否定达尔文的渐变论。

围绕达尔文的进化论所出现的百家争鸣、百花齐放的局面，并不是偶然的，而是合乎规律的现象。因为，生物进化问题本身就很复杂，有许多问题至今还弄不清楚，意见不容易统一。各学者的研究领域不同，掌握的材料各异，治学方法也有区别，例如，古生物学家、分类学家与遗传学家，都是从一个侧面进行研究工作的，因而对问题的看法有时一致，有时难于一致。还有，达尔文只能在当时科学条件的限制下完成他的进化论；后来，科学向前发展了，进化了，后继的科学家们自然会提出新的事实，新的论点，从各个方面补充达尔文进化论的不足之处，丰富其内容。达尔文进化论的发展和完善，正说明了在科学领域里必须坚持双百方针，搞“一言堂”总归要失败的。

（摘自《群言》1991年第5期）

再谈东方文化

季羡林

最近一年多来，我经常考虑东方文化与西方文化的关系问题。初步考虑的结果已经写在《从宏观上看中国文化》那一篇文章中。我总的看法是，从人类全部历史上来看，东方文化和西方文化的关系是“三十年河东，三十年河西”。目前流行全世界的西方文化并非从来如此，也绝不可能永远如此。这个想法后来又在几篇短文和几次发言中重申过，而且还做了进一步的发展，这就是，到了21世纪，三十年河西的西方文化就将逐步让位于三十年河东的东方文化，人类文化的发展将进入一个新时期。

我对自己这个看法虽然几经考虑，慎思明辨，深信不疑；但自知不是此道专家，提出这样的意见，似乎有点冒昧；说不好听的，就是有点近乎狂妄。因此，口头上虽然一而再再而三地这样讲，心里有时未免有点打鼓，有点信心不足。

那么，为什么我又很自信地认为，到了21世纪西方文化就将让位于东方文化呢？我是从一种比较流行的、基本上为大家接受的看法出发的：东方的思维方式、东方文化的特点是综合，西方的思维方式、西方文化的特点是分析。从总体上来看，我认为这个看法是实事求是的。在西方，从伽利略以来400年中，西方的自然科学走的是一条分析的道路。越分越细，现在已经分析到层子（夸克）；有人认为，分析还没有到底，还能够分析下去的。

在这里，自然科学界和哲学界发生了一场争论：物质真是无限可分吗？赞成这个观点的人占绝大多数，他们相信庄子的话："一尺之棰，日取其半，万世不竭。"如果真是这样的话，西方的分析方法，西方的思维方式，西方的文化就能永远存在下去，越分析越琐细，西方文化的光芒也就越辉煌，以至无穷。三十年河东，三十年河西，这一条人类历史发展启示的规律，就要被扬弃。

反对这种物质无限性观点的人，只占极少数。金吾伦同志的新著《物质可分性新论》可以作为代表。我自己是赞成这个看法的。最近金吾伦同志给了我一封信，我现在就借用信中的一段话，这样的意见我自己写不出来：

> 我认为，"物质无限可分论"无论在哲学上还是科学上都缺乏根据。在哲学上不能用归纳法支持一个关于无限的命题，休谟对归纳法的批判是深刻的。
>
> 在科学上：（1）夸克禁闭，即使夸克再可分，也不能证明物质粒子无限可分；（2）宇宙学研究表明宇宙有起源，我们无法追溯到起源以前的东西；（3）量子力学新进展否定了层层往下追索的隐变量理论。无限可分论玩的是一种"套层玩偶"。
>
> 分析方法曾对科学和哲学的繁荣作过极大的贡献，但决不能无限夸大，而且正日益显示它的局限。当代物理学和自然科学的新进展表明，宇宙是一个不可分割的整体，而无限分割的方法与整体论是相悖的。无限可分论是机械论的一种表现。
>
> 金吾伦同志这一段话，言简意赅，用不着我再加以解释了。

在这里，我联想到一种目前已开始显露光芒，方兴未艾的新学说：混沌学。一位美国学者格莱克写了一本书《混沌：开创新科学》，此书已有汉文译本。周文斌同志在1990年11月8日《光明日报》写了一篇书评，介绍这本书。我现在也仿前例，借用周文中的一段话：

> 混沌学是关于系统的整体性质的科学。它扭转了科学中简化论的倾向，即只从系统的组成零件夸克、染色体或神经元来作分析的

倾向，而努力寻求整体，寻求复杂系统的普遍行为。它把相距甚远的各方面的科学家带到了一起，使以往的那种分工过细的研究方法发生了戏剧性的倒转，亦使整个数理科学开始改变自己的航向。它揭示了有序与无序的统一，确定性与随机性的统一，是过程的科学而不是状态的科学，是演化的科学而不是存在的科学。它覆盖面之广，几乎涉及自然科学与社会科学的各个领域。它不仅改变了天文学家看待太阳系的方式，而且开始改变企业保险决策的方式，改变政治家分析紧张局势导致武装冲突的方式。难怪有的学者竟然这样断言，20世纪的科学只有三件事将被记住：相对论、量子力学和混沌学。他们认为，混沌学是本世纪物理科学的第三次大革命。

这些话也是言简意赅的，我自己写不出来。

以上两例都应当引起我们认真的反思：为什么到了20世纪末年，西方文化正在如日中天光芒万丈的时候，西方有识之士竟然开创了与西方文化整个背道而驰的混沌学呢？答案只能有一个，这就是：西方有识之士已经痛感，照目前这样分析是分析不下去的，必须改弦更张，另求出路，人类文化才能重新洋溢着活力，继续向前发展。

我对哲学几乎是一个门外汉。但是，我最近几年来就感觉到，西方的哲学思维是，只见树木，不见森林；只从个别细节上穷极分析，而对这些细节之间的联系则缺乏宏观的概括；认为一切事物都是一清如水。而实际情况并非如此。我是相信辩证法的。我认为，中国的东方的思维方式从整体着眼，从事物之间的联系着眼，更合乎辩证法的精神。连中医在这方面也胜过西医，西医是头痛治头，脚痛治脚，而中医则是全面考虑，多方照顾，一服中药，药分君臣，症治关键，医头痛从脚上下手，较西医更合乎辩证法。我还认为，现在世界上流行的模糊数学，也表现了相同的精神。

因此，我现在的想法是，西方形而上学的分析已经快走到穷途末路了，它的对立面东方的寻求整体的综合，必将取而代之。这是一部人类文化发展史给我的启迪。以分析为基础的西方文化也将随之衰微，代之而起的必然是以综合为基础的东方文化。这种取代在21世纪中就将看出分晓。这是不以人们的主观愿望为转移的社会发展的客观规律。

续补

文章写完了，谈到申小龙先生的文章《关于中西语言句型文化差异的讨论》（见香港《语文建设通讯》1990年12月第31期）受到启发，再补写一点。

申先生的文章，正如篇名所揭示的那样，是讨论中西语言句型分歧的背后文化差异问题的。文中列举了吕叔湘先生、史有为先生以及申小龙先生自己对这个问题的看法。除了讨论中西语言句型外，还涉及东西方有关绘画的理论问题。他们的讨论有相当的深度和启发性。我在这里不想参加讨论。我只是觉得，文中的一意见颇符合我对中西方文化分歧的看法。因此，我想引用一下，目的是把我观察这个问题的面再扩展大一些，使我得出的结论更富于说服力，更确凿可靠。

申小龙先生衔引用中西绘画理论中的一对范畴：焦点视和散点视，来解释语言现象。他说："把汉语句子格局概括为'散点透视'，我以为有两方面的涵义。一是汉语句子格局是有流动性。它以句读为单位，多点铺排，如中国山水画的格局，可以步步走，面面观，'景内走动'。二是汉语句子格局具有整体性。它不欣赏个体语言单位（如单个句法结构）的自足性，而着意使为完成一个表达意图而组织起来的句读群在语义、逻辑、韵律上互为映衬，浑然一体。这时单个句读（词组）的语义和语法结构的'价值'须在整个句子格局中才能肯定。这在中国山水画格局来说即'景外鸟瞰'，从整体上把握平远、深远与高远。"他又引用他祖父和父亲两位山水画家的意见：构图首先是整体视觉。他还提到李约瑟、普利高津等所理解和欣赏的汉民族的有机整体思维方式。

我个人觉得，申小龙先生这些意见是很有启发性的。至于三位先生之间的一些术语，比如“散点透视”、“散点视”等不同意见，我不去讨论。我在本文正文中提到的中国思维方式是倾向于综合，而不是分析。在中国山水画和汉语句型中，我的意见得到了证据。不这样也是不可能的。一个民族典型的思维方式，是一切精神文明（甚至一些物质文明）生产的基础，它必然表现在各个方面。

（摘自《群言》1991年第5期）

相声的“歌颂”与“讽刺”

梁　左

我和相声演员姜昆的合作开始于1987年，我们的第一个作品是在当年春节晚会上演出的《虎口遐想》，以后又有《电梯奇遇》《特大新闻》《学唱歌》《着急》《是我不是我》等三四十个段子陆续问世，这期间，我也由北京语言学院而调入中国艺术研究院曲艺研究所，看来是要与相声终身结缘了。

通过几年的创作实践，我觉得当前的相声创作（特别是为电视台大型文艺晚会而进行的相声创作）亟待澄清的一个最重要的问题，就是怎样看待相声的两种类型——“歌颂型”和“讽刺型”的问题。

其实，这种简单的分类方法已经不能适应目前相声的实际状况，因为80年代中期以后，中国的相声艺术已经出现了新的气象。它正在从传统的束缚中艰难地挣脱，也正在从新中国成立后相声创作被人为地分成“歌颂型”和“讽刺型”这样两种简单的类型中艰难地挣脱，而转向以幽默的笔调来描绘人生百态，反映社会心理和揭示社会问题。这也是继承传统相声“市民生活风俗画卷”的优良传统，只是由自然主义的描摹变为现实主义的描绘，因而比实际生活更集中、更概括、更典型、更具有表现力。

相声作品的思想深度和反映生活的广度与其他体裁的文艺作品相比并不逊色，因而也就不可能简单地分为“歌颂型”或“讽刺型”——这种奇特的分类法是相声所独有的，从来没有人把小说、诗歌，戏剧、电影这样分类。

《红楼梦》是“歌颂型”还是“讽刺型”？《茶馆》是“歌颂型”还是“讽刺型”？《离骚》是“歌颂型”还是“讽刺型”？从来没人问。凭什么我们的相声就该在这“歌颂型”与“讽刺型”中间绕来绕去，绕了40多年还没绕出来，而且还准备一直绕下去呢？

相声是最受观众欢迎，也是最难搞的艺术品种。春节是我们民族的传统节日，春节晚会的基调一般都是团结、奋进、欢快、向上——虽然历年的提法略有出入，但大致如此。这种基调本身无可非议，而且对音乐舞蹈什么的很适宜，载歌载舞，喜迎新春嘛！相声就难了，虽然也可以沾个“欢快”的边儿，但偏偏又爱“讽刺”，“讽刺”到谁头上谁还能“欢快”吗？

要“讽刺”还有个规矩，对事不对人。工农商学兵，谁也不能提。马季的《宇宙牌香烟推销员》一出来，就有人说：“难道这就是我们社会主义推销员的形象吗？”不是呀，这是个别的，还有好的。“那你怎么不说那好的呀？”

“讽刺”总得有人物，有人物总得有职业，说别人不行，就说演员自己吧！沈伐的《零点七》（四川谐剧，类似于单口相声），说的就是演员要高价，这回别人听着倒没意见，演员不干啦！参加晚会的一帮年轻演员一本正经地找到沈老师，“剧组让我们通知您，您的节目被‘枪毙’了，让您赶紧收拾东西回家，一天不准多待！”说是开玩笑，也能见真心。节目播出那天，你看那现场效果，观众个个笑开颜，演员个个板着脸——这两年社会上对咱们演员的议论就不少啦，您还跟这儿添油加醋的，这不自己跟自己过不去吗？

在春节晚会上搞“讽刺”，还得照顾到节日习俗，诸多禁忌，百事不宜。什么生啊死啊伤啊亡啊的都少提，大过年的别给人添堵。爱情也少写，人家家里大男小女老少三代团团圆圆坐一块儿看电视，你写这个，当老辈儿的脸上挂不住。外国的事儿说说行吗？跟谁也不挨着……别呀，中国节日你老提外国干吗？

1989年春节晚会，我准备了三段相声：姜昆、唐杰忠的《特大新闻》，牛群、冯巩的《小偷公司》，笑林、李国盛的《海盗遇难》。

这三段作品经过演员的二度创作和排练试演都达到相当的水平，但最终一个也没有在晚会上露面儿。

其中《特大新闻》是我和姜昆经过再三考虑，认为在春节晚会上播出的希望十分渺茫而主动给了元旦晚会，后来赶写的《捕风捉影》则是仓促之作了——这也是“讽刺型”的，不过属于小打小闹一类。

牛群、冯巩的《小偷公司》在彩排时曾被认为是当年晚会上最好的相声，而且直到现在他们也认为这是他们表演的所有相声中最好的一段，是代表作。因为这个段子的主题尖锐，又涉及当时最为敏感的政治体制改革问题，几经反复，最后还是决定拿下。

《海岛遇难》的下马还有其他原因，但也与它属于讽刺揭露类型的作品有一定关系，否则是完全有条件修改提高的。

一年后，《小偷公司》在《综艺大观》栏目中播出，观众的反响十分热烈；同时又在《解放军文艺》上全文发表，并获得了该刊的优秀作品奖。这至少说明它在政治上没什么大问题吧？须知部队以正面教育为主，比地方严格得多呢！

在今年的春节晚会上，我和姜昆也准备了好几段相声，其中有一篇《怪圈》是在去年“禹王亭”杯全国相声大赛中经十几位专家无记名投票获得创作一等奖的，有一定的思想深度，艺术质量也不错，至少我是很有信心的。

但是，晚会剧组有些同志出于好意提醒我们：你们连续五年的作品都是讽刺揭露型的，今年还一定要上这样的作品吗？应当承认，这种提醒是有道理的，这几年社会上对我们的创作也有一些议论，我们又远没有达到“走自己的路，让别人说去吧”那样的超凡境地，几经反复之后，在晚会直播前的一个星期，决定改上《美丽畅想曲》。

《美丽畅想曲》虽然是旧作，但并不成熟，也没有正式演出过，更不具备上春节晚会的条件，需要突击修改，突击排练，突击试演。起了个大早，赶了个晚集。这样仓促上阵，节目的质量当然是很难保证的。

有人问我："你们这段相声到底是写什么的？"说真的，现在连我自己都不知道了。原来是想说明人在追求完美的同时不能失去真实、失去自我、失去本来面目，现在这层意思倒也还有，只是被大大地冲淡了。追求美总是正当的，应当正面提一提嘛！整容事业在我国刚刚起步，恐怕不能成为讽刺对象吧？假如有些同志整容没有做好，留下了缺陷，我们在过年的时候用这段相声去刺激他们是否合适？你能说这些提醒都是不必要的吗？

春节后，在首届中国曲艺美学研讨会上，见到著名美学家王朝闻先生，谈起《编辑部的故事》，他说，有一集写了一个不好的小保姆，还要陪衬一个好的小保姆，可见作者用心良苦啊！他老先生一定不知道我们写相声的用心比这还要良苦得多，非把一段锋芒毕露的相声磨得八面玲珑不可——何苦来呢？

对于"歌颂"与"讽刺"的问题，我是这样看的：

首先，在指导思想上，我们历来对文艺作品的作用是否估计得太重了？可以兴邦，可以安民，可以团结教育，可以打击消灭，可以用来反党，可以抵得上一堂生动的政治课……我不否认在历史上曾有一些文艺作品起到过相当重要的作用，但那毕竟离不开特定的时代和特定的环境，毕竟还不能算作普遍的艺术规律。若要求所有的文艺作品都必须起到偌大的好作用，就有点儿强人所难了；若怀疑所有的文艺作品都可能起到偌大的坏作用，就有点儿杞人忧天了。文艺就是文艺，不能被别的东西所代替，也不能代替别的东西。说到曲艺、相声，受其篇幅、形式的限制，其作用比起其他文艺作品来可能还要更小一些。一位相当级别的负责同志曾指出："曲艺是一种群众性的文化娱乐，人们在劳动之后，喜欢听一些轻松愉快的东西。"仅此而已，岂有它哉！

关于相声创作的题材问题，"题材无禁区"，这当然是对的，但这是就文艺创作的整体而言，具体到某一艺术门类，往往是有禁区的。比如音乐、舞蹈就很难担负起讽刺批判的重任，这类题材就是它们的禁区。这种题材的禁区并非人为划定，而是艺术规律使然。具体到相声创作的题材，禁区也很多，一切悲剧题材，一切正剧题材，都在禁区之内。相声的题材只能是喜剧题材，喜剧是将人生无价值的东西撕破给人看，超出这个范围以外的东西是它所无力承担的——《古兰经》有云："不要让我们承担我们所无力承担的担子吧！"

如此说来，相声创作还要不要体现"时代的主旋律"呢？当然要。今天我们回头来看，就会发现每个时代都有自己的主旋律，每个时代的文艺也都有自己的主旋律。不管作家本人自觉不自觉，愿意不愿意，他的作品都不可能超越他的时代，都只能是构成这个时代文艺旋律的音符。无数位作家，无数篇作品加在一起，就构成了这个时代的文艺主旋律。所以，主旋律是通过长期的艺术实践自然形成的。况且，除了主旋律之外还有副旋律，还有次旋律，还有别的五音六律，否则还叫什么音乐？我们时代的文艺主旋律是什么，应当由后人通过分析我们的作品来得出结论，而不应当由今人在我们创作之前就作出规定。退一步说，就算我们时代的文艺主旋律只能是正面歌颂我们的时代，绝大多数相声作品由于其讽刺揭露的功能而无法划入这主旋律的音符之中，那它们也仍然有自己存在的理由，正如前引那位负责同志所说，"揭露反面的错误的东西，可以起到和正面教育一样的作用"。

最后，我还想为中央电视台的同志们说几句话。他们中的许多同志，包括许多领导同志都是文艺的内行，也是作者、演员的好朋友，只是春节晚会的担子太重了，观众的期望值太高了，来自四面八方的压力太大了，他们不得不谨慎小心才行。在相声"歌颂"与"讽刺"的问题上，有许多多年来缠绕着我们的东西，也同样缠绕着他们。这些年的春节晚会，我们就是这样一起挣扎着摸索着前进。

什么时候，我们才能从这"歌颂"与"讽刺"的缠绕中挣脱呢？

（摘自《群言》1992年第5期）

浅谈罗丹的艺术

赵　锐

1993年2月15日，罗丹艺术大展在京隆重开幕，罗丹这位杰出天才的作品终于来到我们身边。久违了，罗丹！

初春的京城，乍暖还寒，但罗丹以他不可抗拒的魅力，在每个热爱艺术的人的心中点燃了一团令人兴奋激动的火焰。

罗丹生前曾渴望来中国，但未能如愿。这次他的作品载着他未了的心愿，终于来了。这次罗丹艺术展共展出罗丹的62件青铜雕塑、25幅素描和20多幅珍贵的历史照片，以及罗丹情人米耶·克洛代尔的两件雕塑作品。我们以往对罗丹雕塑的了解，大多从画册及一些印刷品中得到。能有幸亲眼见到罗丹雕塑原作的人毕竟很少。而雕塑又是一个三维空间的视觉艺术，不看原作是难以领略作品精髓的，罗丹的雕塑更是如此，不看原作我们就很难领略到他独特、灵动的创作手法。中国人能在自己的国度里欣赏到这位旷世奇才的作品真是一件幸事。

罗丹是一位极具传奇色彩的艺术家。他生于1840年，与印象派大师莫奈同年出生。罗丹的父亲是个小职员，母亲是个清洁工。很小的时候，罗丹就显示出美术方面的天赋。因贫穷买不起颜料和画布，只能用铅笔临摹雕塑作品。罗丹曾三度报考美术学院，三次落榜。为了生计，罗丹开始在雕塑工作室里做一些翻砂、复制、塑型的工作，这使他愈加迷上了雕刻，也丰富了他雕塑的技艺。1862年由于种种原因，他进入修道院，在那里，罗丹成功地完成了《修道院长艾玛胸像》（1863年）（当时罗丹只有23

岁，但已经显示出不凡的雕塑天才）。罗丹再也不能忍受修道院单调、沉闷的生活。他终于走出修道院回到自己熟悉的社会中，全身心地投入艺术创作，并且将雕塑作为毕生的事业和追求。可以说，从此罗丹真正走上了艺术之路。此后订单不断，使他能够以此维持生活，同时创作大量作品参加沙龙展览。但是尽管他才华横溢，而艺术的道路是崎岖坎坷的。由于罗丹的创作极具个性，几乎完全脱离了古典主义的传统，而采用了全新观念的雕塑手法，因此，几乎每一件作品的问世，都引起社会的极大关注和各种争议。但罗丹并未因此而改变自己的风格去迎合时人的趣味以获得廉价的赞许，他始终执着地走自己的道路，终于成就了我们现在所看到的罗丹。

对于罗丹的研究，美术界一直分歧很大，评价不一，但他作为一个伟大的艺术家的成就和地位，已是众所共识的。因为他与印象派的重要代表莫奈关系密切，两人还一起办过联展，加上他的雕塑手法明显有异于古典风格的传统，因此，有些美术史家把他归入印象主义；也有人以罗丹为分水岭，把罗丹的艺术作为古典雕塑与现代派雕塑区分的界线；还有人把他定为浪漫主义的最后一人，或者象征主义的代表。其实罗丹就是罗丹，他的艺术的特殊性，决定了他不属于任何一种流派，他以他天才的表现力确立了自己在艺术史上独立存在的地位。简单地把他归入某一艺术流派中是片面的。罗丹好像是在仔细观察研究了从古至今众家艺术之后，突然感悟了，他把各派艺术本质上的精华加以提炼、概括，以为己用。这些精华主要是观念上、意识范畴里的东西，表面技法尚为其次。例如，古希腊的神人一体，米开朗基罗的悲剧性的英雄主义，贝尼尼的抒情、恬美，以及印象派绘画中对光线的敏感和奔放的笔触，都在罗丹的作品中有所体现，因此罗丹的艺术也并非是孤立的，他与其他门类的艺术存在着千丝万缕的联系。但这些都无法掩盖他那鲜明的、不可模仿的个性，这正是他的艺术魅力所在。

罗丹的雕塑，总是引人静观、沉思。他的《思想者》高踞于地狱之门，蜷着身子，低垂着头，手抵着下颚，俯视着地狱中的凄惨景象，沉邃地思考。其形体的夸张变形及每一处细节都有着深刻的内涵。他的作品中总是充满了悲剧性的感染力，以其独特的力量震撼人心，尤其是晚期的作品，这种悲剧感愈加强烈，几乎是痛苦的表现。这也是世纪末艺术的共性。

具有文学性、情节性是罗丹雕塑的一大特点。这得利于罗丹在文学上的极高修养。但丁、雨果、巴尔扎克、波德莱尔对他的影响是很大的。这些文学家的作品中的人物常出现在他的雕塑中。如根据但丁的《神曲》创作了《地狱之门》，《欧米哀尔》（又名《老娼妇》）则来源于波德莱尔的《恶之华》，雨果、巴尔扎克作品中那些悲剧性人物很多也都出现在罗丹的雕塑作品中，甚至连雨果、巴尔扎克、波德莱尔本人也成为罗丹雕塑的一部分，而且极生动、传神，体现了他对文学作品及作者深刻、透彻的理解。《巴尔扎克像》是罗丹最杰出的作品之一，他在创作时，完全抛弃了传统雕刻观念，大胆构思，手法大刀阔斧，他没有把巴尔扎克塑成普通的文豪形象，而是力求从思想内涵和精神风貌上来表现，经过多次易稿终于完成了现在我们所看到的巴尔扎克像——身披睡袍，头发散乱，深邃的目光，似思绪在飞转。文豪所应有的气质和激情表现得淋漓尽致。在罗丹以后，再也没有谁的作品能超越这尊雕像。罗丹作品的名字很多也来源于文学作品，如《我是美丽的》就是出自波德莱尔的诗句。

罗丹对艺术的感受力和表现力都是超群的，他眼光敏锐，洞察深刻。其对雕塑本身的表现不限于感性层次，已经上升到哲学高度，有一种虔诚的宗教情感。具有宗教性，也是罗丹艺术的一大特点，罗丹虽不像米开朗基罗在晚年完全陷入对宗教的狂热中，但他在晚年曾说：“一个真正的艺术家是最有宗教感的”，“如果没有宗教，我会创造出一种宗教”。在其作品中也有大量的宗教题材的作品，如《施洗者约翰》《亚当》《夏娃》等。可见宗教对罗丹的影响。

罗丹认为“自然是美的”。罗丹深入研究自然、遵循自然，他认为自然是艺术的标准，艺术的目的是表现真实的自然。在他的《青铜时代》展出时，就因为这个作品太写实，有人认为他是从真人身上翻模复制，而遭到种种非议。但罗丹的这尊雕塑表现的是真实的自然，是经过艺术提炼的，有思想性的。他的雕塑本身是静止的，但却不使人感到停顿、死板，显示出强烈的动感，是对运动瞬间的表现，能在静中表现出动感，表现出精神和强烈的生命力。

罗丹的雕塑不讲求外表形式的光滑和曲线的美满，但也不因没有一条曲线、一块平面而失去生意和神致。他把雕刻精神化了。他强调的是作品的“雕塑味”，如同绘画中的笔触一样，他的方法是分析的、探索的，追求外形的起伏变化。这种“雕塑味”有一种不可言传的生动性。罗丹的《夏娃》和古希腊的《米洛的维纳斯》相比，没有人说维纳斯美而夏娃丑。维纳斯和夏娃是西方艺术中描写较多的两个题材，一个来自希腊神话，一个来自基督教教义。维纳斯是纯美的，有古典唯美的性质，夏娃是宗教中的罪人，她要受难，罗丹的夏娃是成熟的女人身，是母体，没有光滑的曲线，但我们可以看到沉郁、真实的母性的美。

米开朗基罗是罗丹最崇敬的雕塑家之一，罗丹从米氏那里吸取了许多东西，米氏的《大卫》和罗丹的《青铜时代》同样是男体，米氏的大卫是充满了英雄主义的战斗激情，目光中流露着沉着和坚定的信念，肌肉紧张，正准备投入战斗；而罗丹的《青铜时代》却显示出一个蒙昧的状态，尚未睁开的眼睛露出一丝迷茫，躯体正欲舒展，表现出两种完全不同的艺术效果。罗丹继承前人的东西，不是机械地吸收，而是理性地提炼，反映到作品中，又是完完全全他自己的个性。

罗丹在世界雕塑史上的地位是不可磨灭的，影响也是深远的，但这不表现在其艺术风格的传承上。罗丹的学生虽然大多在他的工作室里工作，但在风格上却都与罗丹不同，如布尔代、马约尔等，而且后来都成为影响后世的著名雕塑家。这也是美术史上的一件奇事。

罗丹的艺术已经不属于法兰西，他的艺术是世界艺术宝库中的瑰宝。其艺术的独特性是无法替代的。罗丹，你就是你。

（摘自《群言》1993年第6期）

电影的观赏性从何说起

荒　煤

我今年已是八旬老翁，却一连被邀参加了多次电影界的活动：诸如当代电影观赏性研讨会、《乡魂女》在天津的颁奖会、弘扬人道主义精神优秀影片评奖会、全国优秀剧本评奖会。同时，还从报纸上看到，各种评奖活动还在不断兴起，好像电影艺术已经进入了一个辉煌时期似的。

不料有一天，一位一贯冷眼旁观，颇有幽默感的老朋友给我打电话，突然向我射了一箭，正中心窝！“老头儿，别去凑热闹了，现在电影谁看啊，你瞎吵吵，有什么用？！”我也似乎突然清醒起来。我这个离开电影实际工作快十年的老兵，现在又忙碌起来，是为了什么？难道电影真有了危机，还非得我出来呐喊几声。我又想起在电影观赏性研讨会上我讲过一句话：“研究当代电影观赏性问题，实际上是研究中国电影要走向何处去？！”由此感慨万千！观赏性从何说起呢？

有些现象的确值得思考。例如文学作品，本来是要读者看的，有没有一种不看不读的文学作品呢？可是现在文学评论文章和书评、广告中却常常出现这样的字眼，叫做可读性。电影本来就是要人看的，但确有些电影没人看或很少有人看，于是就有了“可看性”的字眼。后来可能是为了保留点艺术品位，又发展为“观赏性”，与思想性、艺术性并列为三性，我不知道最早提出“观赏性”的是哪位同志，但应该承认，这种提法用心良苦！既没有亵渎艺术，还与思想性、艺术性并列。难道不好么？

十年动乱期间，我有一条不断被批判的“滔天罪行”，就是热衷提倡电影特性、艺术性而忽视思想性是灵魂！现在不仅可以谈艺术性，而且大谈起“观赏性”来，这可开放多了。可是，在商品经济大潮的冲击下，在所谓面向市场的激烈竞争中，电影观众大幅度下降，有的电影制片厂连发工资都有困难了，于是又有同志感叹道：“别提这性那性了，老老实实承认电影就是商品，就要走商业化的道路，就是要搞商业性！”好像电影一旦姓“商”就能活下去，就能发财了！

但实际情况未必如此，有些以为观众要看的武打片、侦破片也并不卖座。有一阵，电影界忽然流行一句话，观众就是上帝。意思也不错，上帝不看，你靠什么活下去。尽管中国电影观众大幅度下降，但在国际上看，中国仍然是电影观众人次最多的国家。可是上百亿人次的上帝，又以哪些上帝的欣赏水平为准呢？这些上帝不爱看的，不见得别的上帝就不爱看。

有时一对男女上帝，花20或30元的票价到豪华电影小厅去买一张情侣座，也未见得就是为了看电影；恐怕有不少情侣上帝，是为了寻找一个在豪华的气氛中谈情说爱的场所罢了。有些豪华影厅也主要是放映西方和港台电影。因而豪华影厅虽收入较多，也不足以说明上帝的意愿。

前几天，我看到《文汇电影时报》头版的一条消息：首届中国电影交易会开幕，其中和香港合拍的影片销售情况较好。另一消息，上海电影市场国产片独领风骚，使“放映市场呈现勃然生机”，其中《大红灯笼高高挂》和《新龙门客栈》，算国产片，却又是合拍片。

消息还说：“据有关方面预测，这种好势头还将延续，因为今年将有《霸王别姬》《黄飞鸿——狮王争霸》《龙兄豹弟》《画魂》等好看的影片，国产片（合拍片）领头羊的地位仍有望保持。”但是，真正的国产片，完全独立拍摄而也能“独领风骚”的影片有没有呢？

前几天，1992年首届电影政府奖公布了结果：《蒋筑英》获最佳故事片奖，《阙里人家》《刘少奇四十四天》《站直了，别趴下！》《中国人》四部获得优秀故事片奖。这些影片大都还没有在全国放映，不知道在放映市场上能否独领风骚。据说《蒋筑英》看后能“催人泪下”，但卖出拷贝数不多。可是，在广州放映，一炮打响，受到观众的热烈欢迎，拷贝数随后有所增加。由此可见，“观赏性”三个字倒真还是一门学问，不可小看。我倒真希望电影评论界、制片家、电影发行家、电影艺术家，甚至广大观众都来研究研究这个“观赏性”问题。

我的老朋友谢晋导演，近年来不断痛心疾首，大声疾呼，希望电影界大家都研究研究电影怎样拍得“好看”！其实，也是观赏性的更通俗一种说法。电影界近年来议论纷纷，忧虑万千，对电影观众人次大滑坡现象总想找到一种“说法”。电影到底是个什么东西，对许多人来讲，似乎还是个谜。

电影从“杂耍”发展为风靡世界的艺术，到现在将近一个世纪了。至今美国好莱坞的电影还大量控制国际市场。第一个社会主义国家苏联建立之后，列宁曾指出，电影在各种艺术中起的作用是最重要的。随后有了震撼一时的苏联电影的产生，并激起了世界左翼电影的兴起。第二次世界大战之后又有了由东欧、中国等国形成的社会主义阵营的电影事业。但现在，原苏联和原东欧各国的电影市场已被大量的美国电影所占领。

新中国的电影事业，几十年来风风雨雨，在“文革”之前，就查出了一条所谓“反党反社会主义的修正主义的文艺黑线”，结果在十年动乱中，电影业成为一片废墟。新时期这短短十多年来既取得了巨大的成就，也出现了许多新情况、新问题，电影事业面临着严峻的考验。怎么迈开新的一步去获得广大观众的喜爱？

这涉及管理体制和制片、发行、技术革新一系列的问题，但归根到底，最根本的还是得使电影富有观赏性，好看，观众爱看。

举例来说：我们现在的电影创作，题材、形式、风格是否真的多样化了？为什么国产的武打片，就是不能如香港拍摄的或合拍片那样获得更多观众？我们有多少真正的所谓言情片、爱情片、道德伦理片？台湾同胞回大陆寻亲、探亲，报刊上发表过多少生动感人的故事，怎么没能拍摄一部好电影？有一部叫做《假女真情》，为什么不可以有一部《真女真情》？

又如，党和国家反复强调反对贪污腐化，也揭露了很多大案，我们却没有这样题材的影片。而香港一部揭露香港官员贪污的影片《廉政风暴》，在沿海城市放映颇受欢迎。

为什么江西影视研究所张刚同志自编自导，自筹资金，买厂标，几年来拍摄了十多部影片而不亏损，还有盈余，不少影片销售150个拷贝以上，而我们有些制片厂常常是大部分的影片亏损?

我始终认为，电影创作要繁荣，还是要剧本。但现在有的制片厂连文学部也名存实亡了。1992年全国优秀电影文学有奖征集活动即将结束，一二三等奖共七部——仅占全国故事片150部产量的1/20。上影、北影这样的老厂、大厂竟无一部剧本入选……为什么？这些随便举出的一些例子，难道不值得我们深思么？看来，当代电影的观赏性问题，实际是涉及中国电影走向何处去的问题，也就是我们如何建设有中国特色的社会主义电影事业的问题，这并不是我故意夸大的说法。

但愿真正关心中国电影事业的同志，共同来探讨一下这个问题。

（摘自《群言》1993年第7期）

表演历史人物漫谈

郑　榕

历史人物如何表演要受导演和剧本的制约。史诗型的影片，大多近乎“历史画卷”，不要求对人物的精雕细刻。有的则以塑造鲜明生动的历史人物为主，如《列宁在十月》。能把两种因素融为一体，既有如实的时代背景，又有令人难忘的人物形象，如《乱世佳人》等，便是难能可贵的了！当代还盛行一些以娱乐为主的影视片，不计较历史真实，演员可以任意发挥。就个人而言，我还是对真实生动的历史人物形象有所偏爱。至今我扮演的角色有80多个，其中历史人物约占1/4。这次在电视剧《唐明皇》中扮演的姚崇，历史上四代为臣，三朝为相，认定唐明皇是个有为之君，又深感知遇之恩，决定鞠躬尽瘁，为他效忠。这个“忠”字的后面有着丰富的内涵，在这方面事先我是做过一些准备的。但对唐明皇的缺点，他并非视而不见，与同朝的官员之间也存在着嫌隙矛盾，对这点在整个戏中表现不足，在表达人物性格的多侧面上我挖掘、重视得也不够，因此人物显得单薄、片面，不够丰满。倘用我国传统的审美观点“言不尽意”、“气韵生动”来加以衡量，便明显地感到远远不足了。早期演过谭嗣同、李鸿章、袁世凯，只能说是“傻演”，除去忠奸以外便无其他考虑了。进北京人艺以后，才算有了师承：一是焦菊隐导演，他毕生致力于对传统戏曲表演精华的借鉴；二是瓦赫坦戈夫的“戏剧现实主义”，争取体验派和表现派的结合。在这一点上二者又有相通之处，既要求演员有深刻的内心体验，也要求用显明的外部技术把它表现出来。焦先生开始排《虎符》

时，采取“生搬硬套”的做法，目的是先使演员进入戏曲表演艺术之门。我扮演侯嬴，在学习马连良的念白时，改掉了话剧读台词容易挤情绪、先运气的毛病，长段台词读起来不那么费劲了。排《蔡文姬》时，焦先生试验了戏曲中“借景传情”的手法，创造了“出走”和“梦境”两场迷人的意境。王国维说过：“文学之工与不工，亦视其意境之有无。”“情与意合——意与象通”——这就是意境。主客观相结合，虚与实结合，便创造出一种诗化的艺术形象来，能引发观众的联想，也是艺术的享受。

瓦赫坦戈夫提出：演员对角色性格和生活环境应该像对自己的母亲那样热爱。演员应该知道：他与对手的关系；他要从对手那儿得到什么；他为什么来到舞台上。而不要陶醉于“自我”之中，或一味欣赏展示演员自身的气质……

我悟到了扮演历史人物不是要演他的忠奸刚正，而是要下大力去体验角色的“人物关系”和“思想后景”，虽然古人已乘黄鹤去，但毕竟留下了大量的文献、资料、图片、文物……并非无可查证。《开元天宝遗事》中载有《步辇召学士》一文，从中可以窥见姚崇与唐明皇的亲密关系；从阎立本的“步辇图”中可以体会到唐代君臣之间的礼仪状态，这些都对我演姚崇有很大帮助。我在《武则天》剧中饰裴炎时，就是从一幅明代肖像画的眼神中得到了启发的。

焦先生导演该剧时，要求：第一，富有语言性的形体动作，特别是能揭示人物细微心理活动的小动作（一招一式，举手投足，一个眼神等）。台词是“画龙”，富有语言性的动作是“点睛”。第二，要求形体动作的无声语言比有声的语言更为丰富。《武则天》中有一场戏，东宫暗藏兵器的事败露，武则天要传讯上官婉儿。裴炎惊恐，担心谋反的阴谋被揭发，特意来查讯郑十三娘。焦先生作了如下的提示和处理：裴炎上场，故作镇静，发现屋里只有十三娘一人，便用手指指绣花架子，示意她走过去。到了架旁，他又一指，要十三娘坐在绣花绷子前。再一指示意要她绣花。这时才以若无其事的口气说：“婉儿受人牵连了！”十三娘一听女儿出事，一惊站起，忙问："出了什么事情？"裴炎又一指，示意她继续绣花，不要慌乱。这才告诉她：射死正谏大夫的凶手，供出是太子的指使，也牵连到婉儿。然后问她是否将密谋反叛的事对婉儿讲过。这默默的"四指"生动地突出了裴炎的狡黠和机智，可以诱发演员体验人物的细微心理活动。

上海评弹在表现我们民族中各种典型人物的精神面貌时，从人物性格的矛盾出发，抓住关键性的细节细腻描绘，用动作表情尽量丰富人物性格。就像剥笋一样，直到"闹"够了，"闹"透了，人物心灵深处轻如涟漪的细微活动也都揭露无遗了……例如杨振雄兄弟表演的《闹柬》和《回柬》，就令观众叹为观止。

影视表演要求含蓄，有人误认为只是"放"与"收"的关系，没有自觉地运用思想后景，人物显得瘟而平。我在《楚天风云》中扮演董必武时有过这样的教训，开始想模仿外形，过了！病后出院，赶上拍法院斗争的戏，想演本色，结果样片上出现的是萎靡不振的郑榕，哪里像风云中挺立的董老？亏得这场戏由于技术原因后来重新拍过了。一位执行导演曾要我"一片生活，不要去考虑政治"，被我拒绝了。含蓄是凝炼的结果，而不是简单化。影片中有一场董老和楚梅的戏，董说："楚梅，我们生活在这样一个动荡的年代里，有的人迎着革命的潮流冲上去了，也有的会堕落，会走向反动。我们每个人都要经受住这样一场考验哪！"我没有把它处理成教训人的口吻，而是带有自责的反省……

马克思、恩格斯在谈到理想的性格时都强调要莎士比亚化，而反对席勒式，他们认为，一方面要有一种普遍的力量，或人生理想，作为他情致的根源，同时还要是一个多方面的丰富的有血有肉的人物，否则就成为死板的公式化的抽象品。在中国古典小说戏曲中，很难找到思辨性的论争，纯理性的剖析和无动于衷的叙述……更多注意的是人物性格的描绘和人物感情上的渲染。做到以情动人才能以理喻人，中国传统戏曲的作用是"潜移默化"。

我在影片《直奉大战》中饰段祺瑞，最后就任执政时，作者要出他的洋相，让他在接印时失手落地，跪地抢印。我当时犹疑了一下，还是照演了，后来被报上评为“败笔”。另一次扮演一个黄金荣式的人物，在面对他的死敌时，我加了一句台词，为逼死对方的妻子向他道歉……这个改动受到一位编辑的赞赏。

在舞台剧《吴王金戈越王剑》中我演过勾践，有人认为勾践复国以后的变化过于突然，像是通过剧中人物表达作者自己的意见……对《秦皇父子》一剧意见较多，认为剧本只是罗列了历史事件，根本没有进到人物内心深处去，作者未能提出新的看法，为重新审视历史人物提供历史的反思……

我在影片《两宫皇太后》中扮演曾国藩，在读他的传记时对这个“在世时就兼有‘中兴第一名臣’的桂冠和‘曾屠户’、‘卖国贼’的徽号”的，在中国近代史上有争议的人物性格，产生了极大的兴趣，可惜在该片中没有足够表现他的篇幅。

“神似”胜于形似，“神”就是剧中人物在进行一系列活动时的主要心理依据，包括他的人生观，对人对事的看法，伦理道德观念的形成……演员若能把握住其中具有决定意义的东西，就能做到纵横自如，无往而不至。

（摘自《群言》1993年第8期）

“北京文化”的危机

陈　来

汉语普通话以北京话为基础，北京是中国文化和政治的中心，在现代传播手段高度发达及现代国家干预意识强化的情况下，北京文化，包括北京人的语言、作品、素质对全国影响甚大，甚至对中国文化在世界的影响和形象也有莫大关联。这里所说的“北京文化”主要是一个综合的城市文化的概念，特重其渗透整个城市日常生活、语言系统和艺术现象的综合表现，而不关注知识精英的学术文化活动。因为，精英文化的社会化总是有限的，无法对整个城市文化发生影响。

一个生长在北京的人对北京自然有相当深切的感情，同时由于生长于斯，对个中的弊病就体会更深，也尤为痛切不满。特别是最近20多年来，北京文化的演化及其走向越来越令人不满意，基于这种不满而发生的检讨，可以说是“爱之深，责之也切”吧。

“文革”以来北京文化的演变的主要线索是：从片面的“工农化”到全面的“庸俗化”，总体上说，在“雅”和“俗”之间严重失衡。传统的北京文化，体现在北京人的行为面貌，是讲求礼貌礼节，温和亲切，乐天知命，敬重文化；表现在文艺上尚能雅俗共赏；整个城市，包括街面胡同，都处处体现着与古典传统密切关联的文化意味。从社会学基础上分析，北京是元明清几代都城，雅士文人、达官显贵长期在此活动，书香之家数代相传，雅文化影响源远流长。但推翻帝制建立民国以来，特别是民国政府南迁后的北平时代，北京不再是政治中心，又无近代工业，变为一个文化、消费的城市。在社会结构上，一极是从事教育和精神制作的知识阶层，一极是从事消费服务的服务阶层。处于两者之间的是城市的中间阶层，其对城市文化的支持作用相当于现代城市的中产阶级。近代的北京社会既缺少大工业无产阶级，又始终未形成一个代表文化品位并对下层市民有引导作用的上流社会。近代的北京文化主要是适应中间阶层与服务阶层的需要和口味，打着他们的深深的印记。

从事城市消费服务的阶层构成了近代北京的重要市民基础，北京的民俗文艺大多生长于其中，受到他们的各种影响，天桥文艺是最明显的例子。相声大师侯宝林逝世之后，马季同志在电视上有一段深刻的讲话，大意是：相声的出身不太好，即出身于庸俗的市井之中，侯先生的贡献就在于他使相声逐渐摆脱掉市民气，成为雅俗共赏的艺术。的确，侯宝林的相声真正代表了雅俗共赏的北京艺术典范，是北京文化的骄傲，马季的这个讲话一语道破了北京文化的症结。

解放后的17年，北京重新成为政治中心，大批来自全国的机关干部和知识分子进入北京，成了北京住民结构中的重要部分。但这些人口大多居住在旧城之外的大院，对旧城内的旧京文化影响不大。“文革”中，“打、砸、抢”成了北京大院文化的一种特色，并在“文革”的后期与一直被压抑的旧京的流氓文化合流，对北京文化造成了极大的破坏，其流风在当代北京商俗文化的“大哥大”、“大姐大”中仍有表现。

在现代社会的建构过程中，从理论上讲，随着教育文化水平的提高，北京文化应当逐步提高到更高的水平，逐渐清除传统北京文化中的市井暴戾和小市民习气，培养起与现代文明大都市地位相称的博大、雍容、雅俗平衡的文化气质。然而“文革”的过程，将以往北京文化的高雅层面全面打倒，知识文化阶层一夜之间落至社会底层，不再受人尊重。片面地把工农兵推上政治舞台的社会结果是：斯文扫地，暴力行为取代了温良礼让，污言秽语成了“革命”的语言特征，市井的庸俗的下层文化在“工农化”的大旗下理直气壮，社会文化的合理格局完全颠倒。又由于老北京与上海不同，城市市民的基础不是产业工人和白领管理人员，城市劳动者主要是拉车、送煤、摆摊等处于下层而无机会接受教育的个体劳动者，所以“文革”中北京当道的下层文化就更多了一点市井庸俗的东西。从那以来，北京市面上脏话泛滥、斗殴频仍，屡见不鲜；其最甚者，女孩子破口骂人居然脸也不红，而所骂之话的难听，无以复加。社会行为无序，文明水准低落，显示出城市文化的严重失范。

改革开放以来，由于社会流动的活跃，北京住民的文化构成进一步改变，但市井习气丝毫未褪，个体户及暴发户本来就受市井文化影响很大，现在借金钱的力量把他们的习气带入文化。演艺及创作人员不予抵制，却错把这些东西当成鲜活的气息加以吸收，相声越来越庸俗，不知侯先生看后作何感想；市民的语言粗俗不可耐，较之台湾的国语，真是相形见绌。晚近大量涌入文艺作品的“流行词”无一不是染着市井的习气，“大腕”“一方活”一类的江湖式黑话商话，痞气十足地大举侵入话语系统，居然被一些艺术家当成时髦。所谓京味流行小说基本上涵盖在这种氛围之下而不自拔。甚至作家群中也有不少人受此影响，而无任何批判的能力。缺乏文化提高的意识，随商品化的潮流而大媚其俗，成了90年代文化的通病。而我们的一些同志还盲目地把这些东西当成北京特色加以推扬，知识分子和艺术家以为媚俗是支持市场化改革，地方影视节目纷纷起而仿效，令人哭笑不得。

文化的大众化和庸俗化并非是一回事。美国以及台湾地区健康的雅俗共赏的大众文化很值得我们加以学习。文化的大众化虽然是现代社会的通病，但当代北京大众文化的庸俗化并不是一般大众文化膨胀所带来的，它是基于一定的社会历史基础，在一定的政治历史条件下形成的，有其自身的特点。美国大众文化的商业化也为有识之士所诟病，但与我们市民生活中的那些恶俗不可同日而语，发展中国家的首都也很少有当代北京那种无秩序、不文明的城市现象。如果我们再不重视建设现代健康文明的北京文化，我们终将为北京文化感到耻辱。

（摘自《群言》1994年第5期）

文化市场一议

王　蒙

六七年以前，文化市场这个名词曾经引起过争议。一些老专家说："能不能换一个说法？文化市场？太难听了。"

革命的威严与崇高，使投向革命的文化工作者鄙视市场而珍视意识形态的纯洁性。这种思想发展到极端，在"文革"时期，便取消了稿费，大部分歌舞演出被称为"宣传毛泽东思想"的"战斗"，而战斗是与市场风马牛不相及的。各种报刊上更是绝无广告。

这样，当改革之风吹遍全国，当我国实现了"社会稳定、政治稳定、经济发展、人民安居乐业"，人们开始以一种消遣的心情进入某些文化活动而不全是去上课、受教育、参加战斗的时候，文化市场便显现了自己的存在。早在80年代初期，当一些出版社大量出版类似克里丝蒂的推理小说著作——这当然是市场的力量使然——的时候，立即引起了当年的进步知识分子的抗议。这完全是可以理解的。

直到近年仍然有人为市场在文化生活中的作用而痛心疾首，他们甚至夸张地咒骂，现在的文化市场比旧中国还要坏。类似"世风日下，人心不古"的议论比比皆是。对于这种论调应该进行科学的分析。

回顾一下交谊舞与歌舞厅在中国的发展曲线也极有趣。在延安革命根据地，许多革命者是跳舞的，美国进步记者史沫特莱对此有过生动的描述。50年代初期，中国的许多大城市也对于跳舞采取开放的态度，我个人那时作为一个共青团的干部，就有过与苏联专家一起跳舞的经验。自从50

年代后期开始．连年的政治运动，把跳交谊舞看成了资产阶级或修正主义生活方式的一种表现。

70年代末期以来，跳舞的事一直反反复复。就在1985年，有关部门还正式发布文件，严禁任何形式的营业性舞厅出现。1986年底，文化部等部门做出了开放营业性舞厅的决定，显然目前情况已经不可逆转。某省的人大常委会为此专门通过了一个决议，决定该省仍然严禁营业性舞厅，至今他们并没有撤销这一决议，虽然在他们那个省，营业性歌舞厅已经遍及全省。

我的一个看法是：娱乐活动与娱乐场所的增多，从总体上说有利于人民的身心健康，有利于人际关系的缓和，有利于喜乐祥和的社会氛围的形成。总之，歌舞升平的气氛对于执政党是极为有利的，对于希望过和平的幸福生活的广大人民来说是有利的。我们对此应该欢迎，同时帮助他们逐步提高文化层次，克服缺点，不宜责之太急太过。

其实歌星有歌星的作用，大歌唱家有大歌唱家的作用，互相难于取代，国家要有所引导有所倾斜，这是当然的。高雅的艺术家倒似乎不必对于通俗音乐手厌憎有加。很难把高雅艺术的低谷归咎于通俗艺术的发展。在一些通俗艺术大大泛滥的发达国家，也有高雅艺术的相当可观的成就。例如，在美国，不仅有麦当娜、好莱坞（好莱坞影片中也有高雅的，但大部分是商业性的）与各式各样的色情、暴力题材读物；也有像波士顿交响乐团、费城交响乐团、哥伦比亚乐团这样的第一流乐团与斯·巴·辛格、索尔·贝娄、托尼·毛里森这样的诺贝尔文学奖得主。在社会主义的中国这问题我们可以解决得更好。另外，通俗之中也有蛮好的，一些论者指出我国的几大才子书，一开始也是以通俗小说的形式出现的，终于成为了中国文学的经典，所论极是。以轻音乐、爵士乐来说不乏优秀曲目、乐队与乐手。多明戈就不拒绝演唱通俗歌曲。提倡高雅文艺，同样应该重在建设，重在推崇赞助高雅；而不必忙着去斥责直到取缔通俗。

有些高雅艺术的从业者收入远远低于通俗红星。对此也可以看得更全面一些，起码不必为之痛心疾首。第一，希望提高高雅艺术家的物质待遇。第二，红歌星收入多是世界现象，如果唱艺术歌曲唱红到帕瓦罗蒂、多明戈的程度，收入绝对不会比歌星少。第三，除了有形的收益以外，毕竟还有无形的收益——例如高雅的形象与社会地位，搞高雅的从业者绝对占据优势。既不可能样样占全，只能有所放弃，豁达视之。

其他一些与商业活动密切相关的文艺活动正在迅速发展。愈来愈多的豪华餐厅在用餐的同时安排演唱与演奏。一些豪华旅馆的大堂里也时而响起钢琴与提琴的乐声。甚至古典的欧洲歌剧选曲也会极正规地在这种场合演唱。这有利于提高旅游文明的层次，也有助于增加艺术从业者的收入，很难说这就是斯文扫地。当然，国家与社会对于更加正规的演出应该给予更多的支持。

至于纯粹游艺性的活动场所增加得就更多。电子游艺机、台球、保龄球等，已经逐渐形成新兴的游乐行业。显然，更多的娱乐活动有利于社会心态的轻松化正常化，有利于乖戾郁积粗暴邪气的消除而不是相反。

是的，在计划经济与阶级斗争为纲的时期，文化市场是无从谈起的。在人们温饱问题还没有解决的时候，也谈不上文化娱乐的消费要求。正是由于中国走上了经济建设的轨道，由于人民物质生活水平的急剧提高，使文化消费的要求迅速增长，文化消费的习惯正在改变——人们希望参加的不仅是观赏性的文化娱乐活动，人们更喜欢参与性的活动。

市场当然不是万能的。文化市场的发展也带来了许多问题。一种不成熟的文化选择心态使民族传统艺术与高雅艺术的市场有逐渐缩小的趋势。歌星影星偷税漏税的事情屡有发生（但这并不是通俗文化的题中必有之义），色情读物与赌博屡禁不止，等等。这些问题日益困扰着人们。但是无论如何，目前我国的文化市场的发展是积极的，大有前途的。在提高物质生活水平的同时提高自己的文化娱乐生活，这是必然的也是中国形势稳定与发展愈来愈健康化的一个表现。至于存在的问题，它们使我想起开放初期的“盲公镜”热，小青年被挖苦了个不亦乐乎，随着改革开放的发展与人们生活水准的提高，各种可笑之事也就没有了。要允许人们一步一步地走路而不是功毕于一役呀！

说到底，市场对于文化的影响，是一种广大文化消费者的意愿的表现，是一种文化的民主。当然，正像在其他领域里一样，民主不是绝对的也不是万能的；在人民群众的教育程度、文化素质还不理想的情况下，市场的要求往往失之于鄙俗、刺激、重乐轻教等。这些问题的解决要靠全民族的教育的普及与提高，也要靠文化市场的完善——包括文化市场活动的完善与有关管理法令、制度、机构与政策的完善，尤其要靠加强党对于文化市场的领导。对此我们既应该保持清醒的头脑，也应该有足够的耐心。我们对于文化市场的兴起与发展，似乎还是可以持一个更积极的态度。

（摘自《群言》1994年第6期）

浅谈娱乐与文化

盛中国

中共十四大确立了社会主义市场经济体制的改革目标，这一历史性的突破，给我们的国家带来了新的机遇和挑战。短短几年里，人民的物质生活水平提高了，各类市场繁荣了，一个十几亿人口的泱泱大国发生了如此巨大的变化，不能不让世界惊叹。但是，我认为：我们的经济大厦不能建立在精神与文化的沙漠之上，我们的民族也不能仅仅以金钱和娱乐为生存依托。我们的国家应该拥有丰厚的艺术、灿烂的文化、先进的科学、强大的国防。我们的经济大厦只有建立在这样一个坚实的基础上，才能跻身于世界强国之林。

目前，仅从文艺舞台上讲，一些歌舞厅艺术，一些娱乐性很强、商业价值较高的作品日益盛行，这些东西要不要？应该要。但是，我们必须搞清楚，对于我们这个有着悠久历史、古老文明的东方之都，在今天谈起音乐、文化，只有歌舞厅艺术，只有流行歌曲的位置，我觉得和我们这个国家的形象是极不相称的。

我们曾到有的城市演出，当地的同志介绍说，我们这里的文化、艺术活动搞得很好。结果我们去看，全是卡拉OK歌厅。后来我对他们讲，这是不行的，这只能说是娱乐设施，不能叫文化设施。尽管到处都是歌厅和舞厅，人家看你，还是没有标志着国家级水准的文化，只是娱乐——玩的地方有了，却没有文化。所以，从鉴别上就要分清楚：什么是文化艺术界、什么是娱乐界。只有概念清楚了，我们才能根据其不同的特点，制定相应的政策，使之落实到位。很多问题，出就出在分不清上，由于混为一谈，才造成很多矛盾与问题。

例如，日本的佐藤亚智第一次访问中国的时候。我们写的是：日本著名男高音歌唱家佐藤亚智。他一看忙说：“不对，不对，不对，我不是歌唱家，我是歌星。”什么意思呢？在日本文艺界和娱乐界的界线是很清楚的。

十年前的《羊城晚报》上曾登过一篇我的访谈录，其主要观点是：让不同的花朵在各自的园地开放。这里我没有讲高低贵贱，都是花。但是，要把它们放在适合各自生存的园地，才能很好地开放。这个讲法，直到今天我还这么认为。但是，这个问题直到今天还存在着。

搞娱乐，它是赚钱的，它具有广泛的群众性；办文化，则需要投资，因为它有很高的历史价值，需要弘扬。它们在运作上不一样，当然国家对他们的措施也不应该一样。世界上许多国家对娱乐界都课以重税。如：英国的著名摇滚乐队“甲壳虫”，20世纪60年代风靡全球。当时，由于他们每年交的税多达几亿英镑，为表彰他们对国家的贡献，英国皇家授予了他们爵位。相反，有些标志着一个国家的文化水准的大交响乐团、芭蕾舞团等，没有国家的贴补，特别是财团的赞助、基金会的支持是根本无法运作的。小泽征尔第一次带领波士顿交响乐团访华，就有许多公司给予赞助，包括可口可乐、波音航空公司等，才使他得以成行。因此，我认为应该把这个问题区分清楚，清楚了，问题就可从根本上解决。

再有，我觉得：一个民族的素质，一个民族的精神，一个国家的国魂，绝不可能靠卡拉OK、靠歌舞厅艺术来代表。没有一个国家把流行音乐摆到能够代表国家艺术水准的位置上，没有这样的，绝对没有。真正标志一个民族的素质、精神、国魂的，还是要靠真正的文化。就我所知，中国的音乐厅，北京有一个，上海有一个，广州还在筹建，而这些音乐厅经营起来都很艰难，有的甚至靠白天放电影赚钱，贴补晚上的音乐会。而日本这个国家比我们小得很多、很多，它却有2500个音乐厅。这样一个数字上的差别，不光是一个钱的问题，同时，也说明这个国家国民的总体素质和政府对文化、艺术的重视程度。

在日本，绝大部分音乐厅是靠国家筹建，例如，东京文化会馆私人办的音乐厅一般都较小。他们的大剧场一般都靠财团资助，比如，《朝日新闻》就办了一个音乐厅，日本的《读卖新闻》就搞了一个很棒的、数一数二的交响乐团，他们还搞球队，就是说，企业办文化。在国外这已经成了一种很好的风气。

企业为什么愿意、喜欢办文化，主要是国家对他们有倾斜政策。可以将赞助费打入生产成本，既支持了公益事业，又减少了纳税，还可以树立企业形象，诸多的好处，为什么不做呢？所以，纷纷都做。我觉得，这是否值得我们借鉴？当然这是指赞助真正的文化、艺术而言。

就拿中央乐团来说吧，前不久，上海证券公司宣布每年给予中央乐团250万元人民币的赞助，并要长期搞下去，以后只会增加，不会减少，保持100年不变。在我国一个企业能有这样一种精神是非常难能可贵的。但反过来，我们政府可不可以在某些政策上给予他们相应的优惠呢？这不是给个人，也不是给某个小单位，而是通过这种方式，使他们从中得到一点合理的补偿，如果我们在这点上拿出一个方案或一个好政策，这星星之火就可燎原，就会有更多的企业来赞助音乐文化事业，我们就不用向教育部、文化部、科委，向国家伸手了，而我们的音乐、教育、文化、科技在资金上就有了希望了。

企业，就是取之于民，用之于民，它之所以要这么做，很重要一点，就是有一个好的政策，使其纳入一个良性循环的轨道。

我们要形成一个大家热爱文化，热爱真正的文化艺术的大气候，还有很多工作要做。

首先，我们亟需推出一批高水平的文艺演出经纪人，他们应该有能力把文化艺术界的各类一流演员引入市场。在国外这方面的经验已经很多了，他们能利用各种手段、各项工作、各条渠道去培养和造就真正的艺术家，使他们在各自的舞台上尽情展示自己的才华，这个问题处理好，文艺界人才外流现象也将得以抑制。

另外，我们需要一支具有很高水平的文艺评论队伍。比如，社会上流行一本很糟糕的书，如果有很高水平的人来评论一下，就是一个很好的引导。一个乐队、一场音乐会，好在哪儿，差在哪儿，一个正确的评论也将起到很好的作用。但是，我们现在没有一支较完备、理想的队伍，因此，更谈不上引导，从而使文化艺术处于时有混乱的状况。

还有，我们目前还缺少一种很有水平、很有权威性、有广泛读者的介绍音乐动态和信息、情报的杂志。我们只有一本《人民音乐》，说老实话，它已不太适合我们当前的需要了。日本有一本《音乐之友》月刊，我很欣赏，非常厚，印刷得也很好，办了几十年了，仍拥有广泛的读者，里面内容有：全日本当月有什么演出，演完的有评论，将上演的有广告，外国来的有介绍，本国音乐家有采访，还有出国回来的谈印象，并回答一些比较有意思的问题，内容非常丰富，形式生动活泼，就是不懂音乐的人看着也很有意思。当然世界级的大音乐家篇幅较长，还会配上照片，就是一个中学生的音乐会也会有一小块地方。这本杂志要办好，就需要各地的情报汇总，这就需要一批精良的人才。如果我们能有这样一本杂志，对我们音乐管理部门和文化艺术界人士就太方便了，它就好像我们办工厂看报表一样，很清楚。而我们的《人民音乐》读者面不是很广，内容也单调了些，我国要弘扬古典音乐、民族音乐，仅仅靠钱是不够的，还需要在方方面面去做工作。

我们要引导和提高国民对艺术的欣赏力。现在一些有钱人，由于文化程度不高，不愿听古典音乐；而有些文化人喜欢听，抬高票价他们就买不起票，保持现有的票价，像交响乐和芭蕾舞这样的大型演出形式就得赔钱，因为各种场租、税年年上涨。我在日本演出的票价与中国相比，真是差得太远了，有时几倍，甚至高上十倍。这些资金的来源不仅要靠国家补贴和企业赞助，还需要有人来研究具体的管理办法。在日本，2500

个音乐厅，不是空在那儿。到了年底，在日本全国都演奏《贝多芬第九交响乐》，大家都来听《贝多芬第九交响乐》，这已形成了一种风气，他们认为这是一年之终给自己的心灵洗一次澡。日本的强盛很大一部分是搞教育强国，搞文化强国，搞科技强国，难道这种精神上的治国，不该我们借鉴吗？

我强烈希望中央能成立一个班子，研究诸如此类的问题，组织、管理好文艺演出，使我们的文化艺术有个新的飞跃，以此提高全民素质，使我们的国家屹立于世界强国之林。

（摘自《群言》1994年第6期）

“黄土地”上的“白天鹅”

——芭蕾在中国的命运及中国芭蕾的展望

于　平

在中国大众的眼中，“白天鹅”是芭蕾艺术的重要表征。那在足尖上翩翩翻飞的“天鹅舞裙”，在我们的“黄土地”上营造了一种如梦似幻、超凡脱俗的境界……

芭蕾因此和“高雅艺术”联在一起。

据说，芭蕾这只“白天鹅”第一次栖落在“黄土地”上，是清宫女官裕容龄为慈禧太后的表演。裕容龄的父亲是清王朝的驻法公使，她所介绍的芭蕾当然是“法兰西学派”的。俄国十月革命后，一些白俄贵族流亡到我国，“俄罗斯学派”的芭蕾也随之前来。曾任上海舞蹈学校校长的胡蓉蓉女士就是此时的芭蕾习艺者之一。或许是这“舶来的洋玩意儿”不合国人的口味，也或许是这“有闲阶层的消遣”不合抗战的国情，芭蕾在那个时代只能是少数人“奢侈”消费的点缀。

作为“高雅艺术”的芭蕾起初并不在大众的视域中。

新中国成立后，戴爱莲先生主创并主演了一部大型舞剧《和平鸽》。她把纯洁的“天鹅舞裙”借用来塑造“和平使者”的形象。但始料未及的是，遭到了“大腿满台跑，工农兵受不了”之讥。

由于芭蕾艺术300余年的历史发展，它的科学的训练方法和传世的经典作品已成了人类共同的舞蹈财富。新中国第一所舞蹈学校——北京舞蹈学校理所当然地设立了芭蕾学科，并且与我国当时许多经济、文化建设的项目一样，在苏联专家的指导下进行。20世纪50年代末，芭蕾在“黄土地”上初见成效：一是由白淑湘主演了世界芭蕾名剧《天鹅湖》，二是在芭蕾编排模式的导引下创作了舞剧《鱼美人》，并同时确立了陈爱莲在舞坛的位置。

芭蕾成了新中国舞坛“高雅艺术”的催化剂。

至今想来仍然不可思议的是，在“文革”造成的“文化沙漠”中，芭蕾艺术竟高耸起一“红”一“白”两座金字塔——舞剧《红色娘子军》和《白毛女》。与当时触目皆是的“造反舞”和“忠字舞”相比，这两部舞剧的艺术性是显而易见的。由于“样板戏”“至尊无上”的威力，芭蕾艺术竟随着“红”、“白”相间的舞坛得到了空前的普及。舞蹈工作者把足尖立在了田野、厂矿、军营，而我们的工人、农民、士兵也纷纷扮演起喜儿、大春、吴清华、洪常青。对于芭蕾艺术来说，这成了它“洋为中用”最辉煌的时期。

芭蕾由此成了中国大众认可的“高雅艺术”。

我们通常把得到大众认可的“高雅艺术”称为艺术的“雅俗共赏”。对于芭蕾而言，这一转机事实上要求芭蕾把自己在中国的命运和中国芭蕾的建设结合在一起来思考了。进入20世纪80年代以来，我国芭蕾界介绍演出了一部又一部的古典芭蕾名剧，也一次又一次地把年轻的中国芭蕾选手推上了国际芭蕾比赛的领奖台；同时，一些有志有为的编导继续尝试用芭蕾来表现中国题材——于是我们有了在“阿拉贝斯”舞姿中浸泡着的祥林嫂、杨贵妃……应当指出的是，无论是在国际芭蕾比赛的现代剧目创作方面，还是在用芭蕾塑造民族文化形象方面，我们都做得还很不够。

芭蕾在中国的命运决定于“中国芭蕾”的文化建设。

现在谈“中国芭蕾”当然不是完全意义上的，因为我们还没有能称得上“中国学派”的芭蕾。从芭蕾教学来看，虽然在“俄罗斯学派”的基础上注入了“英国皇家”的风格，注意了训练中国舞者的特殊性，但尚说不上有自成体系的“中国芭蕾”教学。从芭蕾创作来看，虽然将中国民间舞改造为芭蕾舞剧中的性格舞场景，虽然在芭蕾双人舞的编排中融入了中国古典舞“身韵”的风格，仍难说就形成了“中国学派”。这一方面可以归结为作为西方文化之精粹的芭蕾艺术，很难使其在保持自身文化风范的同时“东方化”；另一方面也因为我国芭蕾艺术家在建设“中国芭蕾”这一“高雅艺术”时遭遇了迅猛的“通俗艺术”大潮。

“中国芭蕾”的命运决定于它在“通俗艺术”大潮中的应变能力。

西方芭蕾事实上也在发生种种变异：乔治·巴兰钦的“芭蕾演奏”、莫里斯·贝雅的“身体仪式”和皮娜·包施的“新表现主义”都极大地改变着传统芭蕾的风貌。并且，也有部分芭蕾置身于“百老汇”并出现“爵士化”的倾向。而我们对待芭蕾这一外来艺术，似乎还缺乏足够的消化能力；在不期而至的“通俗艺术”大潮中，也缺乏足够的应变能力。因而当下芭蕾的窘境是不难想见的；人才的出走，舞团的老化，剧目的陈旧，创造意识的衰退……“中国芭蕾”的文化建设步履维艰。有识之士认为，芭蕾在期待国家文化政策与经费的扶助之时，也应寻求切入市场之路。“通俗艺术”的走红，在于它所拥有的市场；而市场对芭蕾来说，也并非是完全闭锁的：欲跻身国际化都市的城市要组建芭蕾舞团来完善自己的“硬件”，于是芭蕾舞团的一级演员张丹丹得到了广州市政府的资助而另起炉灶；中国的“小皇后”们想用芭蕾来陶塑自己的优雅气质，于是北京舞蹈学院的资深芭蕾教授曲皓领衔建立起可与英国“RAD”相媲美的中国芭蕾分级考试制度；开放的世界使得国人对包括芭蕾在内的外来文化的了解成为一种内在需求，于是天津歌舞剧院屡次三番延请外籍专家，排出一部部芭蕾新剧目……

我们有理由对“中国芭蕾”这一“高雅艺术”持乐观态度。

芭蕾曾在中国得到过空前普及，芭蕾作为一种国际性艺术也是事实，因而我以为，最终决定芭蕾在中国之命运的，是“中国芭蕾”自身的文化建设。这使我想起中央芭蕾舞团一级编导舒均均在20世纪80年代中期推出的《觅光三部曲》。这一芭蕾力作曾引起整个中国舞坛的关注。遗憾的是，此后我们虽也不乏新作问世，却缺少“觅光”的跨度。至少在目前，中国芭蕾的生存不是“守成”（因为我们尚无“成”可“守”），在发展中求生存才是积极的态度。我们需要执着地“觅光”——觅“中国芭蕾”之光，觅真正属于“黄土地”的“白天鹅”。

（摘自《群言》1994年第10期）

黄裳其人其文

孙　郁

记者这一职业，容易毁人，亦容易立人。说其可毁人，乃在于终日忙忙碌碌，满足于虚荣，无意读书，最终成了"混混儿"。旧上海的一些报人中，便常有这种人出没，以写俚俗与他人隐私为趣，大笔一摇，制造是非，终于成了文痞。但也有些有学识而又具活动能力的记者，对社会影响深远，"五四"以后，出现了一批有品位的报人，其中像孙伏园、曹聚仁、唐弢等，其成就均令人仰视。但到了当代，这类的报人并不多了。如让我数来数去，目前健在的，大概有几位吧，其中之一，便是黄裳。

黄裳是记者、编辑，又是大学者。我从未见过他，对其直观的东西很少，可其人其文，已仿佛熟悉多年。记得前些年，常看到他介绍明代版本书的文章，印象很深。他的书读得多，懂得多，只他的藏书，就让人企羡不已。他不仅精通经史子集，对戏曲、绘画等，亦有高深的学问，且有谈戏剧的杂著问世。做记者、编辑，杂事是很多的，能挤出时间写这么多的文章，搞这么多学问，非怪才是不能做到的。

黄裳出生在河北井陉，后随父避难到天津，在那儿前前后后住了十年左右。他在天津公学度过了美好的学生时代。在那儿，他开始接触了"五四"新文化，对古旧书籍也产生了兴趣。抗战爆发后，他不得不离开天津，后在南京、上海等地，开始了报业生涯。那时，国内报业中，有学识的人很多。许多作家，亦身兼副刊的编辑。其中曹聚仁、唐弢等，在三四十年代便很有名气了。黄裳后来一直在《文汇报》编副刊，这一干就是大半生。他的职业是编辑、记者，但精力，大多在学术研究上，职业与兴趣，很巧地糅在一起了。

他接触了许多文化名人，与胡适、周作人、郭沫若、朱自清、许寿裳、茅盾、巴金、冰心、曹禺、废名等，均有来往，有的过从甚密。他编的《文汇报》副刊，很大气，很美，一时成国内名栏目。我从他现在手中保存的诸多信函、题词的影印件中，可看出他当年辉煌的业绩。倘说写一部中国新文化史，是要感谢这样的报人的。在他的旅途中，多少可以看出中国文化的某些痕迹吧？

但黄裳之引起我的敬佩，并不仅在于他编了多少名家的作品。他的诱人的地方，一是他的鉴赏能力之高，二是文章之老到、优美。我以为曹聚仁、唐弢之后，黄裳是报人中突出的一位。而他的纯真的性灵，刚正的人格，亦为我们这些后学的表率。

我很爱读他那些谈古籍的文章。他对旧书爱之弥深，辨析能力也超常。他擅长书话体的文字，但不只是能浸在其中，有时又可跳将出来，于古于今，无隔膜之感，那些关于“善本”、“孤本”的闲话，写得轻松自如，又有深厚之气。典籍、文物、艺术品、纸墨笔砚等，他均兴趣浓浓，但又不像一般“书虫”那样唯古是趋，一身遗老气。黄裳游历于古人之间，常有久历沧桑、冷眼看世之态。例如，他批评清代的学者沈德潜，毫不客气，他说沈氏编《唐诗别裁集》，任意窜改古人文字，以迎合皇帝，开恶劣风气之先。他讥笑世人把《五朝诗别裁集》当做诗选的典范，是笑话。记得孙犁读清人著的旧书时，曾大赞沈德潜的文字，而黄裳与孙犁相反，对其人弃之如屣，臧否古人，竟如此不同，可见道学深浅是有别的。

黄裳的藏书很多，尤以古、近代最众。他对晚清以后的文人与古代文化的关系，看得较清，这是像孙犁这样爱读古书的作家所不及的。不过黄裳毕竟不是小说家，思路自有不同。我很惊讶于他的丰厚性。例如过去读鲁迅《病后杂谈之余》，内中提及明抄本《立斋闲录》时，谈及傅某并不知其人详情。读黄裳《傅增湘》一文，大喜，才知道鲁迅所说的“傅某”，乃京城的大藏书家，对其历史与为人，便一清二楚了。还有谈宋刻《汤汉注陶诗》、宋本《金石录》、明本《杂剧十段锦》、《琵琶记》、《苏门啸》、《千秋绝艳图》等，也多真知灼见，道前人所未道之言，纵横古今，散淡飘逸，多为书林中妙语。他对诸种古籍，三言两语便道出其中之味，又可分出真伪来。读他的书话，便像走在灯火通明的隧道，不觉其暗，却愈见其明，他带你在古老的历史之洞穴穿行着，如诗如梦，古老与陌生，竟在他那里变成了亲切的友朋，黄裳把历史的遗迹趣味化了，在这位乐天的老人那里，读者所分享的，并不仅仅是书趣吧？

读过了黄裳的许多作品后，觉得他的悟性真是高得很，其行文之古朴、透彻，都非一般读书人可及。他写废名，一下子就道出了作者的精神特点；他谈许寿裳，洗练冲淡中见真趣味；他描绘冯至，内中多有人生的感叹；而论及鲁迅，则如痴如醉，得大快活；还有那些关于周作人的文字，惋惜中的企羡，悲喜中的苍然，一片道不尽的文化苦汁，读后让人长思漫想……

黄裳所言，均书话家肺腑之语。书话家多重知识与情趣，以书为题，道天下之事，或乐古，或讽今，看似枯燥，但真义在焉。这样的文章，可作为美文来读，也有论文的效果。可以说，黄裳所操持的，是中国传统读书人的文体，古代文论多有这种样式，黄裳又杂以“五四”后散文的特质，得其要义而成新体。自新文学诞生以来，周氏兄弟的书话，最为精美，此后郁达夫、阿英、郑振铎、叶灵凤、唐弢等人，也常有书话问世，使此类题材蔚为大观起来。近来孙犁、姜德明诸人承“五四”学人遗风，使书话畅行于世间，可见其不衰的魅力。黄裳属介于“五四”与当代的中间性人物，身为报人，却志在学堂之中，既有社交的广泛经验，又有学人耐得寂寞的风采，故其为文，兼学者、作家、记者文脉于一体，厚重而古朴、自然而大方，学术气与艺术味儿杂然相糅，悠悠然有古雅清纯之气。当代能写出如此美的书话者，实在是有限的。

但为书话者，也有其所不足者。一是逻辑推理少，难究形而上的秩序；二是易流于空泛，多感觉而少思辨。中国的书话体，难以出现康德、马克思式论辩气势，其所长在于知古人而自塑己身，其所弊在于鲜有思想家与哲人的穿透力。倘能不为书趣所囿，当会影响更大吧？黄裳的弱点，大概亦在于此，所以不及一些哲学家、作家那样可以影响一个时代。但藏书家与书话家自有其风范，于巍峨的高峰旁，时有小桥流水出现，不也是诱人的景观？在读过鲁迅、周作人那种大气的文章后，也常可以看到黄裳这样的秀美文章，自然也有其特殊的愉悦。文化是多种思想与技艺的合力，诸种门类，均有所短长，不贵其所操之业的大小，而贵其道术能否成熟。文章的大小固然不同，但能否有真诚感与真学问，则是世人认可的关键。黄裳其人其文，我以为是难得的，难得之人，能不敬之，爱之乎？

（摘自《群言》1996年第6期）

回眸百年敦煌学　再创千年新辉煌

樊锦诗

100年前，在中国敦煌地区，发生了一件人类文化史上的大事，这就是莫高窟藏经洞的发现。由于这一发现，在世界范围内形成了一门新的国际显学——敦煌学。斗转星移，岁月流逝，值此世纪之交的2000年，正逢敦煌藏经洞发现100周年，敦煌学也将走过百年历程，全世界敦煌学者和关心敦煌的人士都在关注着这一具有历史意义的事情。回顾百年敦煌学历程，展望新世纪敦煌学的未来，是十分必要的。

公元1900年6月22日（清光绪二十六年五月二十六日），敦煌莫高窟下寺道士王圆箓，在清理今编第16窟的积沙时，于无意间发现了藏经洞（即今编第17窟），从中出土了公元4—11世纪的佛教经卷、社会文书、刺绣、绢画、法器等文物五万余件。这是20世纪文化史上的一个重大发现。然而，在晚清政府腐败无能、西方列强侵略中国的特定历史背景下，藏经洞文物发现后不久，英人斯坦因、法人伯希和、日人橘瑞超、俄人鄂登堡等西方探险家接踵而至敦煌，以不公正手段，从王道士手中骗取大量藏经洞文物，致使藏经洞文物惨遭劫掠，绝大部分不幸流散，分藏于英、法、俄、日等国的众多公私收藏机构，仅有少部分保存于国内，造成中国文化史上的空前浩劫。史学大师陈寅恪因此而慨叹：“敦煌者，吾国学术之伤心史也！”

敦煌学的缘起

敦煌是古丝绸之路的咽喉，也是中西文化交流的主通道。季羡林先生指出："世界上历史悠久，地域广阔，自成体系，影响深远的文化体系只有四个，中国、印度、希腊、伊斯兰。而这四个文化体系汇流的地方只有一个，这就是中国的敦煌和新疆地区。"藏经洞文献的发现，使我们能够清楚地看到这几种文化的汇流及其产生的影响，从而使中国文化融入世界文化之中。中国古代文化的价值由于敦煌文献的发现而凸现出来，敦煌文献映射的博大精深的中国古代文明引起世界各国的广泛关注，在世界范围内产生了巨大影响。

藏经洞文献的发现，对20世纪学术研究的发展，意义更为重大。敦煌藏经洞出土文献，几乎包括了中国古代历史文化的各方面，称得上是百科全书式的文献。敦煌文献中所存早期禅宗文献，古佚经疏、疑伪经典、净土教及三界教文献，是世所罕见的佛教典籍，不仅为佛教研究增添了新的内容，而且为佛教经典和佛教史的研究打开了新的门径。敦煌文献中摩尼教、景教文献的发现，为我们了解古代中西文化交流提供了重要历史证据。敦煌文献中的历史、地理著作，公私文书等，是我们研究中古社会的第一手资料。敦煌文献中保存的官私文书，也使敦煌地区晚唐、五代、宋初悄然淹没了近200年的历史，再度为世人所知；同时，这些官私文书，都是当时人记当时之事，未加任何雕琢，完全保存原貌，使人们对中古社会的细节有了更深入的了解，对研究中古历史至关重要。敦煌文献中保存的大量古典文学资料更是引人注目。尤其值得一提的是，变文作为一种新的文学体裁，过去竟不为世人所知，幸赖敦煌变文的发现，才使这一问题水落石出，从而解决了中国文学史上许多悬而未决的问题。敦煌文献中的经、史、子、集四部书中，有不少是宋代以后佚失无存的孤本，这些佚书重见天日，对中国历史文化研究的意义自不待言。敦煌文献中的科技史料，则是中国科技史上的一枝奇葩，它不仅使我们体会到古代中国科学技术跻身世界先进行列，且敦煌文献本身就是一部完整的纸谱，标志着中国造纸术的发展历程。敦煌文献还保存了一些音乐、舞蹈资料，如琴谱、乐谱、曲谱、舞谱等，它不仅使我们有可能恢复唐代音乐与舞蹈的本来面目，而且将进一步推动中国音乐史、舞蹈史的研究。敦煌文献始于十六国，终于五代宋初，历时近七个世纪，因此，敦煌写本也是研究中国书法的活资料。敦煌文献中除大量汉文文献外，还有相当数量的非汉文文献，如古藏文、回鹘文、于阗文、粟特文、龟兹文、梵文、突厥文等，这些多民族语言文献的发现，对研究古代西域中亚历史和中西文化交流有不可估量的作用。

敦煌文献的丰富内涵和珍贵价值，不仅受到中国学者的极大重视，而且吸引了世界许多国家的众多学者竞相致力于对它的研究，遂在本世纪形成了一门国际显学——敦煌学，在20世纪人文社会科学领域内大放异彩。

敦煌学是一门以地名命名的学科。最早使用“敦煌学”这个名词的是史学大师陈寅恪，1930年他在为陈垣《敦煌劫余录》一书所写的序中称，“敦煌学者，今日世界学术之新潮流也。”这一名称从此沿用下来，成为约定俗成的专用名词，为全世界所通用。敦煌学最初的研究对象，主要集中在新发现的文献及相关问题上，随着研究范围的扩大，凡与藏经洞文献以及敦煌石窟建筑、壁画、雕塑以至敦煌的历史文化等有关的，都成为敦煌学的研究对象。敦煌学是一门综合性的学科。

敦煌学的发展与繁荣

中国学者是敦煌学的开创者，早在1910年前后，罗振玉、王国维等著名学者就出版了第一批敦煌学著作，为条件所限，这一时期我国的敦煌学研究主要是收集、刊布敦煌学资料，罗振玉、王国维、陈寅恪、刘师培写了许多跋文，判断出许多写本的归属和价值，对归义军史研究和敦煌俗文学研究，也做了许多开创性的工作。从20年代开始，我国学者刘复、向达、王重民、姜亮夫、于道泉、王庆菽等人先后亲赴伦敦、巴黎抄录和拍摄敦煌文献，后来陆续出版以刘复《敦煌掇琐》为代表的一批敦煌学资料，在我国拥有敦煌文献的缩微胶片以前，这些资料是我国学者研究敦煌学的主要资料来源。这一时期，北京图书馆所藏敦煌文献也开始得到利用，出版了陈垣编《敦煌劫余录》和许国霖《敦煌石室写经题记与敦煌杂录》。由于资料的增加，我国学者的研究也由原来简单的题写跋文、考证内容，变为利用新资料采用多种方法进行多种研究，涌现出一批有价值的研究成果。如王重民《金山国坠事零拾》、向达《罗叔言〈补唐书张议潮传〉补正》、郑振铎《中国俗文学史》等。

1944年，在于右任先生的建议下，国民党政府成立了以常书鸿为所长的敦煌艺术研究所，它标志着中国敦煌学研究从文献整理研究扩展到敦煌石窟艺术研究。敦煌艺术研究所成立之后，随即开始了对莫高窟的保护工作。

新中国成立后，我国敦煌学研究条件得到进一步改善。1951年，中央政府将原敦煌艺术研究所改组为敦煌文物研究所，由文化部直接领导，使敦煌莫高窟得到了妥善保护。60年代初，通过国际交流，得到了英国所藏敦煌文献的缩微胶片，改善了研究条件，从而使我国的敦煌学研究取得了丰硕成果，尤其是敦煌石窟艺术的研究、临摹及敦煌文学研究等方面，更是走在世界前列。尤其值得一提的是由王重民、刘铭恕等合编的《敦煌遗书总目索引》（1962年），这部索引包括了北京图书馆所藏敦煌遗书简目、斯坦因劫经录、伯希和劫经录、敦煌遗书散录四部目录，是我国学者所编的一部较完全、较准确的工具书，反映了半个多世纪敦煌文献研究的成绩，至今仍是敦煌学研究者必备的工具书。“文革”期间，我国敦煌学研究初步发展的势头被迫中断。

1977年以后，我国的敦煌学研究获得了新生，特别是改革开放20余年来，以中国敦煌吐鲁番学会会长季羡林和敦煌研究院名誉院长段文杰为代表的中国学者，不懈努力，开拓进取，中国敦煌学研究出现了空前繁荣的景象。1984年1月经中共甘肃省委批准，决定在原文物研究所的基础上，扩大编制，增加经费，成立敦煌研究院。目前敦煌研究院已成为世界上最大的敦煌学研究实体。经过20多年的努力，中国敦煌学的研究队伍日益壮大，形成了老中青三结合的研究队伍，中青年专家正成为敦煌学研究的主力军。我国学者不断开拓敦煌学研究的领域，可以说，人文社会科学领域的各个学科，几乎都有学者研究，诸如历史、地理、宗教、经济、民族、语言、文学、艺术等。敦煌学研究的范围还进一步扩大到自然科学领域，如数学、物理、化学、天文学、造纸术和印刷术、医学、交通等。我国敦煌学研究形成了领域广阔、结构庞杂、功能多样、个性独特的学科群。其中一些研究领域形成了完整的体系，而且敦煌石窟考古、敦煌石窟艺术、敦煌文学、归义军史、敦煌历史地理、敦煌社会史等方面的研究，明显处于世界领先水平。

1983年以来，中国敦煌吐鲁番学会学术交流日益频繁，先后举办了六次敦煌学国际学术讨论会，敦煌研究院也先后举办了五次敦煌学国际学术讨论会。这些大型的学术研讨会，对推动我国敦煌学的研究，起了十分重要的作用。除大型的学术研讨会外，其他形式的研讨会则更为活跃。中国敦煌学者多次去国外进行学术交流和艺术展览，英、法、日、俄、印等国家的学者也来我国进行敦煌学的研究和交流，外国学者的研究成果也大量翻译介绍到中国。

我国的香港、台湾地区也活跃着一支敦煌学研究队伍。港台地区近十多年来还举办了几次有影响的敦煌学国际学术研究会，进一步推动了港台敦煌学的研究。

国际敦煌学的研究始于20世纪初，法国在欧美国家中一直居领先地位。1920—1924年伯希和发表了六卷本《敦煌石窟》图册。第二次世界大战后，法国敦煌学研究有了进一步发展，研究成果大量出现。戴密微《吐蕃僧诤记》、谢和耐的《中国五—十世纪的寺院经济》，则是这一时期法国敦煌学的两大代表作品。对敦煌文献中少数民族文献的研究，是法国敦煌研究的一大特色。目前，以“敦煌文献研究组”为代表的法国敦煌学研究机构和学者，仍在继续进行敦煌文献的整理刊布与研究工作。

英国也是敦煌文献和文物收集的重要地方，因而也有一批学者在研究。近年来，英国不列颠图书馆、伦敦大学亚非学院和中国社会科学院历史研究所、中国敦煌吐鲁番学会合作，在中国大陆出版了《英藏敦煌文献·汉文佛经以外部分》，收录了不列颠图书馆、印度事务部图书馆和英国博物馆所藏全部汉文社会文书及绢纸绘画上的汉文题记。

俄罗斯（苏联）有计划地开展敦煌学研究，是从1957年在列宁格勒东方学研究所设立敦煌学研究组开始的。近年来，俄罗斯方面与上海古籍出版社达成协议，在中国大陆陆续出版《俄藏敦煌文献》，鄂登堡早年考察敦煌的笔记也即将由上海古籍出版社出版，这将进一步推动国际敦煌学研究。

日本的敦煌学研究始于1909年。当时，罗振玉把在北京看到的伯希和所获敦煌写本的情况，函告京都大学教授内藤虎次郎，立刻引起日本东方学界的极大关注。“二战”以前，日本的敦煌学研究主要是收集、整理和刊布资料，并在一些研究领域取得初步成果。从50年代中开始，因为找到了一度不知去向的大谷文书，又得到伦敦、北京所藏敦煌文献的缩微胶片，日本的敦煌学研究又进入一个高潮，在京都，石滨纯太郎等人组成了西域文化研究会，其研究成果汇编成六卷本的《西域文化研究》，被誉为是包括敦煌学在内的日本中亚研究的金字塔。70年代以来，在获得更多的文献资料的基础上，日本的敦煌学研究向更深、更广的方面发展，并在佛教研究、社会经济史研究和法制文书研究等方面形成日本敦煌学的特色。从1980年开始编纂并陆续出版的13卷本巨著《讲座敦煌》，是一项规模宏大的集体合作研究成果，日本几乎动员了全国的敦煌学家，因而《讲座敦煌》是一部质量上乘、全面综合敦煌学研究成果的著作。

此外，匈牙利、荷兰、挪威、瑞典、意大利、德国、美国、加拿大、澳大利亚、新加坡、韩国、印度等国，都有学者在从事敦煌学研究，在世界范围内形成敦煌学研究热。

敦煌学的明天

回眸百年敦煌学历程，敦煌学研究取得了举世瞩目的成就。如果说敦煌学以丰硕的成果为过去的世纪画上了圆满的句号，那么，2000年藏经洞发现百年之际，将是新世纪敦煌学更加辉煌的奠基礼。

展望21世纪敦煌学，我们认为需要做好以下几方面的工作。

一、要多视角，在更大范围内采取多学科相互交叉、渗透、对比的方法，拓展研究领域，寻找突破口，推动敦煌学研究向纵深发展，这将是新世纪敦煌学的主要任务。

二、利用先进的科学技术手段，如可以通过电脑，更逼真、更形象地模拟和表现一些成果：可以利用3Dmax Photshop，Authorware等工具或软件将莫高窟遗址变迁、61窟“五台山图”等制成多媒体；还可以利用电脑对破碎的文献进行缀合，而将各种资料制成专用大型数据库，将大大方便研究者调用和信息传输交流。

三、继续调查、收集藏经洞散失文物，真正搞清藏经洞出土文献的准确数字；系统总结百年来敦煌文献研究成果，出版一批系列专著和系统的著作，以及敦煌社会历史文书大全或汇校本，全面反映多年来研究和识读、校释、注解的成果，为研究者提供一个准确、权威的敦煌文献读本；在一些领域需要加强研究力度，如佛教美术、敦煌音韵、敦煌神秘文化、少数民族语言文献、敦煌社会思想文化、敦煌民俗等。

四、把敦煌石窟艺术置于整个世界文化传播和发展的大潮流以及佛教文化传播圈大背景下，研究其发生、发展和传播；要联合全国各地的石窟单位和美术史家，从宗教和世俗文化传播的角度，围绕佛教东渐的时代、传播方式、脉络等问题，展开全面、系统的研究，解决敦煌艺术在中国美术史中的地位以及敦煌艺术史研究薄弱的问题，概括出敦煌艺术的特点和由来；要从思想史的高度研究敦煌石窟艺术所体现的那个时期人们的心灵轨迹；组织国内外的专家，通过对整个佛教东传路线上一切佛教石窟及其美术的比较研究，揭示艺术发展、变化的脉络和规律。

五、在敦煌石窟考古研究方面，首先要进一步做好敦煌石窟资料的整理工作，在此基础上，加大专题研究的力度。每个专题都必须在现有的研究基础上，系统搜集、整理资料，结合文献分析考证，联系其他地区的同类资料，才能全面准确地解读壁画，也才能为敦煌石窟的整体研究、综合研究做好准备。为了加强敦煌石窟的整体研究和综合研究，今后要加强对个体洞窟的基础研究，对每个洞窟进行佛教、艺术、历史综合研究，探讨每个洞窟或每一组洞窟的题材内容、佛教思想、性质、功能、艺术特点等。在中西文化交流的大背景下，通过对敦煌石窟的比较研究，找出它从内容到形式各个方面所受到的东西文化及多民族文化的具体影响，找出它自身的特点和价值。

保护好敦煌石窟以及壁画，这是进行深入研究的前提。利用高科技，将壁画存储于计算机内，不仅能使壁画得到永久保护，避免因褪色和自然损坏而造成无法弥补的损失，而且可以通过上网做到资料共享，使全世界的学者都可以调用壁画，进一步推动石窟研究。建立各个洞窟的详细档案，如窟型、内容、时代、病害等，将保护、修复、研究等纳入更加科学、更加完备、更加严格的轨道。

六、创造敦煌学新的辉煌，人才是关键。在新世纪，要把人才的培养当做头等大事来抓，做到不断有敦煌学研究的新人才充实到研究队伍里，保持和稳定一批既献身敦煌学研究，又具有高学历、高素质的综合人才。中国作为敦煌学的故乡，还要采取“送出去、请进来”的方法，向世界各地输送敦煌学研究人才。

七、文化的普及是敦煌学繁荣的基石。近年来，在敦煌文化的普及上做了不少工作，如敦煌文学、艺术的创作，敦煌医学的临床应用，敦煌系列的艺术品、工艺品的创作等，但还远远不够。只有将根深植在大众当中，敦煌学发展繁荣的天地才会越加宽广。今后，应结合旅游，探索出宣传、普及敦煌文化的有效手段和方法，使敦煌学的基础更深厚。

八、“敦煌在中国，敦煌学在世界。”作为一门世界性的学问，只有各国学者共同努力，才能实现新的突破和发展。为此，世界各地学者间要加强合作与交流，在资料共享、共同承担研究课题、协同攻关、培养人才等方面创造一些合作的机会和条件，互相促进，共同实现学术繁荣。

九、随着“西部大开发”的逐步实施，人们对西部的关注会越来越多，西部深厚的文化积淀，神奇的自然景观和人文景观对外界无疑具有非常大的吸引力。在人文社会科学中有着显赫地位的敦煌学要为“西部大开发”服务，这是敦煌学研究者责无旁贷的任务。

（摘自《群言》2000年第7期）

百年敦煌

冯培红

一个世纪以来，经过学术界的长期研究，形成了一门新的学科——敦煌学。尤其是20世纪80年代以后，敦煌学研究进入全新的历史时期，多角度、有深度的研究不断展开，使敦煌学成为一门国际性的显学。在敦煌学蓬勃发展的今天，迎来了世纪百年的纪念；与此同时，中共中央在新世纪到来之际提出了“西部大开发”的战略决策。因此，重新审视敦煌文物的历史与艺术价值，回顾百年来敦煌学研究的历程，对在新形势下推动敦煌学的深入研究和大西北的开发建设，具有重要的意义。

连接东西文明艺术举世无双

敦煌学的内容十分广泛，大体可以划分为两大类：一是藏经洞出土的古代写本刻本文书；二是莫高窟、榆林窟等佛教石窟艺术。无论何者，均数量丰富，历年悠久，具有极高的历史价值和文物价值。根据各国最近公布的数字统计，世界各地的敦煌文书约近六万卷，多数为六朝隋唐的写本，也有少量的刻本与拓本。宋元刻本的价值已弥足珍贵，敦煌文书多为宋代以前的写本，因此具有极高的文献价值。从文书内容上看，涉及领域极广，故被称为“学术的海洋”与“百科全书”。

敦煌是中古时代著名的佛教城市，敦煌文书中以佛教典籍最多，举凡经、律、论三藏诸种教派的经典应有尽有，占敦煌文书总量的90%左右。

这些佛教写经，所用底本精良，手写认真，足堪校勘传世佛经。尤为珍贵的是，在敦煌佛经文书中，还保存了许多藏外佛经，诸如《大乘人道次第》《大乘稻芊经随听疏》《佛说延命经》《诸星母陀罗尼经》《瑜珈师地论分门记》《瑜珈师地论手记》等佛教经典，在印度、中国均早已失传，未被收入《大藏经》中。由于敦煌文书的出土，这批古佚佛经是对《大藏经》的有益补充，是研究佛教史的重要资料。

敦煌地区佛教兴盛，但由于地处丝绸之路的交通孔道，连接东西方文明，其他宗教也在敦煌生根植芽，繁衍发展。道教、摩尼教、景教、袄教等文书数量所占比例也不少，反映了古代敦煌以佛教为主、多教共融的特征。尤其是后三种外来宗教，在唐代的宗教开放政策下传入中国，一度流行。即使在唐武宗会昌法难的打击下，由于敦煌当时在吐蕃的控制下，未受影响，这些宗教仍然得到发展。现存敦煌本《摩尼教残经》、《摩尼光佛法仪略》、《下部赞》和《大秦景教三威蒙度赞》、《尊经》、《一神论》等都是研究摩尼教和景教的珍贵材料。袄教则在粟特人的积极活动下，在唐五代敦煌得到播扬，敦煌文书中保留了许多袄教活动的记载。由于这些外来宗教在历史上备受迫害，经典无存，中原地区在会昌法难后也趋于灭绝，敦煌文书中保存下来的诸教经典和有关宗教活动的文书，其价值不言而喻。

敦煌为中原王朝的西部重镇，长期受汉文化的熏染，儒家经典西传至敦煌者也不少。在文书中《论语》《诗经》《尚书》《周易》《礼记》《春秋》《孝经》《尔雅》等儒家典籍均有发现，达数百卷之多，且为六朝隋唐写本，保存了古本儒经的真相，在校勘学和纠正后代注疏家的分歧上有着重要的学术价值。

敦煌文书中保存了一些文人的诗词文集和民间文学作品，多数未被《全唐诗》收录，可补其不足。价值较高的如韦庄的《秦妇吟》和《王梵志诗》。值得一提的是敦煌地区还出现了两种新的文学体裁，一是变文，如《降魔变文》《大目乾连冥间救母变文》《八相变》《舜子变》《伍子胥变文》《张议潮变文》等，散韵相间，图文结合，开启了宋明话本的源头；二是曲子词，如《云谣集》中所录30首就是晚唐时期编选的一部曲子词，比《花间集》早，为研究宋词的起源揭开了谜。

除大量的宗教经典和文学作品外，藏经洞还出土了许多隋唐五代的社会经济文书，如户籍、契约、差科簿、便物历、名簿、牒状等，对研究当时的社会经济关系极有帮助。敦煌文书是由多种语言文字写成的，对研究中古时代流行过的死语言文字价值极大。

敦煌佛教石窟艺术包括古敦煌郡境内的莫高窟、西千佛洞、榆林窟、东千佛洞、五个庙石窟等石窟群的壁画、彩塑和一些绢画、绣像，共有洞窟550多个，塑像3000余身，壁画5万多平方米，是世界闻名的“石窟艺术博物馆”。根据《李怀让重修莫高窟碑》记载，莫高窟始建于前秦建元二年（366年），经过历代重修，至今已有1600多年的历史。

莫高窟是佛国天地，梵境圣域。彩塑是洞窟中的主体内容，位置显著，塑有佛、佛弟子、菩萨、天王、力士等形象，成为佛教徒顶礼膜拜的对象。彩塑的风格随着时代的发展而不断演变，早期的彩塑，受西域和印度的影响较大，人物面相一般丰圆略长，鼻梁高隆，神情庄重，造型古拙，以后逐渐受到中原传统的雕塑艺术的影响，不断中国化，出现了汉式衣冠和南朝“秀骨清像”的艺术风格。到隋唐时期，出现了丰满圆润的雕塑形象。宋代以后的彩塑则千篇一律，表情呆板，缺乏活力，程式化严重，艺术水平日落西山。

壁画原本是洞窟中的装饰性内容，但因其内容丰富、形象生动，逐渐上升为主要的佛教艺术形式。敦煌壁画从内容上可分为七类，即：佛像画、故事画、神怪画、经变画、佛教史迹画、供养人画像、装饰图案画。作为宗教艺术的敦煌壁画，大多根据佛教经典绘制而成，但同时还有许多反映生产劳动、商旅交通和世俗人物的画面，对于研究古代敦煌的经济生活和丝绸之路中西交流情况具有重要的参考价值。尤其是供养人画像，描绘的是当时敦煌及周近地区现实生活中有名有姓的人物，具有极高的历史价值，是一部形象的历史。在艺术价值上，敦煌壁画举世闻名，在继承汉晋画风与线描技术的基础上，吸收西域印度的佛教艺术风格，创造了独具特色的敦煌壁画风格。

从艰难屈辱到重振辉煌

20世纪初莫高窟藏经洞破壁以后，敦煌学的研究随之而展开。历经百年风雨，蔚然成为一门国际性的显学。按照阶段划分，大致可分为五个时期：

第一时期，从1900年到1925年。这一阶段主要是影印出版部分敦煌文书并进行初步研究。

1900年藏经洞发现以后，王圆箓曾将几卷文书写本送给当时的敦煌知县汪宗瀚。1902年甘肃学台叶昌炽通过汪宗瀚得到一些文书、碑拓和佛像，开始注意到敦煌文物的价值，建议甘肃藩台将藏经洞文物封闭保存，运往兰州。叶氏是著名的金石学家，他对敦煌文书进行了初步的鉴定研究，开启了敦煌学研究的先河。然而我国学术界对敦煌文物的了解一直到斯坦因、伯希和掠盗大量文书以后才开始。1909年，伯希和过京，向京师学术界展示了他从藏经洞获得的部分文书，引起我国学术界的震惊，转而重视敦煌学。罗振玉电吁清廷学部封管莫高窟，并将劫余文书悉数运京。

我国第一代敦煌学学者如罗振玉、王国维、蒋釜、王仁俊、曹元忠等人，利用在伯希和处所见到的敦煌文书，加以影印，出版了一批敦煌文书资料的著述，如《敦煌石室真迹录》《敦煌石室遗书》《鸣沙石室佚书》《沙州文录补》等，为我国敦煌学研究奠定了初步的基础。利用这批资料，他们还对有关的历史典籍、西北历史地理进行了整理与研究，发表了《摩尼教入中国考》《老子化胡经考》《补唐书张议潮传》等学术论文。

第二时期，从1925年刘复《敦煌掇琐》的出版到1937年。这一阶段我国第二代敦煌学学者远渡重洋，赴英、法调查抄录和拍摄敦煌文书，同时形成了“敦煌学”的概念和东西方研究敦煌学的学术新潮流。

藏经洞文物经过外国探险家的多次劫掠之后，劫余部分以佛经为多，而菁华则流失域外。20世纪20年代以后，我国一些学者留学欧洲，开始抄录敦煌文书。最早赴欧的有董康、刘复、胡适等人。1925年，刘复将从法国国家图书馆抄录来的敦煌文书进行整理，出版了《敦煌掇琐》。域外敦煌文书资料的公布，为敦煌学研究提供了新的材料，推动了中国学者远渡重洋，赴欧寻访敦煌文书的热潮。1934年，北平图书馆派出王重民、向达二人分别前往法、英拍照、抄录敦煌文书，后又派于道泉往印度调查敦煌藏文文书，拍成照片。这一时期抄录文书较多的还有自费出国的姜亮夫。他们归国后，将所抄录或拍摄的敦煌文书加以整理公布，极大地促进了国内敦煌学的研究。在二三十年代，东西方学术界对敦煌文书的了解与研究已有一定的规模，“东起日本，西迄英法，先后咸有所贡献”，形成了一种学术新潮流。1930年，陈寅恪在为陈垣所编的《敦煌劫余录》作的序文中第一次提出了“敦煌学”的名称。同时还对敦煌佛经文书进行了研究，发表了《敦煌本维摩诘经文殊师利问疾品演义跋》《敦煌本心王投陀经及法句经跋尾》等论文。胡适、向达利用敦煌佛教文书对禅宗及佛教寺院文学进行了研究，贡献极大。

第三时期，从1937年抗战爆发到1949年。这个阶段由于战乱影响，文书研究基本处于停顿状态，敦煌艺术的保护与研究却异军突起。

由于抗战爆发，国土沦陷，首都西迁，西北成为国防重地，交通稍为畅通，来敦煌莫高窟旅游的人渐渐多了起来，各种形式的考察团也雨后春笋般地出现。1941年春，著名艺术家张大千来到莫高窟，成为第一个到敦煌临摹壁画的专业画家。返成都后，他举办了个人画展，在陪都引起轰动，吸引人们走近敦煌。1944年1月，在向达、贺昌群和国民党元老于右任的大力呼吁下，敦煌艺术研究所正式挂牌成立，由常书鸿任所长。在敦煌艺术研究所的艰苦努力下，临摹了800多幅壁画，奠定了壁画艺术研究的基础。

第四时期，从1949年新中国建立到1976年。

1957年，北京图书馆以交换的条件，得到英藏敦煌文书的缩微胶片。由于这批新资料的获得，对社会经济史的研究有了较大的推动。学术界在马克思主义指导下，利用文书对中古封建社会的均田制、租佃制与徭役制等问题进行了热烈的讨论。1962年，王重民、刘铭恕编纂的《敦煌遗书总目索引》，著录了北图、英、法和散藏的敦煌文书两万多件。这是具有里程碑意义的研究成果。同一时期大陆学者还结合敦煌文书对莫高窟进行研究，尤其是对一些洞窟的认定，至今仍具有价值。宿白的《莫高窟记》和金维诺的《敦煌窟龛名数考》都是这一时期研究敦煌石窟的名著。后来由于受到“文革”的影响，大陆对敦煌文书的研究基本停止。

在文书研究方面，这一时期港台学者作出了很大的贡献。1958年，台湾“中研院”购得英藏缩微胶片，便利了港台学者的敦煌学研究。他们在整理古籍和研究瓜沙史地方面，成绩显著。陈铁凡对敦煌本《尚书》《左传》《论语》《孝经》等古籍进行了整理研究；在瓜沙史地研究方面，苏莹辉成果颇丰，论著迭出；而潘重规在敦煌变文研究上作出了较大的贡献。1974年，港台地区还成立了敦煌学会，不定期出版《敦煌学》专刊，使敦煌学有了属于自己的阵地。

第五时期，从1976年“文革”结束至今。这一阶段由于各国所藏敦煌文书的陆续公布和敦煌石窟艺术研究的深入开展，迎来了中国敦煌学研究的春天，掀起了整理研究敦煌文书和研究石窟艺术的高潮，使敦煌学成为真正意义上的国际性显学，并且确立了敦煌学研究重心在中国的地位。

20世纪70年代末，法国巴黎国立图书馆藏敦煌文书制成缩微胶片，北图藏敦煌文书也以缩微胶片开始发行。到80年代上半期，台湾黄永武编纂了《敦煌宝藏》，将英、法、北图三大收藏机构的敦煌文书影印成书。进入90年代，四川人民出版社和上海古籍出版社又推出《敦煌吐鲁番文献集成》，对全世界各收藏单位的敦煌文书进行技术重拍，图版清晰。由于新资料的陆续公布，使敦煌学的研究不断深化，无论在西北历史、民族宗教，还是社会经济、语言文字、科技建筑、中外交流等方面，都取得了较大的成绩。最近，以分专题进行分类整理研究敦煌文书的工作已见成效，如对社邑文书、天文历法、书仪、法制文书、会议文书、地理文书、碑铭赞等，均有大部头的专著问世。

在敦煌石窟艺术的研究上，这一时期也是成果斐然。敦煌研究院的专家学者经过长期艰苦的洞窟作业，调查考证洞窟内容，先后出版了《敦煌莫高窟内容总录》、《敦煌莫高窟供养人题记》和《敦煌石窟内容总录》等洞窟资料图书。而且还出版了《敦煌石窟艺术》《中国石窟·敦煌莫高窟》《中国壁画全集·敦煌壁画》《敦煌彩塑》等大型画册，这些凝聚大量心血的劳动成果，极大地推动了敦煌石窟艺术的研究。

近20年来敦煌学的蓬勃发展，是与改革开放形势下的学术自由空气和频繁的学术活动相关联的。1983年在兰州举办了中国敦煌吐鲁番学会成立大会，在以后的十几年里，大型的敦煌学国际学术会议定期召开，团结了国内的敦煌学研究者，也有力地推动了敦煌学的国内外学术交流。80年代以来，全国一些高校开设敦煌学课程，招收培养敦煌学硕士、博士研究生，使得这一学科后继有人。

综观百年的敦煌学研究，中国敦煌学经历了从艰难屈辱到重振辉煌的历程，从最初的文物外流到中国学者的海外寻访，从艰难研究到今天的有利条件，中国敦煌学的研究史实际上就是一部中华民族从屈辱的晚清时代不断抗争，走向共和国改革开放的学术春天的历史。

今天，敦煌学的研究必将有力地推动“西部大开发”的进程，“西部大开发”也将促进敦煌学向纵深领域发展。

敦煌在历史上曾产生过辉煌的文明，但近代却衰落了，列强的掠夺与骗盗，使我国的珍贵文物散藏海外，不得复归。百年敦煌学的研究史，是在屈辱和奋争中走过来的，反映了中国学人与外国抗争、为国争光的伟大精神，已成为我国自强自胜的一面鲜明的爱国主义旗帜。

敦煌是古丝绸之路的重镇，连接东西方文明的窗口。20世纪敦煌文物的外流，既是中国近代的一部屈辱史，同时也推动了国际敦煌学的发展，成为连接东西方文化的新纽带。在“西部大开发”的新形势下，21世纪的敦煌将继续发挥丝绸之路交通大动脉的功用。

（摘自《群言》2000年第8期）

多见不怪

——从中国的达利热说起

邵大箴

2000年有两个外国艺术家的展览会在北京引起了轰动。一个是西班牙超现实主义艺术家萨尔瓦多·达利（Salvador Dali，1904—1989）的作品展，另一个是英国艺术家亨利·摩尔（Henry Moore，1898—1986）的作品展。达利是超现实主义艺术流派中的怪才，艺术构思以荒诞著称。超现实主义流派的作品强调表现非正常、非逻辑性的潜意识，本来就含有怪诞味，而达利把“偏执狂”的思维方式引进创作，更使习惯欣赏传统艺术的人感到莫名其妙。在达利作品来展之前，有人预料，他的作品将会受到中国人的冷遇。中国人连抽象的作品都不容易懂，怎么能看懂或欣赏达利的艺术呢？可是达利在中国美术馆的展出，获得了出乎意料的效果，排队购票的人络绎不绝，参观总人数有数万之多。虽然达利来展的作品不多，且无几件代表作，可中国人仍然报以极大的热情。要是在十多年前，我们评价艺术家主要看他的政治立场与态度，用这个标准达利是会被贬得一钱不值的。翻翻他的老底，他有不少不光彩的表现。“二战”后，世界各国（包括当时的美国政府）纷纷谴责西班牙的佛朗哥法西斯政权，达利却站在佛朗哥一边，为其辩护。就此一点，他也是应该受到批评的。但是，我们看人看事，不能抓住一点，不及其余。作为艺术家，我们还是要从他对艺术的贡献这方面多作考虑，给予恰如其分的评价。达利的艺术虽怪，采用的语言虽艰涩难懂，可还是有独创性的。他多才多艺，善于在人们想象力的“尺度”之外，辟奇境、辟险境，使人们在惊愕中有所得，有所悟。他的画不容易一眼看懂，甚至在初接触时，令人反感、恶心。不过看多了之后，最初的感觉可能改变，可能愿意去接触它、去理解它，慢慢思索和品味其中的奥妙。不知道是达利作品的这种特有的品质，还是别的什么原因，他的展览招引了如此多的中国观众。他们当中有艺术界的，也有平素与艺术接触不多的人。有人说这是新闻炒作的结果，我个人也觉得与此不无关系。只是在看到这种现象的同时，我们不能不思考另外一个问题，那就是去美术馆看了达利作品的人，并没有几位表示是上了当的，许多人反而是啧啧称美，尤其是一些青年人。笔者是学习和研究艺术史的，对此略微做了些调查，在看过达利艺术展的人当中，真的看懂并且能说出点道道的人不多，除非是对西方现代艺术有点知识，对达利的生平与创作有些了解的人。这种现象不是很奇怪吗？其实艺术欣赏本来就是这么回事，用一句俗话来说：“外行看热闹，内行看门道。”我相信，在几万中国观众中间，看热闹的居多数。达利的艺术以怪诞著称，这怪本身对人就有吸引力。艺术，不怪的容易被人看懂，被人欣赏，就像没有怪味的菜肴，容易适合大众的口味一样。但不怪的艺术做起来也容易，你也会做，他也会做，不那么稀奇。世上物以稀为贵。因此，吃惯了一般口味菜肴的人，总想吃点有怪味的东西，怪味菜就应运而生。怪味菜要真正能吸引人，受到一些人、许多人（不可能是所有人）的喜爱，可不是一件容易的事，这里面有大学问。我想凡是对菜肴多少有些知识的人，都懂得这一点。简单地说，怪不见得就好，要既怪又好，需要做菜的厨师有不同一般的本领。做艺术的道理大致也和做菜一样，只不过它不是满足人们味觉的需要，而是适应和满足人们审美视觉与心理的需求。怪味艺术与怪味菜不同的是，前者头一次看不懂不要紧，下次还可以看；后者如果头一次被人品尝倒了胃口，引起反感，是很难再唤起人的兴味来的。当然，情况也会有例外。不过总的说来，人们对看的艺术比吃的食品一般要宽容得多。近百年来，看的艺术变得千奇百怪，且求变求怪的势头至今不减，闹得人们心绪不宁，而吃的食物的变化，人们口味的求新求异，则是有限度的，不像看的艺术那样变得漫无节制。这里面的原因还涉及艺术的功能不在实用或主要不在实用，而在或主要在启发人们的想象力和创造性。味觉艺术（食品烹调等）的功能却以实用为主要目的。由此，人们对怪诞的艺术不仅有宽容精神，而且还鼓励艺术家去探索，去创造，人们也会从荒诞、怪异的艺术形态中去体味其意义，品尝其滋味，从中激发想象力与创造性。不用说，艺术的荒诞、怪异之所以为人们接受、欣赏，不是没有条件的，这条件主要是：第一，其形态、样式的怪异也要有一定的度，过分、过度会吓坏观众，会受到观众的拒绝（近十多年的西方现代艺术已经出现了这种情况）；第二，要有一定的意义，使人从中得到一点启发，体悟到一点道理。

达利的艺术是有精神内涵的。它反映了周遭世界的荒谬及失序，反映了现代社会人们精神的空虚及混乱，反映了当今西方世界人们对性、死亡、变态等问题的思考。他的艺术具有某种批判性，他对现代绘画语言的开拓，也应受到肯定。

不是所有去看达利作品展的人都真正懂得达利，不论在中国还是在西方。更不用说，所有去看他作品的人，都会喜欢他的艺术，那是不可能的。另外，即使在喜欢或欣赏的人群当中，喜欢与欣赏的角度也不会一样。艺术欣赏中常见的现象是“见仁见智”。人们欣赏艺术总是根据自己的生活经验、知识积累、趣味爱好去有选择地取舍。读《红楼梦》的人很多，真正能懂得曹雪芹一把辛酸泪的人则不多。鲁迅说，关于《红楼梦》的“命意”，“就因读者的眼光而有种种：经学家看见易，道学家看见淫，才子看见缠绵，革命家看见排满，流言家看见宫闱秘事……”（《绛洞花主小引》）。这里补充一句，产生这种情况的原因恐怕也多少与作品内容的多义性有关。作品的含意很丰富、深厚，不单一、浅薄，也是吸引不同层次读者的原因。《红楼梦》里确实有“易”，有“淫”，有“缠绵”，也有“排满”和“宫闱秘事”，所以各种不同类型和眼光的读者选择了自己感兴趣的东西。当然，能否认识《红楼梦》真正的“命意”，这就表现出读者眼光的高低深浅的区别了。在看达利作品的观众中间，有许多人是抱着好奇的心情去看“热闹”的，这也没有什么不好。到美术馆里去看艺术的“热闹”，毕竟是件“雅”事。就算是附庸风雅，去的次数多了，眼光会慢慢地改变，会受到美的陶冶，会从不懂到少许地懂，到比较多地懂。回想我们对一切文学艺术的欣赏，大致上经历了这样的过程。常有人问我，怎样欣赏西方现代的荒诞和抽象的艺术，我只能简要地回答：多看，看多了就会慢慢理解。我们常说的：“少见多怪，多见不怪”，就是这个意思。多看了，使自己的视觉与心理对自己看不惯的作品有所适应，在这个基础上才能说踏上了阅读这一步。这时，再找些有关艺术家的生平和创作背景材料读读，就会慢慢进入欣赏的过程。到那时，又会产生新的问题，那就是“懂”与“不懂”，“喜欢”与“不喜欢”的问题了。也只有到那时，从读者嘴里说出的“懂”与“不懂”、“喜欢”与“不喜欢”，已是经过思考和比较理性的认识了。这和刚接触某位艺术家的作品时，仅凭感性认识的判断相比，则是可靠与实在得多了。

有人会问，对大师或著名艺术家的作品也可以说不懂或不喜欢吗？是的，可以说。关于这个问题留待下文谈亨利·摩尔的艺术时再讨论。

（摘自《群言》2001年第3期）

读懂亨利·摩尔

邵大箴

亨利·摩尔是西方现代雕塑史上继罗丹之后最重要的一位雕塑家。罗丹（1840—1917）是西方古典传统最后一位大师，又是开启现代雕塑风气的先驱者。他是一位富有激情的浪漫主义者。他还在保持传统雕塑主体造型语言的基础上，把绘画感引进了雕塑，丰富了雕塑语言。他的学生和弟子们，凡是有抱负和出息的，都深知“大树底下生不出好苗来”的道理，纷纷走与老师分道扬镳的路。20世纪前30年，欧洲雕塑的新思潮与绘画一样，风起云涌，表现主义、主体主义、抽象主义、超现实主义等流派相继崛起，在雕塑语言上作了许多别开生面的探索。源于西方哲学重分析的理论，西方现代主义美术流派也是从分析的角度去发展艺术语言的，如表现主义注重分析和表现人的感情，侧重探求形式语言的表现力；立体主义讲究体面的分析，在体面的分解、重组中追求一种异于正常视觉的荒诞美；抽象主义摒除具象描绘与再现，在抽象的点、线、面、形、色彩的组合中，表现不同感觉，追求趣味、格调，并引发人们的想象力；超现实主义根据弗洛伊德潜意识与梦境的学说，试图在艺术创造中开掘新的矿藏……总之，这些流派是在认知和表现两个范畴重视分析而忽视结合的。显然，它们各自有不可取代的成就，但也有明显的局限性。

英国雕塑家亨利·摩尔（1898—1986），在走向艺术的路程中，受到了现代主义艺术的影响。罗丹特别是罗丹之后的许多艺术家如布朗库西、莫迪里安尼、阿尔普、毕加索、叶普斯坦等人，在雕塑造型和空间处理上所作的新尝试和取得的新成果，对他的艺术成长均起过积极的作用。有异于一些同时代青年艺术家的是，亨利·摩尔不在现代主义思潮的漩涡之中。也许他生性比较稳健，从小受了较多的传统教育，思想、行为不偏激；也许，英国社会的文化风尚偏于保守，20世纪早期较为激进的流派，都不是在英国产生的，这不可能不对摩尔产生影响。还有英国人尊重绅士（gentleman）风度，这个国家的文学艺术创作注重古典修养，作为地道的英国人摩尔似乎也遵循这一原则。这样，在亨利·摩尔身上，从青年时代起就有两方面的因素在起作用：追求创新的现代主义和尊重传统的“保守主义”。这也决定了亨利·摩尔选择的创新之路必然带有英国的和个性的色彩。伦敦许多美术馆尤其大英博物馆里的艺术珍藏，使亨利·摩尔早就熟悉了古埃及艺术、非洲的原始艺术、希腊、罗马和文艺复兴时期的艺术。他对创造雅典卫城巴底隆神殿上雕塑品的菲底亚斯和文艺复兴艺术大师米开朗基罗的创造十分崇敬，他同时对程式化的埃及雕塑和夸张、变形、有怪诞味的非洲雕塑也很叹服。特别使摩尔迷恋的是墨西哥古代阿兹台克的雕塑，他为玛雅文化时期的这些雕塑作品饱满而奇特的造型语言所吸引，他觉得这些古代艺术品在神秘感后面有一种深沉的历史感和文化意味。在多方面修养的基础上，亨利·摩尔很自然地选择了走综合的道路，也就是说，综合古典与现代、欧洲与非欧洲的艺术成果，作适应时代需要的创新。在亨利·摩尔的作品中，我们既可以隐约地看到从米开朗基罗到罗丹古典雄健之风的印迹，也可以看到他从现代主义雕刻中吸收的许多荒诞、怪诞之因素，还可以看到，他对古代玛雅艺术语言出色的吸收与改造。他一度迷恋过抽象主义与超现实手法，但时间很短，且涉猎不深。从骨子里亨利·摩尔是崇尚古典艺术的，他的追求可以被称为“现代的古典风格”。既然是古典的，又何以能现代？这就靠艺术的构思与技巧以及体现在其中的精神了。从精神层面来说，亨利·摩尔把拉丁美洲的玛雅雕刻与非洲雕刻中富有生气的野性力量糅合在具有崇高性与典雅性的欧洲古典艺术之中，并采用了西方现代雕刻的某些抽象性与潜意识的成分，使自己的艺术语言集温和的人文理想与标新立异的进取精神于一体。从艺术语言的角度，亨利·摩尔在尊重传统雕塑形体观念的同时，作了大胆的突破。他在实体中挖出空洞，以显示雕塑内在的形体，从而扩大和深化了雕塑空间。雕塑中完整的实体被空洞“破坏”，让或大或小的空洞把观众的视线引向内在的形体，使雕塑形体的表现更多样，使雕塑的空间更具层次感。与此同时，他突破一件雕塑品必须是完整形体的观念，把不同的独立的形体集合起来，组成一件件雕塑品。这些两件以上的形体，经过缜密的构思安排在一起，在有机的联系中形成统一的、不可分割的艺术整体。此外，亨利·摩尔还在作品中用“弦”或“线”来把雕塑的这一端与另一端相连接……这些手法，在拉丁美洲、非洲的雕塑中也偶尔出现过，亨利·摩尔把它们提炼为具有现代感的个性语言，成为他艺术体系中颇有特性的符号，显示出他作为艺术大师的才具。这一点他与毕加索有些相似。毕加索创造新艺术时，灵感的直接来源是非洲黑人雕塑，他把它们的语言加以改造，创造了立体主义艺术流派，用以传达20世纪初工业化时代人们的感觉，获得成功。亨利·摩尔的艺术在两次世界大战之间的年代（他也是两次大战的参与者与见证人）逐渐成熟，他把古代墨西哥雕塑稚拙、犷放、豪迈的艺术风格巧妙地拿过来，与欧洲古典传统嫁接、融合，赋予作品以更多的荒诞性与神秘感，与当时社会上流行的由战争引起的迷惘思潮不谋而合，也与西欧其他文艺中开始运用的意识流相呼应，形成当时雕塑艺术中别开生面的新风格。50—80年代，亨利·摩尔不断完善自己的风格，丰富自己的表现语言，并在雕塑与环境的结合上作了许多新的有价值的探索。

不是所有的人都欣赏和肯定亨利·摩尔，坚持古典传统的人，认为他走得太远，语言过分荒诞、离奇；一味强调创新的人，认为他没有摆脱传统的束缚，不是西方现代主义运动的弄潮儿。但是，这些看法不能动摇亨利·摩尔作为20世纪现代雕塑大师的地位，也许正是这位艺术家在传统与革新中间所取的较为折中的态度和基于这种思考所作的探索，才使他的艺术更有个性特色。20世纪已经结束，回顾西方现代主义艺术走过的不断革命的激进道路，有许多教训值得人们反思。艺术创造不能割断历史，割断了历史便成了无源之水；艺术创造也不能拘于一格，拘于一格，艺术之园圃便单调失色。人性的复杂性与丰富性，人们广泛的审美需要决定了艺术创造的无比多样性。亨利·摩尔选择的方向和所走的道路，并非是唯一正确的，但是已经为事实（他的艺术征服了许许多多的人）证明，是极有意义和价值的，他的艺术劳动为人类艺术遗产贡献了新东西。

有朋友说，亨利·摩尔的作品不容易看得懂。说这种话的人不仅有普通的观众，也有多年从事艺术创造的一些美术家。我熟悉的几位很有成就的中国雕塑家，也曾对我作这样的表示。看不懂的原因很多，其中最重要的一个原因是我们长期被所谓现实主义的观念所束缚，我们习惯了欣赏属于正常视觉所看到的那种造型，对变形、荒诞、抽象、暗示与象征的艺术语言不太习惯。摩尔的作品主要表现人体，躺卧的为主，也有直立的。许多作品以母与子为主题（“二战”期间他在防空壕中看到孩童们偎依在母亲怀抱中的情景，给他留下深刻印象）。他的风格特征在于不把所描绘的对象和盘托出，不给人一览无余的视觉形象，留给观众不少空白，让他们有发挥想象的余地。采用这种变形与时断时续的语言时，亨利·摩尔要表达的基本意思即主题则是明白的，观众不会有大的歧义，但各人的理解与感受则会有微妙的差异，出现这种情况的原因，除了“见仁见智”的因素外，还和他作品中含有一些抽象与朦胧的成分有关。亨利·摩尔还把躺卧的女性人体与自然风景（如起伏的山峦等）联系起来加以表现，用人体来显示大自然的美。他的不少较为抽象的作品则是根据他对有机形体（如动物的骨骼、经过海浪冲刷的卵石等）的观察与感受加以创作的。对这类作品，我们应更多地从形体的塑造中感受力和美，不一定要机械地与具体的客观现象联系在一起来欣赏。这一点在艺术欣赏中是相当重要的。走近和阅读艺术品除了要注意它表现什么之外，还要注意它是怎样表现的。表现什么，关系到艺术品描绘的客观对象；而怎样表现，则更关系到作者的主体，即作者的修养、技巧等。接触艺术品较少的人，往往注意一幅画或一件雕刻描绘了何种具体物象，并把欣赏的过程与目的局限于此，这是远远不够的。看艺术品，包括看亨利·摩尔的创作，除了要了解作品的题目和他描绘的客观物象（如人体或抽象形式的有机物）外，更重要的是体味形体语言本身中所包含的意思。这种意思是属于感觉范畴的东西，往往可以意会，难以言传。许多现代艺术品的“意思”（我们通常说的内容或主题）如喜悦、悲愤、朝气、力量、友爱，等等，常常是在怎样表现即形式语言中体现的，表现的客观物象常常只是引头，是媒介。可以这样说，在这里作品的形式不只是外壳，而且本身含有意味，只要我们耐心地看，边看边思索，肯定会琢磨出一些味道来。

话又说回来，尽管亨利·摩尔是当代雕塑大师，他对世界艺术的贡献已经得到人们的公认，但是这并不意味着每个人都要喜欢他的作品。在艺术欣赏中，每个人会有自己的趣味和爱好，趣味和爱好是不能争论的。只是观赏者在对一位艺术家的创作表示喜欢或不喜欢之前，需要对这位艺术家的生平与创作有所了解，要尽量看懂他的艺术，在了解与懂的基础上，作出自己喜爱与否的判断。在这种情况下观赏者所做的表态，属于个人爱好，理应得到尊重，因为这时艺术家的创造成果已经被观赏者消化、咀嚼过，已经成为观赏者文化修养的一部分。这里得补充一句，人的趣味和爱好也是在变化着的。总而言之，艺术欣赏的意义在于过程中人生动的思考、体悟与享受，而不是依据某种权威观念或价值标准所规定的结果。

（摘自《群言》2001年第4期）

“公事之闲，宜寻典籍”

——关于唐太宗与李大亮及荀悦《汉纪》

瞿林东

本文主标题上的这句话，见于《旧唐书·李大亮传》。这是唐太宗“下书”李大亮时提出的一个希望，反映了他们君臣之间的密切关系和在政治上的追求。由这句话，联系到有关的人、事和书，颇有一些发人深省之处。

唐太宗贞观元年（627年），李大亮从越州都督任上，转任交州都督。不久，又出任凉州都督。此时，京中有使者来凉州，见凉州产有名鹰，乃暗示李大亮以名鹰贡献太宗。表面看这使者是为李大亮着想，其实是他自己要在太宗面前邀功。大亮不听，并上表太宗说：“陛下久绝畋猎，而使者求鹰。若是陛下之意，深乖昔旨；如其自擅，便是使非其人。”这些话讲得很尖锐，不论是哪一种情况，唐太宗都处在没有道理和被批评的地位。唐太宗接读此表后，很诚恳地下书曰：“以卿兼资文武，志怀贞确，故委藩牧，当兹重寄。比在州镇，声绩远彰，念此忠勤，无亡寤寐。使遣献鹰，遂不曲顺，论今引古，远献直言。披露腹心，非常恳到，览用嘉叹，不能便已。有臣若此，朕复何忧！宜守此诚，终始若一。古人称一言之重，侔于千金，卿之此言，深足贵矣。今赐卿胡瓶一枚，虽无千镒之重，是朕自用之物。”

贞观初年，唐太宗励精图治，求贤若渴，知人善任，从谏如流，对于奠定“贞观之治”的局面，发挥了很大的作用。他对李大亮讲的这番话，绝非官样文章，而是至诚之言。比如他称赞李大亮“兼资文武，志怀贞确”、“比在州镇，声绩远彰”，那是确有其事的。本传称，李大亮“少有文武才干”，武德以来，历任文武之职，居官则“以惠政闻”，领军则出奇制胜。唐太宗称赞他“论今引古，远献直言”，说明李大亮奏事表章，内容丰富，敢于直言，非就事论事之作。本传说他“在越州写书百卷”，可见他是一位好学深思、有独立见解的正直官员。至于唐太宗在“下书”中所表达的自己的感受和认识，从贞观初年唐太宗和他的大臣们的关系中（吴兢《贞观政要》一书有详尽记载），可以得到多方印证，就不多说了。

就在上面所说的下书，赐物后不久，唐太宗又赐给李大亮荀悦所著《汉纪》一部，并再次下书曰：“卿立志方直，竭节至公，处职当官，每副所委，方大任使，以申重寄。公事之闲，宜寻典籍。然此书叙致既明，论议深博，极为治之体，尽君臣之义，今以赐卿，宜加寻阅也。”

在中国古代帝王当中，重视历史经验，重视史学功用，无出于唐太宗之右者。他建议李大亮“公事之闲，宜寻典籍”，并推荐荀悦《汉纪》一书，令其研读，只是其中一例而已。

唐太宗为什么要向李大亮推荐《汉纪》？这一点，他讲得很清楚，也很扼要，那就是他认为此书“叙致既明，论议深博，极为治之体，尽君臣之义”。这是对《汉纪》的叙事、史论和旨趣所作的极其概括的评价，反映出了唐太宗在评论历史文献方面的卓识。

那么，《汉纪》究竟是怎样一部书呢？

《汉纪》30卷，是一部编年体西汉皇朝史，也是我国史学上最早的编年体皇朝史。

《汉纪》著者荀悦（148—209）字仲豫，东汉末年颍川颍阴（今河南许昌）人。汉献帝时官至侍中。《后汉书·荀淑传》载：献帝“好典籍，常以班固《汉书》文繁难省，乃令悦依《左氏传》体以为《汉纪》三十篇”，“辞约事详，论辨多美”。《汉纪》记事起于刘邦之兴，讫于王莽之败，而以班彪著《王命论》、班固撰《汉书》事为殿，以明本书主旨及其之所由来。荀悦在《汉纪》卷一开宗明义说明撰述此书原则和方法是："谨约撰旧书，通而叙之，总为帝纪，列其年月，比其时事，撮要举凡，存其大体。"他又在书末指出："于是乃作考旧，通连体要，以述《汉纪》。"这里着重交代了两点：一是改纪传体为编年体（"列其年月，比其时事"），一是意在综合凝炼（"撮要举凡，存其大体"）。其总的要求是"通而叙之"、"通连体要"，"以副本书"。

荀悦也有自己的历史编纂思想，认为撰写史书有五个原则："一曰达道义，二曰彰法式，三曰通古今，四曰著功勋，五曰表贤能。"荀悦《汉纪》一方面是忠实于班固《汉书》的思想，如采撰的严谨，全文引用《汉书》帝纪赞语，等等。另一方面，荀悦也在编撰中阐发了自己的历史见解，这突出地反映在他为《汉纪》撰写的30多首史论（即"荀悦曰"）中。荀悦说的"达道义"，是以儒家"三纲"为核心的，认为"仁义之大体在于三纲六纪"，"施之当时则为道德，垂之后世则为典经"（《汉纪·成帝纪三》）。他说的"彰法式"，是要维护汉皇朝成规，中心是维护皇权。如认为汉废分封之制"以为县治民"，本是为"强干弱枝，一统于上，使权柄不分于下也"，可是现今"州牧号为万里，总郡国，威尊势重"，这是"近于战国之迹，而无治民之实"（《汉纪·哀帝纪上》）。他说的"通古今"，一个重要的方面是着意考察西汉皇朝政治统治的得失。他在《元帝纪下》中论述了"自汉兴以来至于兹，祖宗之治迹可得而观也"的见解，历数高祖、文帝、武帝、宣帝、元帝几朝朝政的利弊，进而阐发了教化和刑法的关系是"通于天人之理，达于变化之数，故能达于道"，"然后用于下矣"。他还提出了"六主"、"六臣"的看法，"六主"是王主、治主、存主、衰主、危主、亡主，"六臣"是王臣、良臣、直臣、具臣、嬖臣、佞臣；认为"六主之有轻重，六臣之有简易，其存亡成败之机在于是矣，可不尽而深览乎！"（《汉纪·昭帝纪》）这显然是暗示君臣们各自"对号入座"，在汉献帝被挟至许昌的当时，发如此议论是要有相当的胆识的。

荀悦结合秦汉之际历史，分析“立策决胜之术”有三条：形、势、情。认为：“形者，言其大体得生之数也；势者，言其临时之宜也，进退之机也；情者，言其心志可否之意也。”（《汉纪·高祖纪二》）这是把客观形势同人们的见识、心理、志向结合起来考察“立策决胜之术”，是看到了主客观因素对历史活动的影响，等等。从荀悦的这些史论来看，它们有两个共同的特点。第一，表明作者对于政治统治和历史经验之密切关系的十分重视。第二，表明作者对于历史的见解具有鲜明的时代性。因此，荀悦的史论不同于班固史论的空泛说教，而上承司马迁史论“稽其成败兴坏之理”的遗风。《后汉书》作者范晔称颂《汉纪》“辞约事详，论辨多美”，应是中肯的评价。

荀悦在《汉纪》书末总论《汉纪》一书时写道：“《易》称：‘多识前言往行以畜其德。’《诗》云：‘古训是式。’中兴已（以）前，一时之事，明主贤臣，规模法则，得失之轨，亦足以鉴矣！”这是强调了历史同现实的联系、历史经验对于现实政治的重要，进而说明《汉纪》一书的主旨所在。

史学名著具有永久的魅力。这就是为什么在荀悦之后大约400年，唐太宗如此重视它的缘故。李大亮后来官至左卫大将军、兼领太子右卫率、兼工部尚书，“身居三职，宿卫两宫，甚为亲信”。尤为难得的是，他“激浊扬清、甚获当时之誉”；“虽位望通显，而居处卑陋，衣服俭率”。名相房玄龄推重他，“每称大亮有王陵，周勃之节，可以当大位”。贞观十八年（644年）李大亮遇疾而终，时年五十九。“死之日，家无珠玉可以为含，唯有米五石、布三十端。”其清廉如此。

今天，时代不同了，人们对历史的认识也会有所变化、有所发展。但是，我们从唐太宗向李大亮推荐《汉纪》，以及《汉纪》一书的历史价值中，仍然可以得到两点宝贵的启示：一是，历史是现实的一面镜子，即以古鉴今，这个道理永远不会过时。二是，凡“处职当官”者，“公事之闲，宜寻典籍”，多懂得一些历史经验，于治国、安民、律己总是会有裨益的。

（摘自《群言》2001年第6期）

天人合一　文理互补

季羡林

我想谈两个问题：第一个问题是21世纪全人类所面临的最重要的问题是什么；第二个是理科和文科互相渗透的问题。对这两个问题我都是野狐谈禅，也可能是胡说八道，请大家“批判”。

第一个问题，21世纪我们全人类所面临的最重要的问题是什么？大概若干年以来，我们这个地球村里面，自然界发生了很多过去没有或者比较稀见的现象，比如气候变暖、淡水缺乏、生态平衡破坏、人口爆炸、动植物灭绝、臭氧层出洞、洪水泛滥、新疾病产生等等，这些问题如果有一个解决不了，我们人类的前途和发展就有困难。比如水，我们从来没有想到水会发生问题。我看了一篇文章讲：如果现在发生了世界大战，大家不是争油，而是争水。由此可见水的重要性。这些问题是怎么来的呢？我先举两句话，一句是德国的伟大诗人歌德说的：“大自然从未犯过错误，犯错误的是人。”第二句是伟大的思想家恩格斯讲的：“我们不要过分陶醉于我们对大自然的胜利，每一次胜利，自然界对我们都进行了报复。”这两句话很值得我们品味。

为什么自然界对我们报复呢？我们中国人讲人与自然应该和谐相处，就是天人合一。天就是大自然，人就是人类。大自然与人类要和谐统一，不要成为敌人。宋代大哲学家张载有两句非常著名的话，“民吾同胞，物吾与也”，简称“民胞物与”，“与”是“伙伴”的意思。这两句话言简意赅，涵义深远。在欧洲情况有些不同。查一下英文字典，“征服”是

“conquer”，举的例子是“conquer the nature”，把自然看作是敌对的，否则怎么会谈到“征服”呢？最近几百年来，科学技术的发展给人类带来了很大的福利，这主要归功于西方。但带给我们福利的同时也产生了上面提到的诸多问题。我个人认为，这些问题或弊端之所以产生，其根源就在于“征服自然”。

那怎么办呢？我们人类的衣食住行所有的东西都是从大自然来的，我们只能向大自然伸手要，我们才能活。否则，我们就活不下去。不征服怎么办呢？只有一条路，就是：我们和自然作朋友，天人要合一。中国古代也有征服自然的想法，荀子想制天，想能够胜天，能够战胜自然，但现在事实证明，你想征服自然，你想制天，必定为天所制。

天人合一不限于中国。在印度也是讲天人合一的，讲个人与宇宙是统一的。印度古代婆罗门教有一句著名的话：tat tvam asi。tat就是英文的that，指的是宇宙、大自然。tvam意思是“你”，asi的意思是“是”。这一句话的意思就是“你就是那个”，“you are that”，也就是“你与宇宙大自然是一体的”，这也就是中国的“天人合一”。我归纳东方文化的特点是天人合一。我们讲人和自然是一致的，不是敌对的。

第二个问题是文科和理科的问题。回顾一下北京大学校史，大概是1917年（具体的年份记不清楚了，发表的地方也须再查），蔡元培校长当时提出了一个意见：文科的学生必须学一门理科的课。这个意见后来怎么执行的呢？1917年，当时我只有6岁，不知道。后来，1930年，我考北大，考清华。当时北大出的国文题目非常奇怪“何谓科学方法，试分析详论之”，这不像一个国文题。清华大学出的国文题目是“梦游清华”。从中可以看出这两所大学的不同之处。当时我听说北大文科的学生必须学一门科学方法的课来代替理科的课。文科的学生是文科高中毕业的，对理科实在很隔膜，所以文科学生必须学一门理科的课。当时就有一本书叫《科学方法论》，作者是化学家王星拱。在清华则是用逻辑来代替一门自然科学课。

蔡校长的想法是非常了不起的，但是我觉得我们的做法并没有体现出蔡校长原来的想法。将来怎么办？将来是否能体现？我们已经进入了21世纪，现在已经是21世纪的第一年，新千年的第一年，文科和理科的关系怎么处理？清华陈副校长讲的一句叫文理互补。文科来补理科，理科来补文科。这句话讲得非常好。我想是不是可以再进一步，文理不但互补，而且互相渗透。互补怎样补法呢？一个是文科学生学一点理科的课，比如学哲学的要学一门理科的课。不仅要互补，还要互相渗透。21世纪要发展社会科学，推进理论创新，非文理结合不可。新世纪才过了10个月，还有99年零两个月，可以有很多的时间来考虑这个问题。

清华有两位大家，一位是大物理学家李政道，也是北大的教授；一位是大画家吴冠中，在中国美术馆搞了一个科学与艺术展，还出了一本书。展览会和书我都看了，说是艺术和科学的相通之处。《光明日报》登过一篇书评，评《物理学与艺术》，讲的是同一个问题。开座谈会时，北大物理系的一位教授参加了。我看了一下他们讨论的结果。人文科学和自然科学绝不像以前讲的那样泾渭分明。从一部科学史可以看到，科学越来越深化。最早的时候，只有哲学，后来分出物理、化学，再后来生物化学、物理化学等边沿学科越来越多。到了21世纪，我想边缘学科还要增加，增加的同时文科和理科的互相渗透能不能达到？我想真要创新，应该从这地方创起。

我有一个非常幼稚的想法。“性善”和“性恶”是一个哲学问题，在中国哲学史上已经讨论了几千年，至今没有结论。现在基因科学正在展开研究，是否可以利用基因科学的成果来研究一下这个问题呢？

（摘自《群言》2002年第1期）

关于五四运动“打倒孔家店”小议

龚书铎

五四运动提出“打倒孔家店”的口号，对中国传统的彻底否定，对中国传统文化一笔抹煞。这是长期以来人们对它的评价和指责。笔者认为上述指责并不符合历史实际。

实际上五四运动时并未提出“打倒孔家店”。五四运动提出了“打倒孔家店”口号的说法是对历史的误解。五四运动发生于1919年5月4日，北京学生3000多人在天安门前集会，举行爱国示威游行，反对巴黎和会关于中国山东问题等决议，提出“外争主权，内惩国贼”、“取消二十一条”等口号。6月，五四运动进入新的阶段，发展到20多个省市。显然，五四运动是反对帝国主义和北洋军阀的爱国运动，提出的口号很鲜明，没有也不可能提出“打倒孔家店”的口号。

五四运动是中国近代历史上大转变的时期，作为一个历史时期，当然不仅限于运动的过程本身，而有其前因后果。学术界一般认为五四时期起始于以1915年陈独秀创办的《新青年》（初名《青年杂志》）为标志，迄于1921年中国共产党成立（下限有不同意见）。

五四时期的起点是陈独秀创办《新青年》而掀起的一场新文化运动。新文化运动与五四运动有密切的关系，它在思想上和人才上为五四运动作了准备，五四运动又推进了新文化运动的发展。但新文化运动也没有明确提出“打倒孔家店”的口号，虽有评孔批孔的文章发表。既然当时没有提出“打倒孔家店”的口号，为什么长期以来人们总是这样认为？我想原因可能有二：一是当时发表了一些评孔批孔的文章，而认为这就是“打倒孔家店”；二是1921年《吴虞文条》出版时，胡适为之作序，文中称赞吴虞是“只手‘打孔家店’的老英雄”，由此而衍导出那个口号。但是，胡适称赞吴虞的“打孔家店”，是指吴虞对“孔家店”里封建的伦理纲常的批评，只是“打”，不及“打倒”。所谓“打倒孔家店”云云，并没有确实根据。

因为说五四新文化运动是“打倒孔家店”，由此而判定是对中国传统彻底否定，对中国传统文化一笔抹煞，是民族文化虚无主义，有的论者还把它和“文化大革命”联系在一起，实际上是对五四新文化运动的否定。五四新文化运动提倡什么，反对什么，这里不作全面论述，只就有关所谓“打倒孔家店”是彻底否定中国传统、一笔抹杀中国传统文化的问题谈点看法。

新文化运动的发生，是由辛亥革命后北洋政府、清朝的遗老遗少以及康有为和孔教会等掀起的一股尊孔复古逆流而引起的。1913年，袁世凯发布《尊孔祀孔令》；陈焕章等人联名上书国会，要求定孔教为国教，编入宪法。1916年，康有为致书总统黎元洪、总理段祺瑞，要求“以孔教为大教，编入宪法”。新文化的倡导者的评孔批孔，就是针对这股尊孔逆流的。他们的论点，主要有两方面：

反对定孔教为国教，编入宪法。他们指出孔子之道不适应于现代社会生活，不能定为国教，编入宪法。陈独秀认为：“文明进化之社会，其学说之兴废，恒时时视其社会之生活状态为变迁。”（《孔子之道与现代生活》，《新青年》第2卷第4号）“‘孔教’本失灵之偶像，过去之化石，应于民主国宪法，不生问题。”（《宪法与孔教》，《新青年》第2卷第3号）李大钊也指出，社会、道德都是进化发展的，“孔子之道，施于今日之社会为不适于生存”（《自然的伦理观与孔子》，《李大钊文集》（一），人民出版社1999年版，第248页），不能将数千年前的孔子，“入于现代国民之血气精神所结晶之宪法”。（《孔子与宪法》，《李大

钊文集》（一），第245页）

当时掀起的这股尊孔逆流，是和政治上复辟帝制密切相联系的。不仅是袁世凯利用尊孔来为其复辟造舆论，一些主要尊孔团体也纷纷赞成复辟。1915年，直隶、河南的孔社先后上书参政院，请“早定君主立宪”，“复尊君崇上之本”；孔道会会长王锡蕃等致电北洋政府拥护袁世凯称帝；孔子76世孙孔令贻也致电请袁世凯“早日登基”。陈独秀鲜明指出：“盖主张尊孔，势必立君，主张立君，势必复辟，理之自然，无足怪者”。（《复辟与尊孔》，《新青年》第3卷第6号）

着重批判封建伦理纲常。新文化运动的倡导者反对将孔教定为国教，必然要集中批判封建伦理纲常。他们认为孔教的核心是礼教，是别尊卑明贵贱的等级制度，是对人的束缚和压抑。陈独秀指出：“儒者以纲常立教，为人子为人妻者，既失个人之独立人格，复无个人之独立财产”。（《孔子之道与现代生活》，《新青年》第2卷第4号）吴虞在《礼论》一文中指出：“礼为人君之大柄”，“以尊卑贵贱上下之阶级为其根本”。鲁迅的《狂人日记》、《我之节烈观》，吴虞的《家族制度为专制主义根据论》、《吃人与礼教》等，都揭露了封建礼教的罪恶。

以上所述就是所谓“打倒孔家店”的主要内容。如果认为这就是彻底否定中国传统，一笔抹杀中国文化，是不符合历史实际的。其实在近代中国，批判封建伦理纲常，至晚在戊戌维新时期已开其端。辛亥革命时期进一步发展，并对孔子进行批评，即使被称为国学大师的章太炎、刘师培也反对独尊孔子和儒学，批评儒学。新文化运动的反对孔教、封建伦理纲常，是以前的继承和发展。

新文化运动的倡导者尽管对孔子、对伦理纲常进行了猛烈的抨击，但对孔子、孔学并没有完全否定。如被称为“只手‘打孔家店’的老英雄”吴虞，在他致陈独秀的信中就说：“不佞常谓孔子自是当时之伟人”。（《新青年》第2卷第5号）陈独秀肯定了孔子的历史地位和孔学的历史价值，表示“反对孔教，并不是反对孔子个人，也不是说他在古代社会无价值”，（《孔教研究》，《每周评论》第20号）孔学是“当时社会之名产”，“使其于当时社会无价值，当然不能发生且流传至今日”。（《答常乃悳》（孔教），《新青年》第3卷第2号）李大钊也认为：“孔子于其生存时代之社会，确是为其社会之中枢，确是为其时代之圣哲，其说亦确是以代表其社会其时代之道德”。他明确表示：“余之掊击孔子，非掊击孔子之本身，乃掊击孔子为历代君主所雕塑之偶像的权威也；非掊击孔子，乃掊击专制政治之灵魂也”。（《自然的伦理观与孔子》，《李大钊文集》（一），第249—250页）新文化运动倡导者批孔的指向是明确的，他们并没有对孔子和孔学彻底否定，一笔抹煞。况且批孔也不等于彻底否定中国传统，一笔抹煞中国传统文化。孔子和儒学不等于全部中国传统，不等于全部中国传统文化。

事实上，新文化运动的倡导者也是继承、发扬了优秀文化传统的。如陈独秀反对定孔教为国教，批判封建伦理纲常，是为了中国的民主、富强，强烈地表现了“以天下为己任”的优秀传统。他在《我之爱国主义》一文中，提出可持续的治本的爱国主义六项意见，即：勤、俭、廉、洁、诚、信。他认为这六项，“实为救国之要道”。显而易见，陈独秀所提倡的六项意见，都源之于传统，而且与儒家思想分不开。

不可否认，在新文化运动中，有的人如陈独秀、钱玄同确实在当时特定的环境下说过一些过激的言论。如钱玄同曾主张“欲废孔学，不可不先废汉文”；“欲废孔学，欲剿灭道教，唯有将中国书籍一概束之高阁之一法”。（《中国今后之文学问题》，《新青年》第4卷第1号）单从这些带有愤激之情的言论来看，是颇像一笔抹煞中国传统文化的主张的。但这只是个别人的言论，不是主流。钱玄同自己声称他的主张不代表《新青年》的同人，《新青年》编辑部也声明钱玄同的主张只是他个人的。对于一次文化运动、一股社会文化思潮来说，在发生发展过程中，出现某种过激的言论，是常见的现象。问题在于对这些言论是在什么情况下说的要做具体分析，它在整个运动（或思潮）中居于什么地位，是不是主流，是不是起支配作用，这是我们研究问题时应当把握的。“挑选任何例子是毫不费劲的，但这没有任何意义，或者有纯粹消极的意义，因为问题完全在于，每一个别情况都有具体的历史环境。……如果不从整体上、不是从联系中去掌握事实，如果事实是零碎和随意挑出来的，那么它们就只能是一种儿戏，或者连儿戏也不如”。（《列宁全集》第29卷，人民出版社1990年版，第364页）

（摘自《群言》2002年第4期）

从梁启超到白寿彝

——20世纪中国史学家的史学史情结

瞿林东

小　引

任何事物都有自己的历史，任何学科也都有自己的历史。中国史学作为一种学问、一种工作，或作为一门学科，当然也有自己的历史，这就是中国史学史。

一般说来，人们对于什么是文学史、艺术史、哲学史、科技史等等，都容易理解，而对于史学史却不免有点陌生之感。应当承认，各门学科的历史，都有其重要性，都应当受到重视。对于中国史学史来说，这种重要性显得更加突出一些。这是因为：中国史学史是阐述中国史学发展过程及其规律的学问，具体地说，它是探索中华文明进程之记载与撰述的历史。为了认识中华文明的历史进程，人们要研读中国通史；为了认识中华文明进程是怎样被一代代史学家记载下来，又被一代代史学家撰写成内容丰富、形式多彩、表述生动的历史著作的，人们就要研读中国史学史。读一点中国史学史，必定会有益于人们加深对中国历史的理解。

正因为如此，在20世纪，中国史学家不断凝聚起一个深沉的情结：撰写中国史学史，探索中华文明进程之记载与撰述的历史面貌。为此，他们付出了艰辛的努力，获得了可喜的进展，给20世纪中国学术史留下了重要的一页。

撰写中国史学史：梁启超提出的问题

“五四”前后，受西学的影响，许多新学科勃然兴起，各种专史的研究成为学术界所关注的问题。1926—1927年，梁启超在清华大学作“补中国历史研究法”（也称“广中国历史研究法”）的讲演，后经门人记录、整理，以《中国历史研究法补编》为名出版。梁启超在此书的《绪论》中说道：“本演讲全部组织，可以分为‘总论’、‘分论’两部。总论注重理论的说明，分论注重专史的研究，其宗旨在使有研究历史兴味的人，对于各种专史知道应该研究并且知道如何研究。旧作所述，极为简单，不过说明一部通史应如何作法而已。此次讲演，较为详细，偏重研究专史如何下手，因为作通史本不是一件容易的事情，专史没有做好，通史更做不好。若是各人各做专史的一部分，大家合起来，便做成一部顶好的通史了。此次讲演，既然注重专史，所以又可叫做《各种专史研究法》。”

梁启超是从通史和专史的关系来说明研究的重要，这同他早年提出研究、撰写通史的主张有关，这是一方面。另一方面，近代学科的创立和发展，越来越明确地提出了专史研究的迫切性，这是“五四”前后学术史上的一个特点。

《中国历史研究法补编》所论“专史的做法”，包括五种专史即人的专史、事的专史、文物的专史、地方的专史、断代的专史等。梁启超所说的“文物的专史”又包含以下这些内容：经济专史、政治专史、文化专史。而“文化专史”又包括语言史、文字史、宗教史、学术思想史、文学史、美术史；其中，“学术思想史”则又包含道术史、史学史、社会科学史、自然科学史。在梁启超看来，“史学史”是属于文化专史中“学术思想史”的一个分支。从历史的眼光来看，这样的学科划分是否合理并不十分重要；重要的是，“史学史”作为文化专史的一个方面被正式提出来了。

从学术史的发展来看，一门专史是否被明确地提出来，对于这个专史的发展具有极重要的意义：其一，相关的研究可以据此形成共同的出发点和发展目标；其二，这一研究在邻近的专史中才可能找到并确定自己的位置，从而丰富了专史的门类，促进了学术史的发展。“史学史”这一观念的提出，不仅把中国史学上久已存在的史学史意识推进到更加自觉的境界，而且使它具有了近代意义上的学科史的属性，从而对中国历史学的发展产生积极的影响。梁启超在讲到研究“文物的专史”的重要性时讲了这样一段话，是很有启发意义的。他说：“无论何种学问，要想对于该种学问有所贡献，都应该做历史的研究。写成历史以后，一方面可以使研究那种学问的人了解过去成绩如何，一方面可以使研究全部历史的人知道这种学问发达到何种程度。”

“史学史”研究的重要性，也可以从这段话中得到很好的说明。“史学史”作为一种专史被明确地提到学术史研究的日程上来的时候，其学术价值便有了比较恰当的定位。这一点，是很值得重视的。

艰难的探索历程：中国史学史研究的两起两落

20世纪三四十年代至六七十年代，中国史学家关于中国史学史的研究，两度活跃，两度寥落，走过了艰难的探索历程。

先是在三四十年代，一些史学家起而回应梁启超提出的问题，着手研究中国史学史，并写出了近代以来最早的一批中国史学史论著。

中国有3000多年的历史记载和历史撰述，史籍之丰富性，多样性和连续性，为世界各国所仅见。一部中国史学史，从哪里写起，主要应当写些什么内容？这是首先要解决的问题。梁启超在提出撰写“史学史”的问题时认为：“史学，若严格的分类，应是社会科学的一种。但在中国，史学的发达，比其他学问更利（厉）害，有如附庸蔚为大国，很有独立做史的资格。”梁启超这样说，足以表明中国史学的特殊分量以及他对史学的重视。中国史学史究竟研究什么，撰写什么？梁启超提出了初步的设想，认为：“中国史学史，最少应对于下列各部分特别注意：一、史官；二、史家；三、史学的成立及发展；四、最近史学的趋势”。他关于“史学史的做法”，就是依照这四个方面展开讨论的。可以认为，这是梁启超关于中国史学史研究内容或研究对象的主要论点。他的这些认识，对三四十年代中国史学史的研究有很大的影响。当时的一些史学家，大致循着这个思路进行研究，先后有一批论著面世。就讨论和撰写的内容来看，主要有三个问题。第一个问题，是关于“中国史学史”究竟研究什么，撰写什么？一些通论性的文章试图回答这个问题，其中有朱谦之的《中国史学之阶段的发展》、何炳松的《中国史学史之发展》、周谷城的《中国史学之进化》、罗香林的《中国史学的过去与将来》，朱子方的《中国史学史之起源及演变》等文。周谷城的文章最具代表性，文章讨论了历史与史学的区别、起于实用的记录、道德文学与史书、由史书到史学、史学的独立发展、创造中的新史学。此文的宗旨在于揭示史学进化的历史过程，有开阔的视野和较强的逻辑性，对于中国史学史究竟研究什么，撰写什么，有重要参考价值。第二个问题，是关于怎样撰写中国史学史。这是一个理论认识问题，也是一个撰述实践问题，因而有一批专书面世，或写出了这方面的讲义，它们是：卫聚贤《中国史学史》（1933年）、蒙文通《中国史学史》（1938年）、魏应麒《中国史学史》（1941年），王玉璋《中国史学概论》（1942年）、朱希祖《中国史学通论》（1943年）、金毓黻《中国史学史》（1944年）、顾颉刚《当代中国史学》等。金著与顾著，可以视为当时中国史学史撰述的代表作。金著依据唐人刘知幾、清人章学诚提出的“义例”和梁启超提出的“条目”，对中国史学作了比较翔实的介绍。顾著着眼于19世纪中叶至20世纪中叶的中国史学，并对民国前后的史学作了比较，揭示出20世纪上半叶中国史学变化的脉络及其主要原因，强调了新史观、新史料、新方法的重要。金著对中国史学在思想领域的发展用力不多，而顾著所及则只限于“近百年”中国史学，它们的共同点是对史学与社会的关系所论甚少。第三个问题，是关于“新史学”的评价。自从1902年梁启超发表《新史学》后，“新史学”成为一股史学潮流，论者蜂起，各逞其说。周予同的《近五十年来中国之新史学》（1941年）、齐思和的《近百年来中国史学的发展》（1949年），都是数万言的长文。前者着眼于源流的考察和派别的划分；后者则在评梁启超、胡适、何炳松的同时，论及到“通史教本”和“社会史运动”，视野显得更为开阔。

综观这个时期的中国史学史的研究与撰述，似可得到这样几点认识：

第一，梁启超提出撰写中国史学史的问题之后的20年左右，涌现出了一批专论、综论、讲义、专著，可见这个问题的重要性已被史学界所认同。

第二，这时期出现的一些著作，大多带有草创阶段的特点，即开创性与幼稚性并存。就幼稚性而言，它们对于时代与史学的关系和某一时代之史学的特点以及史学的社会作用和史学发展的规律涉及甚少。

第三，这个时期的著作，提出了一些值得重视的积极成果，如蒙文通之重视哲学与史学的关系、重视史学流派的考察；周谷城着意探索史学进化的历程；金毓黻在吸收古今史家论述之成果的基础上，力图把史学的源流，义例，发展及趋势撰为一书，并在书中提出什么是史学、什么是史学史，以及关于史官、史家、官史、私史、撰史、论史之区别的种种见解等，虽也有可以商榷之处，但对推进中国史学史研究是有参考价值的；顾颉刚关于19世纪中期至20世纪中期的“当代中国史学”的考察，以及周予同、齐思和二文所论，更加紧密地把史学史的研究同现实的社会与史学结合起来，具有鲜明的时代特色。这些成就的取得，是值得珍惜的。

20世纪50年代，中国史学史研究显得寥落不振，究其原因，或许是人们运用唯物史观来阐明史学发展尚须有一个过程，而人们的注意力又多在运用唯物史观重新研究历史发展方面；再者便是“左”的思潮出现，人们在评价以往史学成就时，多有顾忌。

这种寥落不振的局面，在20世纪60年代前期，被广泛的讨论和热烈的争鸣完全改变了。其契机就是1961年全国高校文科教材会议的推动。这次会议把编纂中外史学史教材列为高校文科教材建设的任务之一，从而唤起了人们对中国史学史研究的记忆和研究的热情。60年代初，北京、上海、广州、济南、西安等地史学工作者先后召开座谈会，就中国史学史问题展开了热烈的讨论。根据当时报道者的统计，仅1961年在北京师范大学（陈垣校长主持）、中国科学院历史研究所（副所长熊德基主持）和纪念辛亥革命50周年学术讨论会期间（在武汉，由学术讨论会秘书处主持），先后参与讨论中国古代史学史有关问题的学者有：方壮猷、王毓铨、尹达、白寿彝、刘盼遂、刘节、张德钧、张鸿翔、孙书城、孙毓棠、何兹全、周春元、郑天挺、郑鹤声、胡厚宣、侯外庐、柴德赓、贺昌群、姚薇元、韩儒林等。而上海参加讨论的学者有：周谷城、耿淡如、周予同、吴泽、金兆梓、李平心、林举岱，王国秀、田汝康、郭圣铭等。可以毫不夸张地说，参加这些讨论会的历史学者，可谓极一时之选。此种盛况，前所未有，确是20世纪中国学术史上的一段佳话。讨论的问题、大多集中在史学史研究的内容、对象、任务、分期、研究的目的、教科书的撰写原则与方法等。这种活跃的局面以及在许多问题的思考上，都超过了三四十年代。

在活跃的、热烈的讨论中，研究者们在理论认识上更加深入了。如为什么要研究中国史学史？人们从不同的方面回答这个问题，归结起来主要论点是：任何学科都有其继承性，中国史学源远流长，特点尤为突出，研究中国史学史对发展当今史学有重大的借鉴意义；通晓中国史学史，是每一个中国史学工作者的基本素养；重视中国史学史的研究，对深入研究中国文化史以致中国通史都有重要的启迪。白寿彝教授的《关于中国史学史研究任务的商榷》一文（1964年），更是进一步从理论和规律上阐明了研究中国史学史的任务和途径。又如怎样总结史学遗产？白寿彝教授撰写的长篇论文《谈史学遗产》（1961年），深刻地阐述了有关问题。他认为，总结史学遗产有三个方面的意义，一是可以深刻地认识意识形态的作用，二是可以逐步摸索中国史学发展的规律，三是可以把史学上人们提出一些重大问题作为当前历史研究的资料、丰富我们的研究内容。他还具体地提出了中国史学上的优秀遗产的诸多领域，用若干个“花圃”来比喻它们的存在与价值。正是此文的精辟论述，勾勒出中国史学遗产的风貌，使中国史学史研究有可能开辟出新的境界。

十年“文革”，中国学术界备受摧残，中国史学史的研究陷于沉寂状态。回顾三四十年代至六七十年代，中国史学史研究两起两落的历史，有宝贵的经验，也有沉重的教训。从学术发展的观点来看，尤其是从学术与社会的关系来看，这是最值得人们总结和借鉴的问题之一，留给人们思考的空间也非常之大。

中国史学史研究的发展和白寿彝的突出贡献

20世纪70年代后期，随着十年“文革”的终结，在解放思想、实事求是思想路线的确立和改革开放国策的实施这样一个历史背景之下，中国史学史研究迎来了它的春天。20世纪八九十年代的中国史学史研究，以其多方面的进展和成就，表明这门学科已经进入到它的发展时期。尽管现今我们还不可能对其作深入细致的总结，但以下几点足以证明这一判断是有充分根据的：第一，是研究队伍的扩大；第二，是研究领域的拓展；第三，是研究成果学术水平的进一步提高，这一方面可以从学术论著的整体面貌来说明，另一方面则可以从该领域的理论创新和学科建设的进展来说明。

这里着重讲中国史学史的研究领域的拓展和研究成果学术水平的提高。据不完全统计，自1980年—2000年，仅以“史学史”名书的著作，就有20种之多。这些论著，比之于三四十年代在数量上和学术水平上都有明显的发展。这个时期，中国史学史著作是以多种形式表现出来：有贯通的中国史学史著作，有专论近代史学的著作，有评论史学思潮和流派的著作，有侧重史学学术史方面的著作，有用志书形式写成的著作，有史学家的集传和专传方面的著作，有史学名著评论的结集，有资料编年，有辞书编纂，有专题论述的专书，以及数量在千余篇的论文和文章。

这个时期的中国史学史研究，突出地反映出在理论创新和学科建设的发展方面。关于学科建设：第一，白寿彝先生提出，要关注对于历史本身的认识的发展过程，关注史学的社会作用的发展过程。第二，对重大理论问题的探讨，如从时代特点把握史学的面貌，关于史学的求真原则与致用目的的关系，关于传统史学向近代史学的转变，关于近代史学的形成与发展，关于传统史学在当代史学建设中的位置，关于史学史对历史教育的意义，关于史学批评的研究，关于中国古代历史理论与史学思想的研究，等等。这个时期提出的或深入探讨的理论问题很多，提出的创见也不少，不胜枚举。仅此而论，我们可以真切地看到，中国史学史研究确乎是取得了新的进展，处于欣欣向荣的发展时期，并正在走向新的理论高度。

当然，学无止境，艰苦的攀登永远不会停止。中国史学史研究亦是如此。

在八九十年代的中国史学史研究中，我们要特别提到白寿彝先生的贡献。首先，他在60年代前期短短几年中所取得的成就，为他在后来的发展打下了坚实的基础，上面提到他的《谈史学遗产》和《关于中国史学史研究任务的商榷》二文，是当时的代表作，并对后来的中国史学史研究产生了积极的影响。同时，他在1964年写成的《中国史学史教本初稿》，也曾广泛流传，推动了这一领域的研究。其次，他关于学科建设，发表了很多论述，尤其是关于建设有中国民族特色的马克思主义史学的理论（1982年），在今天仍是我们应当学习、发扬和予以实践的。他在《中国史学史》第一册（1986年）的《叙篇》中，对史学史的发展提出的理论框架和主要问题，具有重要的学术价值。再次，他创办的史学研究所，经过20多年的建设，已经成为海内外有影响的学术群体。大家都知道白寿彝先生总主编的《中国通史》，是20世纪关于中国通史研究和撰述的总结性、创造性成果，这无疑是很重要的。同时，我们也要看到，在中国史学史研究方面，自梁启超提出问题之后，几代学人经过艰辛的探索，至八九十年代终于走上阔步前进的大道，而白寿彝先生正是这一时期的卓有成效的创造者和学术上的领路人。人们将会永远记住他在这方面的贡献。

几点启示

20世纪中国史学家的中国史学史情结，是深沉的、凝重的，是恢弘的、自信的。它向人们昭示了什么，同时又期望着什么呢？我想，以下几点或许反映了这种昭示和期望：

——了解中国史学史，才能更好地认识中华文明之所以不曾中断的深层原因，才能对中华文明的特点和规律有更深入的理解；

——了解中国史学史，是我们学习和研究中国通史的基础之一，有了这个基础，才能真正懂得太史公司马迁提出的“究天人之际，通古今之变，成一家之言”的深邃思想及其历史价值，更全面地认识中国通史的风貌和魅力；

——了解中国史学史，才能清晰地、深切地认识到史学在社会活动和人生历程中所占有的重要位置，才能感受到唐代史学家刘知幾说的“史之为用，其利甚博，乃生人（民）之急务，为国家之要道”是多么正确，才能理解马克思、恩格斯所强调的“我们仅仅知道一门唯一的科学，即历史科学”的伟大真理；

——了解中国史学史，才能懂得江泽民同志说的“中华民族的历史，是全民族的共同财富，全党全社会都应该重视对中国历史的学习”的深刻含义，才能懂得他为什么一再号召从高级干部到青少年朋友，都要学习中国历史的战略眼光。

总之，了解中国史学史，我们才能克服种种轻视历史学的偏见，才能真正懂得历史学的重要，懂得历史学就在我们身边，是帮助我们各项事业走向成功的智慧和动力。

这里我愿借用白寿彝教授的一句名言来结束这篇短文：“不重视史学，不是一个民族的光荣。”

（摘自《群言》2003年第1期）

阅读视野与诗词评赏

叶嘉莹

十多年前，我曾写过一篇文稿论纳兰性德的词。纳兰性德也叫纳兰成德，是满族人，祖籍的籍贯在东北叶赫地的一条水边。我也是满族人，我家祖籍的籍贯也在那里，因此就对这位作者有一种特殊的亲切感。我接触纳兰词是在上初中一年级的时候。那时我读不懂太高深的词，但纳兰的“昏鸦尽，小立恨因谁。急雪乍翻香阁絮，轻风吹到胆瓶梅。心字已成灰。”（《忆江南》）等小词很容易懂，所以我就很喜欢。而且，词这种体裁多写美女和爱情，传统旧家庭一般不教女孩子作词，因此小时候我伯父指点我写诗却不教我填词。而我读了纳兰词之后，觉得词也不是太难写，于是就也开始自己写词。后来我到台湾大学来教书，也讲过词，但对纳兰词的兴趣就减少了。那时候我曾经说：诗词的深浅难易有很多不同情况。有的作品宜浅不宜深：在你知识浅的时候读它觉得很好，到你知识深的时候再读它就觉得不好了；有的作品宜深不宜浅：在你知识浅的时候读不进去，到你知识深的时候才觉得它好。像吴文英的词，我年轻时总是读不懂，但后来我就喜欢吴文英的词而不喜欢纳兰词了。可是，此后又经过很长的一个阶段，到我和四川大学缪钺先生合写《灵谿词说》的时候，我们把中国整个词的历史发展作了一个回顾，我就发现纳兰性德的词真是如同赤子一样有一种自然真切的流露，这其实是很难得的。所以，对纳兰词的评赏，我是经历了这样三个不同的认识阶段。

于是，我就联想到德国接受美学家姚斯（Hans Robert Jauss）在他的一本书《关于接受美学》（*Toward an Aesthetic of Reception*）中所提出的“阅读的视野”（Horizons of Reading）。姚斯说，“阅读的视野”可以分成三个层次，第一个层次是美感的、直觉的阅读（Aesthetical Perceptual Reading），第二个层次是反思的、诠释的阅读（Retrospectivelly Interpretive Reading），第三个层次是历史性的阅读（Historical Reading）。就是说，当我们看一篇作品的时候，最初的阅读层次是美感的和直觉的。比如我小时候念李清照的《声声慢》“寻寻觅觅，冷冷清清，凄凄惨惨戚戚”，我从它的声音上得到一种美感，没有反省也不需要诠释，那就是一种直觉的美感。还有像《西厢记》的“门掩着梨花深院，粉墙儿高似青天”，念起来很好听，那也是一种直觉的美感的欣赏。而所谓反思的、诠释的阅读，是指你对这个作品有一种反省，向更深一层去探寻它的内容、主题和意境。至于历史性的阅读，则要了解自作品问世以来前人是怎样诠释它和接受它的，你要集合大家的意见得出你自己的结论。在《论纳兰性德词》那篇文章中，我曾借阅读视野的这三个层次讲了我对纳兰性德词的三个不同的欣赏阶段。但今天我要讲的还不是这篇文章，而是另外一个德国的文学理论家——姚斯的老师葛德谟（Hans-Georg Gadamer），他写过一本书叫《真理与方法》（*Truth and Methods*），书中提到“hermeneutic situation”（诠释的环境）。诠释的环境中最重要的一部分就是所谓“horizons”（视野），而对“视野”真正的理解应该是包括个人理解和历史视野（historical horizons）的一个合成视野（fusing of horizons）。葛德谟所说的这个历史视野和姚斯所说的那个阅读视野还不大一样，阅读视野是说这个作品出现以来历代对它的接受，是一种历史阅读的水平，而葛德谟所提出的历史视野有他的一套理论。他说，作者在创造作品的时候，有他当时的一个环境，用理论的术语来说就叫做“语境”，你要对当时那个历史的语境有所了解，你的诠释才能够比较正确。然而，接受美学又认为，当一篇作品写成之后变成一个成品呈现在读者面前的时候，那文本（text）本身就可以产生很多的意思，是一种significance的衍生的意义，而不必然是作者的原意。所以，诠释学还有所谓“诠释的循环”（Hermeneutics circle）的说法。这“诠释的循环”有两种意思。一种意思是说：如果你不了解其中个别的部分，就不能了解它的全体；但是你不了解它的全体，也就不能了解其中个别的部分。这是一个鸡生蛋、蛋生鸡的问题。另一种意思是说：你所有的诠释都是从你读者的本身出发的，带着很多属于你自己的东西，例如你自己种种思想的、阅读的背景，你生活的体验，你的经历，你生长的环境，你个人的色彩，等等，因此你所得到的诠释其实又回到了你自己本身。像王国维在《人间词话》中说南唐中主的“菡萏香销翠叶残，西风愁起绿波间”大有“众芳芜秽美人迟暮”之感，这是由于王国维熟悉屈原的《离骚》。如果没有王国维这种阅读思想的背景，谁会从“菡萏香销”想到“美人迟暮”呢？所以，葛德谟就提出来“合成视野”的说法：每个人诠释的环境都是不同的，每个人都带着自己个人的很多背景去阅读，这是一种个人的视野（personal unhistorical horizons）；而你个人的阅读背景如果跟作品的历史背景相汇合，你就有了一个“合成视野”。

我现在要举一些例证来说明阅读视野的重要性。唐代李商隐在桂管观察使郑亚幕府为判官时曾写过一首题为《北楼》的诗：“春物岂相干，人生只强欢。花犹曾敛夕，酒竟不知寒。异域东风湿，中华上象宽。此楼堪北望，轻命倚危栏。”李商隐的故乡在河南，现在他来到南方的桂林，当春天来了的时候，他觉得南方的四季没有北方那么鲜明——我有一年到新加坡去教书也有这种感觉：那里全年的温度都差不多，窗外的花草树木春夏秋冬四季永远不变——古人说，“悲落叶于劲秋，喜柔条于芳春”，可是他现在找不到芳春到来的那种感觉，所以是“春物岂相干，人生只强欢”。那么他怎样勉强寻找一点乐事呢？问题就出现在后边那两句，“花犹曾敛夕，酒竟不知寒”。有一位西方很有名的汉学家刘若愚（James Liu）先生翻译了这首诗，他是这样翻译的：The wine is cold but I have not even notice it.他说：“我竟然没有注意到酒是冷的。”他的书出版之后，有一位李奇教授给他写了一个book review。李奇教授认为刘先生这个翻译是不正确的，他说，“寒”不是指酒，因为中国人习惯上说“冷酒”、“冷茶”而不说“寒酒”、“寒茶”或“酒寒”、“茶寒”。李教授说“酒竟不知寒”的“寒”不是酒的寒而是气候的寒，是although I have finished the wine，I do not cold——虽然我喝完了这酒，但是我没有感觉到寒冷。“酒竟”，就是“酒喝完了”。

我以为，他们两位先生的翻译都值得讨论。因为李商隐写这首诗的时候他所要传达的那种感受的重点在前两句已经说明了，是“春物岂相干，人生只强欢”，后边他还说，“异域东风湿，中华上象宽”——桂林是异域不是我的故乡，春天气候是很潮湿的，回想北方到了春天那真是气象万千，所以我怀念我的故乡，因此就“此楼堪北望，轻命倚危栏”。你看那北方春天的到来，就像欧阳修说的，“雪云乍变春云簇，渐觉年华堪送目。北枝梅蕊犯寒开，南浦波纹如酒绿”，由寒冷到解冻，由雪云到春云，一天有一天的变化，一天有一天的消息。我在新加坡讲学讲到中国古诗词伤春悲秋的感情，同学觉得很难理解，因为那里四季都一样，有什么可悲伤的？李商隐说，我要饮酒赏花，勉强地找一点欢乐，我要在这不变化中找到一点变化。李商隐在桂林的诗里写过朱槿花，朱槿花是大朵的红花，朝开夕敛，他说我所找到的唯一一点变化只是朱槿的朝开夕敛而已。所以是“花犹曾敛夕”。你要注意他的虚字，李商隐的诗常常把虚字用得很好。“花犹曾敛夕”的“犹”字，和“酒竟不知寒”的“竟”字是相对的。“犹”是说仍然有这样，“竟”是说竟然就没有那样。所以，李奇先生译成“I have finished the wine”是不对的。在北方，春天赏花饮酒还不仅因为酒可以增加赏花的情趣，而且因为春寒料峭，藉喝酒可以抵挡身外的寒冷。因此你要了解李商隐写诗时的心情：在南方的桂林全然不见使北方人感到“相干”的“春物”之变化，但他仍有藉看花饮酒以求强欢之意。可是，看花之欢虽然犹可感到朱槿朝开暮敛的一点变化，饮酒之时却全然没有助人酒兴的身外春寒之感，于是他就更加思念故乡。在这里，把“寒”解释成酒寒当然不对，但把“竟”解释成喝完酒也是不对的。

还有一个例证是杨万里的一首诗《过扬子江》："只有清霜冻太空，更无半点荻花风。天开云雾东南碧，日射波涛上下红。千载英雄鸿去外，六朝形胜雪晴中。携瓶自汲江心水，要试煎茶第一功。"他说，现在是一个寒冷的季节，好像天空还有霜气凝结，没有一点点吹动芦荻的微风，东南方出现一片蓝天，太阳照在扬子江的江水上。长江在镇江一带古称扬子江，那里有金山、焦山，再向上游就是六朝古都的南京。你一定要懂得这些地方的历史背景，才能知道作者为什么会产生"千载英雄鸿去外，六朝形胜雪晴中"的感发。所谓"大江东去，浪淘尽、千古风流人物"（苏轼《念奴娇》），所谓"长空澹澹孤鸟没，万古消沉向此中"（杜牧《登乐游园》）。千古的风流人物和六朝的繁华，转眼之间就都消失了，而现在是早春季节，刚刚雪霁初晴。有问题的是最后两句："携瓶自汲江心水，要试煎茶第一功。"他说，我要亲自带着一个瓶子在江心打水，我要试一试这"煎茶"的"第一功"。许多人批评杨诚斋这首诗，说前面写风景写得还不错，最后一句完全是凑韵，煎茶有什么功可言？——这是不了解当时历史的背景，缺少一个"historicity"（历史性）。这历史性也是葛德谟提出来的，就是说，作者在写一首诗的时候有他整个背景的历史性，你的诠释也必须结合有这背景的历史性。要了解杨万里这首诗历史的背景，首先就要考察杨万里生平的编年。他是在南宋光宗时写的这首诗，在那个时候，南宋与北方的金国时战时和，有种种复杂的外交关系。每年正月初一，金国要派一个贺正旦使来给南宋贺新年，那一年杨万里任南宋的接伴使，也就是作为南宋的代表去迎接北方的使者。接伴使跟煎茶有什么关系？只考察杨万里的编年就不够了。南宋诗人陆放翁写过一本书叫《入蜀记》，其中记载说，在金山上有一个亭子叫"吞海亭"，当时南宋的接伴使接待金国的使者，就要在吞海亭上烹茶相见。所以，"携瓶自汲江心水，要试煎茶第一功"是外交，那是一个外交的重要事件。

由此可见，一首诗虽然可以衍生出来很多的意思，但最主要的是你先要读懂这首诗，然后才可以有你自己衍生出来的意思，在没有读懂之前就随便解释，那是不对的。以上，我是从“理解”的层次来谈阅读的视野。要理解一首诗，你有什么样的阅读视野是很重要的。可是现在我们要再进一步，从“理论”的层次来谈阅读的视野。

很多同学说，当年你在台大教诗选，现在怎么常常讲词而不讲诗了？确实，近些年我越来越喜欢讲词了。为什么缘故？因为诗是言志的，是显意识的，像杜甫《北征》的“皇帝二载秋，闰八月初吉。杜子将北征，苍茫问家室”，什么都说得清清楚楚；《咏怀五百字》的“穷年忧黎元，叹息肠内热”，那份深厚博大的感情令人读起来心里一阵发热，这是诗的好处。但词更微妙，它常常在表面所说的情事以外给读者很丰富的联想。尤其是早期歌词之词的那些令词，它们差不多都是写美女和爱情的，哪个好哪个坏？哪个的意境更深厚更高远一些？这里边有很微妙的分辨。所以王国维说：“词之为体，要眇宜修，能言诗之所不能言，而不能尽言诗之所能言。”（《人间词话》）张惠言说：“其缘情造端，兴于微言以相感动，极命风谣里巷男女哀乐，以道贤人君子幽约怨悱不能自言之情。”（《词选序》）“贤人君子幽约怨悱”还“不能自言”之情是一种什么情？这是很妙的。词所说的情不是直说的，不是显意识的，它都含蓄在里边，能够引起你很多的兴发感动。为什么小词会形成这种微妙的特质？我在小时候读纳兰性德的词，完全是一种直觉的、美感的阅读，但我从1945年开始教书，教了半个多世纪，慢慢就发现小词有一种微妙的引人生言外意蕴之联想的作用。当然，古人也不是没有发现小词的这种作用。北宋李之仪有一篇《跋吴思道小词》，就曾说小词“语简而意深”，“言尽而意不尽，意尽而情不尽”；清代张惠言也说小词是“兴于微言以相感动”。小词没有诗中那些高谈阔论的大道理，只是一些描写美女爱情的无足轻重的“微言”，可是大家都感到里面有某些东西。怎样把这些感觉到的东西表述出来？张惠言就说：“盖诗之比兴、变风之意，骚人之歌，则近之矣。”（《词选序》）“则近之矣”就是“大概差不多了”，因为他找不到一个term，一个术语来说明这种作用。王国维也感觉到了词的这种特色，也说不出来，所以就提出来一个“境界”。但他自己又把“境界”这个词用得很混乱，说词里边也是境界，成大事业大学问的几个层次也是境界。他同样也没有找到一个合适的term来说明词的这种作用。

我以为，小词之所以形成这种微妙的作用，是由于它有两个特点。第一个特点是它的“双性人格”，这是从《花间集》就开始了的。花间词用女子形象和女子语言来描写女子的感情，但其作者都是男性。如温庭筠的“懒起画蛾眉，弄妆梳洗迟”（《菩萨蛮》），本是写一个女子起床梳妆、画眉、簪花、照镜、穿衣，张惠言却说它有“离骚初服”之意，为什么？因为屈原也曾以女子自比说，“众女嫉余之蛾眉兮，谣诼谓余以善淫”。而且，当男子求取科第仕宦而不得的时候，其感情与女子那种“弃妇”（abandoned women）的感情也有某种暗合之处，所以他们喜欢以失落了爱情或追求爱情而不得的闺中怨妇自比。例如曹子建就曾说：“君若清路尘，妾若浊水泥。浮沉各异势，会合何时谐。愿为西南风，长逝入君怀。君怀良不开，贱妾当何依。”（《七哀诗》）这是一种“双性人格”的特点。小词的另一个特点，是“双重的语境”。早期文人词产生于西蜀与南唐，相对于五代乱世的中原而言，西蜀与南唐的小环境是安乐的，是可以听歌看舞的；但从大环境来看，北方对他们这些小国有强大的威胁。南唐在中主李璟时就已经处在北周的威胁之中，所以中主李璟的小词《山花子》虽然是写给乐师王感化去唱的思妇之词，其“菡萏香销翠叶残，西风愁起绿波间”却令王国维联想到“众芳芜秽”和“美人迟暮”；冯延巳《蝶恋花》的“日日花前常病酒，不辞镜里朱颜瘦”，饶宗颐先生说是“鞠躬尽瘁，具见开济老臣怀抱”。南唐是一个必亡的国家，作为宰相的冯延巳，内心有沉重的负担，朝廷中又有主战主和的纷争，他有许多抑郁和痛苦是无法对别人说的，而这些无法说清的东西居然就在写美女和爱情的小词里无心地流露出来了，这正是小词微妙的作用。

正由于小词有这种“双性人格”和“双重语境”的特点，所以就自然地形成了一种要眇幽微的美感特质。对于小词的这一特质，中国传统的说词人找不到一个合适的话语来说明，就想到了“比兴寄托”。但比兴寄托是显意识的，屈原、曹子建都是有心去比喻，而且那些比喻都是有固定所指的，是被限制的、死板的、约定俗成的。而小词则完全是一种无意识的流露，是自由的、发展的、不断增长的、引起读者多重想象的。王国维无以名之，把它叫做“境界”，但这个词又被他自己用得很混乱，以至引起很多争论。为了说明小词的这种作用，我也找了一个名词，那就是西方接受美学家Walfgang Iser在他的一本书中提出来的“potential effect”（潜能），一种潜在的可能性。它不是比兴寄托，不是有心的安排，是一种无心的流露。而这潜能又是从何而来呢？有的时候，它来自“语码”（code）的作用。所谓“语码”，是在传统文化背景中形成的语言的符码，是具有相同文化背景的作者与读者之间沟通的媒介。如“蛾眉”这个词，常常使人联想到屈原的“众女嫉余之蛾眉”，因此张惠言才会从温庭筠的“懒起画蛾眉”那首词联想到“离骚初服之意”。有的时候，潜能来自“显微结构”（microstructure）的作用。什么是显微结构？比如桌子有四条腿，有方的，有圆的，这是它整体的、外表的结构；而它是黄杨木的还是樟木的？它的纹理是横的还是直的？它摸上去是平滑的还是粗糙的？那就是它的最微结构了。“菡萏香销翠叶残”如果改成“荷花凋零荷叶残”行不行？从表面看起来好像没什么区别。但后者的“荷花”、“荷叶”完全是写实的，不给人以言外的联想；而前者就不同了。“菡萏”出于《尔雅》，它是古雅的，与现实之间有一个美感的距离；“翠叶”的“翠”不仅仅是颜色，还使人联想到翡翠、珠翠那些贵重的东西。在这里，“菡萏”的古雅、“翠叶”的贵重、“香”的芬芳，所有的名词都指向一种本质的高贵美好，但连接它们的动词是什么？是“销”和“残”，那是一种无情的摧毁。所以这一句才会让王国维联想到了《离骚》的“众芳芜秽”和“美人迟暮”。

因此，小词之所以引起读者的许多感动和联想，是因为它具有很多微妙的作用——“双性人格”的作用，“双重语境”的作用，“语码”的作用，“显微结构”的作用等等。这部属于“阅读视野”的理论层次。再比如，我现在可以结合西方理论来解释小词的这些作用，是因为我生在现在这个时代，而且我在国外多年；但在张惠言的时代，他就没有这个条件，所以也就难以对小词的作用做出更深入的阐释。这也是由于阅读视野的不同。由此我们可以看到，“阅读视野”和诗歌的评赏是有关系的：一个是在“理解”的层次，你首先要能够读懂这首诗才能够评赏它，这我已经举了李商隐和杨万里两首诗的例子。另一个是在“理论”的层次，“阅读视野”的开阔使你能够更具逻辑性和思辨性，更深入地来说明一些问题。

（摘自《群言》2003年第4期）

“美美与共”和人类文明

费孝通

文明的话题

探讨全球化和不同文明之间的关系，不是一个新话题，也不是一个新现象。今天我们经常说的“全球化”，其渊源可以追溯到19世纪西方（主要是英国）主导的世界各地不同文化之间的广泛接触和交往。对这种广义的全球化趋势的关注与研究，也是从19世纪开始的，比如卡尔·马克思就关注过资本主义全球扩张和原始积累的过程。关于这方面问题的探索，一直是社会学、人类学、民族学等诸多社会科学研究的重要领域。

这种对于全球化、文明、文化的研究，不仅是一种纯知识性的探索，它已经成了解决人们面临的严峻问题的一门科学。当今世界上不同的国家、民族、宗教之间的各种交融和冲突屡见不鲜，全球化造成的矛盾和问题，对我们构成了多种多样的挑战，对此，国际学术界和思想界做出了种种反应。我本人近年来对“天人对立论”、“文明冲突论”等思潮的评论，就是对目前世界上发生的一些问题所发表的意见。

当今世界上，还没有一种思想或意识形态能够明确地、圆满地、有说服力地回答我们所面临的，关于不同文明之间该如何相处的问题。不管是社会经济高度“发达国家”，还是大多数“发展中国家”，在这个问题上，都同样受到严峻的挑战。这不是哪个单一的国家、民族或文明遇到的问题，而是一个全人类都要共同解决的问题。全球化的特点之一，就是各种“问题”的全球化。

时代的呼唤

近二三百年来，西方思想在世界学术界起着主导作用，但在面对全球问题的时候，西方的一些基本思路，出现了很大的局限性，在解决某些问题的同时，又引发出一些新的矛盾。比如，近百年来，随着西方强势文化的扩张，“自我中心主义”在一些人的头脑里大大地膨胀起来，“西方至上主义”、“殖民主义”、“极端国家民族主义”和“种族主义”等思潮，成了上世纪两次世界大战的催化剂，也是造成很多国际性问题的重要原因。时至今日，世界上极端主义和以暴制暴所造成的种种事端，依然摆脱不掉“以我为中心”的影子。

因此，我觉得要更好地理解今天世界上出现的问题，寻求解决全球化与不同文明之间的关系，就必须超越现有的一些思路，在一个更高的层次上重新构建自我文明和他人文明的认识，只有当不同族群、民族、国家以及各种不同文明，达到了某些新的共识，世界才可能出现一个相对安定祥和的局面，这是全球化进程中不可回避的一个挑战。

要认真深入地对这些问题进行研究，必然会碰到诸如文化、文明、人性、族群性等基本概念，会涉及认识论和方法论这样更高层次的问题。比如在探讨文化交流时，常会牵扯到对文化的基本定义；在对各种文明基础和特质进行研究时，也要谈到关于“人”、“人性”这些更基本的问题。事实上，很多人文学科的研究，比如人类学者对文化传统的理解；社会学对社会群体结构的理论，民族学对族群性的解释，等等，都可为我们提供很好的思路，对我们有很大启发。

我提及这方面的话题，并不是说我已经有了某种结论，而是希望我们在探讨、研究问题时，要把眼光放开、放远一些；思路变得灵活、广泛一些，不要总局限在一些常识性的、常规性的和褊狭的框框里。在探索关系人类文明这样一个宏大的、长远的课题时，我们的思想要有与之相适应的、博大的包容性和历史的纵深感；要充分利用全人类的智慧，发挥多学科、跨学科的优势来进行研究。

人类每逢重大的历史转折时期，就会出现各种各样的所谓“圣贤”，其实，这些“圣贤”就是那个时代所需要的，具有博大、深邃、广阔的新思路和新人文理念的代表人物。我曾经把当今的世界局势比作一个新的战国时代，这个时代又在呼唤具有孔子那样思想境界的人物。我确实已经“听”到了这种时代的呼唤。当然，今天的“圣贤”，不大可能是由某一种文明或某一个人物来担当，他应该，而且必然是各种文明交流融合的结晶，是全体人类“合力”的体现。

近年来，在讨论全球化这个话题的时候，我多次提到“和而不同”的概念。这个概念不是我发明的，它是中国传统文化中的一个重要核心。这种“和而不同”的状态，是一种非常高的境界，它是人们的理想。但是要让地球上的各种文明，各个民族、族群的亿万民众，都能认同和贯彻这个理想，绝不是一件轻而易举的事。为此，我们还有很长的路要走，还要付出沉重的代价。

我还提出了“文化自觉”。什么是文化自觉？简单地说，就是每个文明中的人对自己的文明进行反省，做到有“自知之明”。这样，人们就会更理智一些，从而摆脱各种无意义的冲动和盲目的举动。

后来，我又进一步提出“各美其美，美人之美，美美与共，天下大同”的设想。这几句话表达了我对未来的理想，同时也说出了要实现这一理想的手段。我认为，如果人们真的做到“美美与共”，也就是在欣赏本民族文明的同时，也能欣赏、尊重其他民族的文明，那么，地球上不同文化、不同民族、不同国家之间就达到了一种和谐，就会出现持久而稳定的“和而不同”。

经验性研究（empiricalstudy）

研究文化和文明问题，可以有多种不同的视角和方法，不同的视角和方法之间可以互相支持和取长补短。作为一名从事实地调查研究的社会工作者，我想借此机会，谈一谈我在对全球化和文化、文明的关系的研究中所采用的方法和体会。

我的学术生涯，大约是70年前从广西大瑶山开始的，那次人类学和民族学的田野调查的研究方法（用今天的话说，就是“理论和实际相结合”的方法），对我一生学术研究产生了决定性的影响，成了我后来学术研究的基本手段。

我提出这个问题，是想提醒大家在关注探讨全球化和文明的问题时，如何拓展我们的研究方法。今天，世界上发生了许多新的问题和现象，这些问题和现象，都是由于不同文化的相互接触、碰撞、融合而产生的，没有现成的答案可以解决。也就是说，用原有的思维逻辑，原有的研究方法来解决现在的问题已经不行了。要想找到解决问题的方法，就是回到现实社会生活中去，扎扎实实地做实地调查。要超越旧的各种刻板的印象（stereotype）和判断，搞清楚各种文明中的人们的社会生活，并以此为基础（而不是以某种意识形态体系为基础）来构建人类跨文明的共同的理念。这种研究的难点，在于研究者必须摆脱各种成见，敞开胸怀，以开阔的视角，超越自己文化固有的思维模式，来深入观察和领悟其他族群的文化、文明。在跨文化的交流和沟通中，构建起新的更广博的知识体系。

为什么必须要到现实生活中去调查呢？因为人类社会是复杂的、多样性的；又是多变的、富于创造性的，它绝不是只有单一文化背景和有限知识和经验的研究者能够想象和包容得了的。所以，研究者必须深入到你要了解的“他人”的生活中去观察、研究。从某种意义上说，这种实地调查的方法，也反映出研究者的一种心态，就是你是不是真正要去理解、接受“他人”的文化、文明，这种心态正是今天不同文明之间交流的一个关键。深入到“异文化”中去做调查，努力了解“他人”的语言、传统，做到设身处地地用当地人的眼光来看待周围的事物……这本身就是对“异文化”的尊重和对“异文化”开放的心态。如果连这种最基本的平等态度都没有，还谈什么交流和沟通。

可以说，在我的学术生涯中，我一直试图坚持走实地调查这条路。当我70岁获得“第二次学术生命”虽然已经不可能像年轻时那样，长期地、深入地去观察某一个具体的社区或社会现象，但是，我每年仍然要安排三分之一以上的时间到各地做实地考察，这种实地考察使我受益匪浅。

心态和价值观

从学术史上说，这种实地考察的实证主义，是我在英国留学时的导师马林诺斯基在上个世纪初提出的。1914年至1918年间，马老师通过在西太平洋Trobriand岛上参与和观察当地土人的生活，从而总结出一套行之有效的研究方法，构建了人类学功能学派的理论基础。他的这一贡献与其说是学术上的，不如说是人文价值上的，因为长期以来，西方学术界流行的是以西方为中心的社会进化论思潮，把殖民地上的人民看成是和白人性质上不同、“未开化”的“野蛮人”。马老师却号召人类学者到那些一直被认为是非我族类、不够为“人”的原始社会里去参与、观察和体验那里人的生活。马老师使这些“化外之民”恢复了做人的地位和尊严。

在马老师强调和提倡田野工作之前，即使像弗雷泽这样的人类学大师在搞研究工作时，也主要是依靠查阅各种游记、笔记、文献资料。这种大量利用间接观察、间接记录、多手转达的方法，很容易因为观察者视角不一致、信息不连续和不完整，使研究者做出错误的解释和结论。实地调查能够促使研究者深入到“社会生活”中去“参与观察”，使“人类学走出书斋”，取得超越前人的成绩。

要进行跨文化的观察体验，还必须具有一种跨越文化偏见的心态。

由某一种文化教化出来的人，因为对“他文化”不习惯，出现这样那样的误解、曲解，对“他文化”产生偏见（prejudice），应该说是一种正常的现象。但作为一个研究者，则必须具备更高的见识、更强的领悟力，能够抛弃这种偏见。我特别提到一个“悟”字，这个字在跨文化的研究中显得特别重要，它不仅要求研究者全身心地投入到被研究者的生活当中，乃至他们的思想中，能设身处地地像他们一样思考，同时，又要求研究者能冷静、超然地去观察周围发生的一切。在一种“进得去，出得来”的心态下，去真正体验我们要了解的“跨文化”的感受。我认为，在讨论全球化和不同文明之间的关系时，具体的研究方法等技术因素，并不是最重要的，最要紧的还是研究者的心态。

其实，我们平时常说的“凡事不要光想着自己，要想到人家”这句话，就很通俗地说出了在跨文化研究时所要持有的心态。这句话是中国人一个传统的、十分重要的为人处世的原则，类似的“原则”在老百姓中间流传的还有很多。我想这些“原则”应该是我们中华民族在形成多元一体格局的历史进程中，融汇百川，不同文明兼收并蓄而积累下来的宝贵经验，这些经验或许能够对我们社会研究工作者提供有益的帮助。

培养这种良好的跨文化交流心态，是提高每个社会工作者人文修养的一门必修课，应该把这方面素质的提高，作为对社会学专业学生的基本要求。如果再扩大一些，我们能在一般民众中也推行这方面的宣传教育，其结果，必然能够增进不同文明中普通成员之间的良好沟通、交流和理解。如果这种沟通、交流和理解能够有广泛的群众基础，那么，今天世界上诸多民族和文明之间的矛盾、偏见、冲突以及冤冤相报、以暴制暴等等就有了化解和消除的希望。

交融中的文明

近几百年来，西方文化一直处于强势地位，造成了其社会中某些势力的自我膨胀，产生了殖民主义、种族主义、极端民族主义、文化沙文主义、单线进化论等形形色色的自我中心主义的思潮。但与此同时，在西方学术界，也出现了像马林诺斯基这样的，对西方文化中自我中心主义思潮进行反思和反制的学术流派。这种反思，可以说就是“文化自觉”的一个表现。然而直到今天，西方社会中各种势力和学术界各派别之间，仍然存在着巨大的分歧和激烈的较量。从另一方面看，非西方的各种文明，在经历了几百年的殖民主义、世界大战、冷战、民族解放运动等磨练后，其社会成员的思想和心理都起了十分复杂的变化，产生了多种多样的社会思潮，其中不乏与“西方至上主义”相对立甚至相对抗的思潮。这个状况，被一些人称作是“文明的冲突”，这种冲突已经影响到了今天的世界局势。目前所谓的“恐怖主义”和“反恐斗争”，就是这种“冲突”的表现之一。

几百年来，主导世界的西方文化大量地传播到其他文明中，随着时间推移，世界已经越来越紧密地联系在一起，这种传播也变得越来越快了。然而，文化交流是双向的，在西方文化快速传播的同时，西方社会也大量地汲取了其他文明的文化，而且这种文化上的交融，每时每刻都在发生着。这些被吸收的“异文化”，经过“消化”、“改造”之后，成了各自文明中新的、属于自己的内容，并从宗教、政治和意识形态等方面反映出来。可以说，今天世界上不同文明之间已经是“你中有我，我中有你”。今日之世界文明，已非昔日历史文献、经典书籍中所描绘的那种“纯粹”的传统文明了。因此，我们必须改变过去概念化的、抽象的，刻板的思维方式，以一种动态的、综合的、多层面的眼光，来看待当今世界上不同文化和文明之间的关系。

中华文明的启迪

作为非西方文明主要代表之一的中国，长期以来遭受殖民主义、帝国主义的欺压，为了民族生存，中国人民前赴后继、英勇斗争，终于捍卫了自己的主权和独立。长期的遭受屈辱，不断的奋起抗争，如今昂首屹立在世界上的经历，对中华民族面对全球化时的心态，必然会产生巨大的影响，尤其是当中国的综合国力和国际地位不断提高的时候，我们更应该加强“文化自觉”的反思，使我们能够清醒地认识到自己的状况，摆正在世界上的位置。

“文化自觉”的含义应该包括对自身文明和他人文明的反思，对自身的反思往往有助于理解不同文明之间的关系。因为世界上不论哪种文明，无不由多个族群的不同文化融会而成。尽管我们在这些族群的远古神话里，可以看到他们不约而同地在强调自己文化的“纯正性”，但严肃的学术研究表明，各种文明几乎无一例外是以“多元一体”这样一个基本形态构建而成的。上个世纪80年代末，我总结了多年来研究的心得，提出了“中华民族多元一体格局”的观点，试图阐明中华民族这个由56个民族组成的实体形成的过程。

在我们探讨全球化和不同文明之间的关系的时候，中华民族的“多元一体格局”给了我们一些启示。我们知道，古代中国人的眼里，“中国”就是“天下”，也就是被看作是一个“世界”。所以中国人常说的“分久必合，合久必分”，并不是现代西方人所指的一个“民族国家”的“统一”或“分裂”（比如南北朝鲜、东西德国），而是一种“世界”的分崩离析和重归“大一统”。纵观中国几千年的历史，分分合合，纷争不断，但是从“多元”走向“一体”的大趋势是整个历史发展的主线，而且即使是在“统一”的时期，统治者在政治制度、宗教信仰、经济形态等方面，仍然允许在某些地区、某一阶层、某种行业中保持它的特殊性。古代中国这种分散的多中心的局面，究竟是因为怎样的内在机制、怎样的文化基础和思想基础才得以存在？这样“和而不同”的局面有什么优势和劣势？在中国传统文化中，哪些要素在这里边起了什么作用？古代的中国人究竟是怀有怎样的一种人文价值和心态，才能包容四海之内如此众多的族群和观念迥异的不同文化，建立起一个“多元一体格局”的中国？这些都是值得我们深刻思考和努力研究的问题。

中华民族在漫长的“分分合合”的历程中，终于由许许多多分散孤立存在的族群，形成了一个“你来我去、我来你去，我中有你、你中有我，而又各具个性的多元一体”。所以，在中华文明中我们可以处处体会到那种多样和统一的辩证关系。比如早在公元前，号称“诸子百家”的战国时期，出了那么多思想家，创立了那么多学说，后来为什么会“独尊儒术”，能够“统一”？儒家学说中又有什么东西使它成为一种联结各个不同族群、不同地域文化的纽带，从而维系和发展了中华民族的多元一体格局？还有，许许多多的族群在融入以“汉人”为主体的大家庭时，是以一个怎样的机制，使原本属于某一族群的文化，发展成由大家“共享”的文化？我们都知道，不同的宗教信仰之间怎样“友好共处”，是一个比较复杂、棘手的问题，但是在中国历史上也有成功解决的范例。比如古代犹太人在中国的经历，就是一个例子。人们通常认为犹太民族是一个宗教观念非常强烈的群体，但是在中国这样一个相对宽松的传统文化氛围里，在中国的犹太人，逐步融合到中国的社会中，没有发生像在西方社会，犹太人由于受到压制而不断强化民族宗教意识，甚至发生冲突的现象。还有在辽、金、元、清的时候，统治者在不同民族、不同族群的地区，实行不同的行政制度，因地制宜，顺应当地民众的传统文化、信仰和习俗来进行统治。但是，这种“顺应”又都统一在更高一层的“国”的框架之内。

这些例子，说明中华文明的结构和机制，在漫长的岁月中，经过一代代先人在实践中的不断探索、积累、完善，已经形成了一套相当成熟的协调模式。它充分体现了古人高度的政治智慧和中华民族深厚的文化底蕴。时至今日，在我们的生活实践中实施的“民族区域自治”、“一国两制”等政治制度，无不缘于厚重的中华传统文化。

中华文明有着悠久的历史和深厚的内涵，也有与“异文化”交流的丰富经验。我相信，在今后中国越来越广泛、深入地融入到世界的过程中，一定能为重构全球化和不同文明之间的关系做出应有的贡献。

跨文化研究的人文属性

人们常常把世界上不同文明之间如何相处的问题，看成是国与国、民族与民族之间政治、军事、综合国力等方面的比较，像是在做一种“力学”关系的分析。这样的分析不能说没有道理，但是不全面，因为文明、文化都是关于“人”的事情，所以要搞清楚还得从“人”入手。

文明、文化都是抽象的概念，它们之间的关系，不同于一般社会群体、社会组织这样的实体之间的关系。但是人们常常有一种倾向，遇到文明、文化之间的问题的时候，会不自觉地把它当作社会实体之间的问题来处理。要知道，文明和文化都具有浓厚情感、心理、习俗、信仰等非理性的特征，它们之间的关系也不是靠简单的逻辑论证、辩论、讲道理就能解决的。我们大约都有过在处理涉及感情、心理、习俗等等这些问题时，讲不清道理的经历。所以，在处理跨文明关系、跨文化交流这样更复杂、更微妙的人文活动时，就要求我们运用一套特殊的方法和原则，最大限度地注意到“人文关怀”和“主体感受”。这是一项涉及历史、文化、传统、习俗、文学、艺术等诸多领域里的，以“人”为中心的系统工程。

在对跨文化的研究中，理解“人”，理解人的生物性、文化性、社会性；人的思想、意识、知识、体验以及个人和群体之间微妙、复杂的辩证关系等等都是至关重要的。因为，人的上述特性通过交流、传播和传承，可以成为群体共有的精神和心理财富，并在这一群体里“保存”下来，达到“不朽”，成为“文化”的一部分。同样的道理，不同文明、不同文化的人们之间，也存在着这种交流、传播和传承。

从总体上说，人类文明的多样性，是各个文明得以“不朽”的最可靠的保证。一种文明、文化，只有融入更为丰富、更为多样的世界文明中，才能保证自己的生存。人们常说，“只有民族的，才是世界的”，这是不错的；反过来说，只有世界的，才是民族的，才能使这个民族的文化长盛不衰，也很有道理。所以，文化上的唯我独尊、固步自封，对其他文明视而不见，都不是文明的生存之道。只有交流、理解、共享、融合，才是世界文明共存共荣的根本出路。不论是“强势文明”还是“弱势文明”，这是唯一的出路。

探讨文明和文化问题，不可避免地要涉及价值观和信仰，而这些又极容易转变成感情和心理因素，然而在科学研究中，一旦掺杂了这些因素，就会产生巨大的阻力，这是我们从事族群、民族、宗教研究的社会科学工作者都遇到过的问题，因此，必须构建一种超越常规的理念。我们不提倡用某一种文明的意识形态、价值观念来解决不同文明之间的问题，因为用一种文明的“标准”去评判另一种文明，不管这种做法“对不对”，实际上会让人感觉到这样做“好不好”。由于不同文明之间人们的认知体系有差别，所以不同文明的人，对同一个问题的看法，常常会变得不是“是”与“非”，而成了“好”与“坏”了。我觉得，不管出于什么动机，强迫别人接受一种本来不属于他们的价值观，这种做法，本身就含有欺压和侮辱人的性质。

不同文明之间的交往，“内容”常常会退居到次要的地位，而“形式”会上升为主要的东西。我说的“形式”，不是科学主义说的那种可以忽略的、外在的、表面化的形式，而是人类学中所指的“仪式”、“象征”，也即是“意义”。它在一种文明、一种文化里起着很重要的作用，甚至是生死攸关的作用。不同文明之间的矛盾，是不能简单地按照经济或功利的原则来解释的。中国古代有“不食周粟”、“苏武牧羊”的故事，这些故事说明，文明、文化的交往绝不是简单的商品交易；一个族群，一种文化，不是物质利益就能收买，也不是强力所能压服的。

当前世界上某些人，常常有意无意地把不同文明、文化之间的关系，直接与国家或民族利益挂钩，这是一种加大，甚至是激化不同文明之间误解和矛盾的做法。这些人在大谈“国家利益”的时候，手里不断挥舞着文明、文化的大旗，把赤裸裸的为“一国谋利益”的做法，装扮成捍卫“某某文明”的“义举”；把具体的国家利益之争，混淆成不同文明之间的争斗。当然，从广义上讲，文化价值也包含在“利益”之中，但它们并不是简单地连接在一起的，这种随意的联系，是不成熟、不理智、不准确、不负责任的表现。犹如我们不能把美国的国家利益，等同于基督教文明的利益；也不能把中国的国家利益，说成是儒家文明的利益。

我们认为，国家利益可以“一事一议”，好像谈生意那样，通过理性的协商来解决。如果把这种事情上升到文明、文化的层次里，就会变成充满感情和心理因素的，非理性的问题。

一个国家不能自命为某一种文明的代表或化身，说成是某文明的卫士；各种政治集团也不该盗用文明、文化的名义，制造民粹运动来为自己的政治利益服务。这种夹杂着经济和政治目的的“国家利益”，会大大歪曲不同文明之间关系的本质，造成恶劣的结果。

美美与共

从历史和现实中可以看到，要想处理好不同文明之间的关系，首要的条件应该是各自能够保持一种平和、谦逊的心态，就是中国古人所谓的“君子之风”。

前几年，我提出了“各美其美、美人之美、美美与共、天下大同”的设想，这是我的心愿。要想实现这几句话，还要走很长的路，甚至要付出沉重的代价。比如要做到“各美其美、美人之美”，也就是各种文明教化的人，不仅欣赏本民族的文化，还要发自内心地欣赏异民族的文化；做到不以本民族文化的标准，去评判异民族文化的“优劣”，断定什么是“糟粕”，什么是“精华”。

要达到这样的境界并不容易，比如当今世界上许多发展中国家，历史上大多遭受过西方殖民主义的欺凌，这些国家的民众，由于受一种被扭曲的心理的影响，容易产生两种截然相反的倾向：一种是妄自菲薄，盲目崇拜西方；一种是闭关排外，甚至极端仇视西方。目前，这种仇视西方的状况似乎已经酝酿成一股社会潮流。从另一方面说，作为强势文明的发达国家，容易妄自尊大，热衷于搞“传教”，一股脑儿地推销自己的“文明”，其实这样做会蒙住自己的耳目，成了不了解世界大势的井底之蛙。中国的历史上，也出现过“盲目崇拜”和“闭关排外”的现象。希望今天的中国学术界，能够彻底抛弃妄自菲薄、盲目崇拜西方或者妄自尊大、闭关排外的心理。

中华文明经历了几千年，积聚了无数先人的聪明智慧和宝贵经验，我想我们今天尤其需要下大力气学习、研究和总结。面对今天这种“信息爆炸”、形形色色“异文化”纷至沓来的时代，我们需认真思考怎么办？全盘接受、盲目排斥都不是好的办法，我们应该用一种理智的、稳健的，不是轻率的、情绪化的心态来“欣赏”它。要知道，不论哪种文明，都不是完美无缺的，都有精华和糟粕，所以对涌进来的异文化我们既要“理解”，又要有所“选择”。这就是我说的“各美其美、美人之美、美美与共”。

中国历史上有过这样的例子。唐朝的时候，国家昌盛、经济发达、文化繁荣，引起了邻国日本的关注，派人来学习，与唐朝建立了友好关系。他们把唐朝好的东西带回去，丰富了自己的文化。这段历史表明，当时的日本人是很有“鉴赏力”的，善于“美人之美”，因此获得了很多文化资源，达到了“双赢”的结果。

当今地球上的人类，应该比古代人具有更广阔的胸怀、更远大的目光，对于不同文化有更高的鉴赏力，拥有一个与不同文明和睦相处的良好心态。在这方面，我们的先辈留下了许多包含了深刻哲理的宝贵经验。比如孔子说：“己所不欲，勿施于人”，强调的是人们“不应该做什么”，而不是要求人们“应该做什么”；又如“修己而不责人”、“退一步海阔天空”等等这样的格言，都包含了克己、忍耐、收敛的意思。这些都是中华民族多元一体格局在形成的漫长岁月中，逐渐发展起来的中国人特有的一套哲学思想。

为了人类能够生活在一个“和而不同”的世界上，从现在起就必须提倡在审美的、人文的层次上，在人们的社会活动中树立起一个“美美与共”的文化心态，这是人们思想观念上的一场深刻大变革，它可能与当前世界上很多人习惯的思维模式和行为方式相抵触。在这场变革中，一定会因为不被理解而引起一些人的非议甚至抵制，特别是当触动到某些集团的利益的时候，可能还会受到猛烈的攻击。但是，当我们看到人类前进的步伐已经迈上全球化、信息化的道路，已经到了一个必须尽快解决全球化和人类不同文明如何相得益彰、共同繁荣的紧要关头，这些抵制和攻击又算得了什么。

博采众家之长

当我们探讨和研究不同文明如何相处的时候，必须充分了解和借鉴世界上各种文明，做到博采众长、开阔胸怀、拓宽思路、启迪灵感。中国的社会科学工作者在探讨、研究中华文明的时候，也要认真地理解和研究世界上其他文明的文化，要“美人之美”。

近年来，“欧盟”的统一进程引起了人们的关注。欧洲的社会经济发展，一直在世界上扮演着“领跑者”的角色，所以欧盟的统一，可以看作是在全球化背景和现代社会条件下，欧洲不同文明、不同文化的国家，在试图重新协调它们之间的关系，探索如何共处的一个实例。当然，欧洲的“统一”并不就是未来“全球化”的模式，全球化并不是世界“统一”。地球上如此众多信仰不同、风俗各异的民族和国家，情况远比欧洲复杂得多，而且世界各地普遍存在着严峻的经济、政治和军事等诸多问题，绝不是一个“模式”就能解决的。这个尝试和实践之所以引起我们注意，是因为它能为世界上不同文明之间的交往，提供很多值得学习、借鉴的经验。

从人类学社会学的角度看，世界上所有文明都蕴含着人类的智慧，每一种文明都值得我们关注、研究，从中汲取营养。比如像印度这样一个历史悠久，民族、宗教关系极其复杂的国家，在他们的传统文化中就包含着极其丰富的处理多民族、多宗教、多文化并存的经验；同样，历史上曾经出现过的强大国家和各种强势文明，诸如奥斯曼帝国、俄罗斯帝国、奥匈帝国，阿拉伯文明、南美文明、非洲文明等等，这些庞大的多民族的社会实体，无不在解决不同文化之间的交流、沟通和融合方面，为后人积累了丰富的经验和教训。

作为人类学社会学工作者，我们应该以严肃、认真的态度，不带任何偏见地深入研究本民族的历史文化，同时也应该下功夫研究其他国家、民族的历史文化，以扩展我们的视野，增强我们的想象力和创新能力，为当今世界经济迅速“全球化”的同时，建设一个“和而不同”的美好社会贡献力量。

（摘自《群言》2005年第1期）

国学热中的沉思

陈漱渝

20世纪80年代出现了文化热，90年代出现了国学热。到了本世纪初，国学的行情一路飙升：国学班开办、国学大师开坛、国学短信开通、百名学者组成的“国学博客圈”开放……从山东曲阜到浙江衢州、江苏南京、湖北新洲、四川德阳、云南红河、河南郑州，几乎无处不在祭孔。或着汉代服装，或穿清朝官服，有的是民间操办，有的由官方主持。孔子的“标准像”不仅突出了圣人特征，而且融入了帝王、天神的内涵。还有各式各样不同程度脱离现代公民教育的童学馆、淑女学堂、孟母堂、九雯学堂、乾元堂应运而生，真可谓“千年礼乐归华夏”。更有学者主张以儒教为国教，以儒学为王官学，以儒教文明回应西方文明。

任何社会思潮的出现都有其历史必然性和现实合理性。就国际范围来看，新保守主义的崛起成为了一道引人注目的文化风景线。这种思潮的一个显著特征，就是坚持民族本位立场，力求摆脱西方世界的文化掌控，极力从本民族的文化传统中挖掘现代化的精神资源，走一条不同于西方而独具民族特色的现代化道路，避免步入把现代化、全球化简单等同于西方化的误区。就国内情况而言，随着综合国力的不断提升，保持、树立中国文化主体意识的呼声日渐高涨。尤其是在西方国家对中国进行价值渗透而马克思主义在实际工作中又被淡化或边缘化的形势下，中国传统文化中的精华部分（如儒学中天人合一、人际和谐、身心协调的思想）就被凸显出来，成为了现代化进程中天人关系、人际关系、身心关系紧张和失衡的润滑剂和调节器。改革开放以来，中国人的物质生活有了极大改善，但也出现了分配不公、道德失范、价值混乱等社会问题。据统计，中国每年约有25万人死于自杀，100万人自杀未遂，寻求精神安顿成为了一种普遍的社会需求，致使不少人想从传统文化中获得中国特有的对人生终极问题和人性本身看法的启示。《〈论语〉心得》的畅销正反映了中国当代人心灵的饥渴。

面对不断升温的国学热，我们首先需要回答的问题是什么叫做“国学”？它的内涵和外延究竟是什么？“国学”跟“旧学”、“中学”、“国故”有什么联系，又有什么区分？“国学”是限定于经学与诸子学，还是泛指一切中国传统学术文化？是“说文解字”式的“小学”，还是“修身、齐家、治国、平天下”的“大学”？是汉民族之学，还是中国多民族之学？是一国之学，还是跨国之学（即包括“海外汉学”）？是指中国的传统学问，还是研究中国传统文化的学问？是弘扬其典籍传统，还是弘扬其实际传统？是弘扬其具体意义，还是弘扬其抽象意义？是弘扬其工具价值，还是弘扬其内在价值？研究“国学”的目的是抗衡西学对中国文化的挑战，还是适应中西文化交流的大潮？对上述问题如果不能取得基本共识，在学术上就会争论不休，在实践中就会各行其是。

如何恰当估计“国学”的现实功能，是我在国学热中思考的第二个问题。看来，当前复兴的国学主要是儒学。作为一种价值体系，儒家学说是一种因循保守的封建意识形态。它以维护“严等差，贵秩序”的封建等级制为前提，以维护血缘基础与宗法社会的“礼”为道德规范。它的伦理思想核心虽然是“仁”，但这种“仁”至多也不过是强势人群对弱势群体的恻隐之心，跟承认人与人生来平等的人道主义有着本质区别。无怪乎庄子在《齐物论》中尖锐指出：“大仁不仁”。此外，儒教提倡的礼并不是一般的文明礼貌，提倡的孝并不是一般的骨肉亲情，提倡的忠也不是一般的忠诚守信，全都是为了维护一整套宝塔形的等级制度。因此，想用儒教这样一种农业社会的精神文化来统摄工业社会、后工业社会的物质文明，用一种缺乏近代民主观念的学说来加速政治民主化的进程，用一种“重道轻器”的轻视科学、贱视商业行为的思想体系来加快“现代化”及“后现代化”建设，恐怕是很不切实际的。我感到还是鲁迅说得深刻：“不错，孔夫子曾经计划过出色的治国的方法，但那都是为了治民众者，即权势者设想的方法，为民众本身的，却一点也没有。”（《在现代中国的孔夫子》）令人忧虑的是，在当前的国学热中，有人并不是在弘扬传统文化中的精华，对儒家学说进行“创造性转换”，而是在有意无意使一些封建沉渣重新泛起。比如有人提倡攻读《孝经》，宣扬“始于事亲，终于事君”，说什么“非先王之法服不敢服，非先王之法言不敢道，非先王之德行不敢行”。很多公共场合画着《二十四孝图》，重现“郭巨埋儿”、“王祥卧冰”、“老莱子娱亲”等荒唐甚至血腥的场面。有人用娓娓动听的言辞在媒体宣扬“安贫乐道”法，影响了不少听众。凡此种种，都是违背历史发展总趋势的。我认为，要解除当代人的精神困惑，靠的应该是大力宣传社会主义核心价值体系，而不是其他。

提倡“国学”，是否需要否定五四新文化运动的大方向，这是我在国学热中思考的第三个问题。有人说，五四前驱者把民主与科学放在中国文化传统的对立面，造成了传统的断裂，是一种历史性错误。我认为这种看法是欠公正的。实际上，与其说五四时期批孔，不如说是在批历代尊孔者。作为中国封建社会的“王朝意识形态”，强调的其实是儒学中抹杀人性尊严和个性价值的一整套等级伦理观念，亦即传统文化中的封建性糟粕。五四时期的批孔是以1915年的袁世凯称帝和1917年的张勋复辟为背景的。这些尊孔者都是以孔子为敲门砖，妄图敲开封建复辟的大门，如果不及时批判服务于专制政治的伦理观念和家族制度，民主与科学的花朵就会夭折，历史的车轮就会倒退，年轻的共和国就会被颠覆。五四前驱者在批孔过程中虽然采用了一些貌似激烈的措辞，但是在他们的心目中，对于儒学的根本和枝叶，对于原始儒学和后世儒学，对于作为历史人物的孔子和被当作敲门砖的孔子，是区分得清清楚楚的。他们的国学修养，也远非当代尊孔者所能及。

总之，重西方文化、轻传统文化的倾向应该扭转，但在弘扬国学过程中必须发扬马克思主义的批判继承精神，师古而不复古，避免在纠偏过程中再一次矫枉过正。

（摘自《群言》2007年第4期）

万里长城的历史兴衰与辉煌再创

罗哲文

“上下两千多年，纵横十万余里”，概括说明了长城的两个方面。一是说它延续修筑时间之长，二是说它工程之宏伟。的确，这两者在世界上其他任何地方都是难以找到的，可称得上是绝无仅有。

长城的内容非常丰富，要研究的问题很多，在理论上将长城作为一门学科的“长城学”正在兴起，在实践上对长城的实地考察测绘尚未完成，需要研究的课题尚多，所做的工作还很不够，在此我就50多年来对长城的了解和认识，发表一些个人的意见。

上下两千年，千秋功过共评说

关于长城的历史地位、功过是非，历来众说纷纭，褒之者甚多，贬之者也不乏其人。参加论辩者有帝王将相、公侯贵族、专家学者、黎民百姓等等。他们根据各自的立场、不同的地位，发表各自的观点、意见。真可说是百家争鸣，各抒己见。

关于长城的功过与作用问题，争论一直没有停止过。主要集中在两个方面：主张修长城者，认为它是安定边疆，保卫国家安全和人民生命财产之必需，代表人物有汉文帝、桑弘羊、刘向、隋炀帝、唐太宗、杜甫、赵秉文等。主张长城无用劳民伤财者有武臣、贾山、刘安、陈琳、贯休、郑震、李东阳、康熙、乾隆等等。此外还有主张长城必需，有功当代，但不施仁政则国仍不保者，有贾谊、司马迁等等。历史上所有的论争大都处在当时的历史条件下。统治者更是出于统治的需要，统治的策略，如清朝康熙、乾隆虽然口称“在德不在险”，但实际上仍然在加强武备，采取软硬兼施的两手政策，而且也修缮或增筑了一些长城关隘。

孙中山先生曾经对长城作过历史的较为客观的评价。他说：“中国最有名之陆地工程者，万里长城也……工程之大，古无其匹，为世界独一之奇观……秦始皇虽以一世之雄，并吞六国，统一中原……为一劳永逸计，莫善于设长城以御之。始皇虽无道，而长城之有功于后世，实与大禹之治水等。”（见《孙文学说·知难行易》）

自孙中山以后，又有不少人对长城的历史地位与作用、功过是非予以评说。褒者有之，贬者亦有之，各执其说，各阐其由，百家争鸣，各抒己见，为长城的研究开创了大好的形势。

关于长城的历史地位问题，我认为应分作两个问题或问题的两个方面来谈。其一是长城在历史上的作用，其二是长城所反映的历史情况，也就是它所传递的历史信息。至于统治者的暴政当另谈。

关于长城的历史地位问题，我认为应该把它所起的作用与修长城所使用的暴力、奴役，费用等等分别开来。两千多年来的论争，就是把这两个问题混在一起，所以永远也说不清楚。

长城是安定和平的保障这一观点并非新创，也不是过褒，而是它本身的功能和所起的作用而决定的。两千多年来，虽然褒贬不乏其人，但长城是一种防御工程，起保卫和防御的作用这一客观事实是任何人都不可否定的。

随着人类社会的发展，人与人之间、人群与人群之间出现了双方彼此防御的需要，保卫和防御工事有了进一步的发展。从现存的考古遗址看，挖掘深沟是一种较好的早期防御工程。挖沟设防的工事不仅开辟了以后几千年城市城墙、护城河的先河而且在历代长城的修筑工程中被一些朝代所采用。但长城与城市的城墙也有不同之处。其一是城市的城墙不管其形状如何、大小如何都是交圈封闭的，而长城则不是交圈封闭的。其二长城的长度较之一般城市的城墙要长得多，少者数百里，多者数千里、上万里，所以称之为长城或长垣等。其三长城除了城墙以外，还有由各种不同等级、不同大小的关隘，城堡、军营和烽火台（亦称作烽燧、烟墩等）的通讯联络系统所构成的一个完整的防御工程体系，和相应的军事组织系统。几十个诸侯和王朝两千多年来费了极大的人力、物力、财力修建它，就是因为它有用。

曾经有人认为长城是中国“闭关锁国”、“封闭自己”的产物，这与事实不符。因为长城并不锁国，也不封闭自己。它所起的作用只是保卫和防御。公元前二世纪汉武帝时所修的河西长城，其烽燧亭障远出西域，沿丝绸之路修筑，对保护这条对外开放大道的安全、畅通起了决定性作用，没有丝毫的封闭可言。

巍巍长城，绵延烽燧，长城作为安定与和平的保障，赫赫丰功，永昭史册。

逐鹿中原，金戈铁马，兴衰行进

长城的历史地位除了“安定与和平的保障”这一功能之外，它作为记录中华民族两千多年来的历史丰碑，所携带的历史信息非常丰富，是其他任何一件珍贵的文物所不及的。

中国封建社会的初步形成，长城的开始修筑

中华民族历史悠久，其中两千多年的封建社会比以往创造了更加辉煌的历史文化，更加丰富的物质财富。长城可以说一直伴随着封建社会的兴衰前进。数不尽的金戈铁马，诸侯争霸。多少次中原逐鹿，王朝兴灭。说不完的往事，咏不完的史诗，在长城身上打上了印迹。

公元前八至前三世纪，春秋战国之际，封建社会初步形成，长城也正是在这时开始了修筑。如《左传》上记载楚长城（亦称方城）的一段故事说：楚成王十六年（公元前656年）齐国进兵攻打楚国，当齐军进至“陉”这个地方时，楚成王派屈完去迎敌。到了召陵地方，屈完对齐侯说：您如果真要来攻打的话，楚国有方城以为城防，汉水以为城河，足可抵抗的。齐侯见楚国的防御工事果然非常坚固，就只好收兵了。像这样入侵楚国，打到长城就被挡回去的事例还有不少，足见这时的楚长城对保卫国家安全，起过重大的作用。

以后，春秋五霸，战国七雄以及一些很小的诸侯也都相继修筑了长城，以为保卫国家安定、图强发展的条件。在长城这块历史丰碑上，刻记下了中国漫长封建社会初期形成的过程，记下了第一桩重要的大事。

第一个中央集权封建制统一国家和第一道万里长城的并肩出现

公元前221年，秦始皇灭了韩、赵、魏、楚、燕、齐六个强大的诸侯，出现了中国第一个大一统的中央集权封建制国家。秦始皇为了巩固大帝国的统一和发展生产、安定生活，除了设立郡县和制订书同文、车同轨、行同伦，统一度量衡等措施之外，还有最为重要的一条，就是加强国防。而当时最危险的入侵者就是北方的匈奴。匈奴当时正处在奴隶制时期，而且掠夺成性，其飘忽无定之游骑，顷刻而来，飘然而去。所谓：“救之，少发则不足。多发远县才至，则胡又已去。聚而不罢，为费甚大，罢之，则胡复入，如此连年则中国贫苦而民不安矣。”（见《汉书·晁错传》）对于这种情况，经过以往数百年经验的证明，修筑长城是最好的防御方法，在当时的情况下，可以说是最佳的选择，这种设防的选择一直继续了两千多年。除此之外别无他策。

秦始皇修筑的长城，为了适应大一统国家的需要，规模也大，超过了万里，被称为万里长城。中国第一个大一统国家的出现与第一道万里长城的出现，在长城这块历史丰碑上刻记下了第二桩大事。

多民族国家的形成发展与多民族长城的修筑相伴

李白一首诗中写的“三川北虏乱如麻，四海南奔似永嘉”，说的是自两晋以后南北朝以来，北方民族相继入主中原，当时的中原汉族和其他民族大量南迁，形成了民族的大交融大结合。其实这种民族的大交融大结合很早就开始了，王朝的更替只是更为突出罢了。自长城出现以后，各民族的诸侯都修长城，连秦始皇本人也非汉族，自称戎狄之人。自秦始皇以后，历代统治中国或中原地区的朝代为了保卫国家的安全，大多修筑长城，其中尤以各少数民族入主中原的朝代为多，计有北魏、东魏、北齐、北周、辽、金、元、清各朝，都大小不同地修筑长城，有些朝代修建规模甚大，如金长城其长度近万里，为长城修筑史上重大的一次。而汉族大修长城的仅汉、隋、明等朝代，远远少于少数民族修筑长城的朝代。

长城丰碑不仅铭刻了中华民族大融汇大结合的历史事实，而且也是各族人民智慧和血汗的结晶。

长城不仅是中华民族上下两千多年的历史丰碑，也是我国古代军事科学史的实物史书。除了这一科学完整的防御工程体系之外，不知有几千万次战役战例在长城发生，有多少英雄事迹和惊心动魄的场面，需要我们从长城身上去认读、去找寻、去追思。

瑰宝长存　奇观永在

长城除了它雄伟壮观、巧妙布局、因材结构等建筑艺术之外，在装饰艺术上也有很高的成就。如在墙顶与垛口的交接之处，往往砌出菱角花芽子边饰，在射孔、雷石口处做成壶门或其他雕饰，在吐水槽滴水尖等处，凡是有一隙之地，雕刻家们都不放过，大显身手加以美化装饰，使戍边将士们在巡逻守望之余有一些艺术的享受。在山西代县雁门关、大同得胜口等处敌楼的券门上现在还保存了明代雕刻家们留下的垂花门楼砖雕艺术。其雕刻之精美富丽，足可与一些皇家、王府工程相媲美。

长城所保存的文学、艺术的宝藏，是一笔十分重要的文化艺术瑰宝，它对于我们今天文学、艺术的欣赏，创作的借鉴，都有重大的价值。它不仅是中国人民的珍贵文化财富，也是人类共同的文化财富。1961年中华人民共和国国务院已将它公布为第一批国家重点文物保护单位，1987年又被联合国教科文组织世界遗产委员会列入了世界文化遗产的名录。

保护文化遗产的重要意义，越来越受到各个国家和国际社会的重视。1964年5月在威尼斯召开的第二届历史古迹建筑师及技师国际会议通过的《国际古迹保护与修复宪章》中指出："世世代代人民的历史古迹，饱含过去岁月的信息，留存至今成为人们古老的活的见证人。人们越来越意识到人类价值的统一性，并把古代遗迹看作共同的遗产。认识到保护这些古迹的共同责任。"

从1950年开始，在中央人民政府和主管部门所发布的文物保护命令、指示、条例中都把长城作为重点项目之列，并派出专家学者对长城进行考察和重点的考古清理与发掘，出土了大批简牍文书和珍贵文物。在调查研究的基础上，1961年公布了山海关、居庸关八达岭、嘉峪关三处为第一批国家级重点文物保护单位。其后，第二批、第三批又公布了玉门关长城烽燧、居延（烽燧、塞墙）、金山岭长城、兴城城墙（宁远卫城）等长城重点地段、关城、卫城为国家级重点文物保护单位。

目前国家对长城的保护制定了"全面保护、重点维修、重点开放"的方针。这一方针是根据长城的规模太大，保存的情况不一，有些地段残毁过甚，根本无法恢复，也无必要全部修复的具体情况而制定的。但作为这样一件显示重要建筑工程奇迹的文物，必须全部加以保护，不要让它继续受到破坏。

长城保护的另一项重要工作，即是要查清目前长城的保存情况。长城的具体长度、分布情况、位置走向、残毁程度及其历史、艺术、科学价值等等。由于长城这一上下两千多年，纵横十万余里的工程，其历史与现状都非常复杂，所以工作十分困难。但是在许多文物考古工作者和许多有关科研部门、大专院校专家教授们的共同努力下，已经取得了丰硕成果。

维修长城，是保护长城的重要手段。由于风雨侵蚀和人为的破坏，长城已经大部残毁，尤其是早期用土石、砂砾等材料构筑的长城，已很难找出完整的段落。就是明、清修筑的砖石长城保存完好的也已不多。据初步估测，目前保存基本上可看出形体的长城，约可占十分之一二。保存基本完整的仅百分之一二而已。就是基本完好的也需要加固维修才能开放参观。根据多年来的经验，长城的维修一直是采取重点维修的方针。选择的原则是根据长城本身的价值，保存完整的程度以及交通的条件和配合旅游开放等等。

这里要特别提出的是1984年9月邓小平同志为《北京晚报》《北京日报》《经济日报》等发起的维修长城的社会赞助活动写下“爱我中华，修我长城”的题词，把长城的保护维修推向一个划时代意义的阶段。题词的重要意义是把维修长城的工作提高到爱国主义的高度。十多年来，在这一题词的号召下，国家对许多重点地段的长城进行了维修，重现了当年长城雄关的风貌。

“爱我中华，修我长城”这一具有深远意义的活动，将与长城一起永耀千秋！

（摘自《群言》2002年第4期）

又逢“甲申”说史论

瞿林东

60年前，即上一个甲申年（1944年），笔者还是一个不懂事的孩子。后来，上学读书了，而且读到大学历史系，于是知道甲申年是一个很特殊的历史年代。老师讲中国古代史，讲到明末李自成起义失败时，总要提到郭沫若的《甲申三百年祭》这篇著名的史论。老师讲中国近现代史，讲到中国共产党延安整风时，总要提到毛泽东的名作《学习和时局》（1944年4月12日），因而也会提及《甲申三百年祭》这篇史论。这样，《甲申三百年祭》自然就成了在大学里读过而且难忘的名篇之一。再后来，又读到《毛泽东书信选集》中毛泽东致郭沫若的信（1944年11月21日），说是“你的《甲申三百年祭》，我们把它当作整风文件看待”，就更加深了这方面的印象。我想，同我经历相仿的人，大致都会有这种感受的。

今年，又逢甲申，尽管时代不同了，历史发展了，中国面貌已发生了巨大的变化，但历史的真谛，总还是会给人以新的启示。毛泽东在信中对郭沫若说：“你的史论、史剧有大益于中国人民，只嫌其少，不嫌其多，精神决不会白费的，希望继续努力。”由此，我在“又逢甲申”之时，想得最多的便是史论。这可能跟我自己从事中国史学史的研究，有很大的关系。

《甲申三百年祭》是以明末李自成起义从胜利走向失败的历史教训，告诉人们不要在胜利时骄傲起来，以致走向反面。这是大家都很熟悉的了。这里，我想从《甲申三百年祭》说开去，说说史论之专文与史论之专书，跟现实中的人们的密切关系。中国有厚重的史学遗产，其中包含了丰富的史论，这是一笔非常重要的精神与思想财富，值得后人十分重视、加倍珍惜。这是因为，人们在读史的基础上，再读一点史论，不仅可以增进对历史认识的深刻程度，而且还可以把对历史经验、历史智慧的理解提升到理论和规律的层面。清末刘声木撰《苌楚斋随笔》，其中一则题为《论论史各书》。作者称赞南宋胡寅《读史管见》，认为是“史论中一大观”；同时，他批评明钟惺所撰《史怀》，说它“陈腐相因，无足发人深省”。可见作者对“论史之书”所发之论，有褒有贬。值得注意的是，作者对王夫之的《读通鉴论》三十卷、《宋论》十五卷极为推崇，他写道：“千古史论大书，终当以王氏为冠。其议论精微确凿，实能开拓千古，心思推倒一时豪杰，绝非他人枝枝节节所可比拟。《宋论》尤为精确，借宋论明，言之至为沉痛，镂心镌肝，更非他人所能道其只字。其文笔纵横排宕，无孔不入，无坚不摧，无埋不透，其魄力全由韩苏得来。即此史论，已足独立千古矣。”（《苌楚斋随笔》卷二）

王夫之的史论是中国古代史论的高峰，刘声木称之为“千古史论大书”之“冠”，当是确论。这里，他没有就《读通鉴论》发表具体评论，而是就《宋论》说得较多，认为它“尤为精确”，这并不奇怪。作者称《宋论》是王夫之“借宋论明”，或是或非，姑且不论，但作者自言“生逢季世”，感慨良多，倒是可以理解的。

今人读王夫之的史论，自当更看重《读通鉴论》。王夫之的史论之所以能够“开拓千古”，我看至少有两个原因：第一，王夫之对于历史能作“会通”的认识和理解，故其所论包含辩证的色彩；第二，王夫之深于从对具体史实的判断、理解中，概括出普遍性的认识，故其所论具有理性的特点。例如，他指出：“国无贵人，民不足以兴；国无富人，民不足以殖。任子贵于国，而国愈偷；贾人富于国，而国愈贫。任子不能使之弗贵，而制其贵之擅：贾人不能使之弗富，而夺其富之骄。高帝（指汉高祖刘邦——引者）初定天下，禁贾人衣锦绮、操兵、乘马，可谓知政本

矣。”（《读通鉴论》卷二，汉高帝，一四）

这里讲的是国、民的贫富和商人的关系，以及汉高祖刘邦政策的当否。

又如，他在讲到治国的根本原则和法制的关系时，指出：“天下有定理而无定法。定理者，知人而已矣，安民而已矣，进贤远奸而已矣；无定法者，一兴一废一繁一简之间，因乎时而不可执也。”（《读通鉴论》卷六，光武，一九）

这是在评论东汉初年，天下始定，光武帝刘秀“并省四百余县，吏职减损，十置其一”时，讲出这番道理的。他说的“定理”，是指治国的原则，是不可改变的；他说的“法”，是指具体的措施和制度，它们是要“因乎时”来制定的。

《读通鉴论》全书约九百余则评论，其中许多都具有这样的特点，即不是就事论事，而是从具体的史实中提出带普遍性的问题，故其辩证因素、理性色彩都给人以深刻的启示。刘声木盛赞它“议论精微确凿，实能开拓千古”，是非常恰当的。

当然，在中国史学上，不论是论史之专文，还是论史之专书，都十分丰富，并各有特色，他们也都会给后人以有益的启示。

以论史之文来说，名篇宏论，不绝于世，如贾谊的《过秦论》、朱敬则的《十代兴亡论》、柳宗元的《封建论》、欧阳修的《正统论》、顾炎武的《郡县论》、龚自珍的《明良论》等，均属此类。以论史之书来说，鸿编钜制，代有所出，如桓宽的《盐铁论》、刘劭的《人物志》、虞世南的《帝王略论》、范祖禹的《唐鉴》、孙甫的《唐史论断》、王夫之的《读通鉴论》和《宋论》、黄宗羲的《明夷待访录》、赵翼的《廿二史札记》等，均属此类。

大家知道，史事之所以有魅力，是因为它能“再现”历史，使人如身临其境，给人以形象的感受。史论之所以有魅力，是因为它在评论历史中显示出一定的价值判断，给人以理论的启示。这就是为什么一篇论史宏文，能够流传千古，总能给人们以深刻的启示，而保持其新鲜的生命力。贾谊的《过秦论》，揭示秦国——秦朝的兴亡，气势磅礴而又分析透彻，所谓“秦王怀贪鄙之心，行自奋之智，不信功臣，不亲士民，废王道，立私权，焚文书而酷刑法，先诈力而后仁义，以暴虐为天下始。夫并兼者高诈力，安定者贵顺权，此言取与守不同术也。秦离战国而王天下，其道不易，其政不改，是其所以取之守之者[无]异也”，讲的是“取之”、“守之”的辩证关系，真是“独立千古”的名言。如柳宗元的《封建论》，以历史事实证明“失在于制，不在于政，周事然也”，“失在于政，不在于制，秦事然也”，进而说明废分封、立郡县的必然之“势”，所论有撼山之力，故宋人苏轼认为，其论出而众论可废。

值得注意的是，论史之文与论史之书，或是对现实的历史运动中提出的重大问题所作的回答，或是对现实社会之特点的反映。不论是哪一种情况，都足以表明，史论具有总结和借鉴历史经验的经世致用的品格，是历史精神和历史理性的反映。如桓宽的《盐铁论》，人们通常把它视为文学著作，固无疑义；但《盐铁论》也是一部史论著作，却往往被人们所忽视。明代学人指出：《盐铁论》是一部“究治乱”之书，“其辞博，其论核，可以施之天下国家，非空言也”（见《诸子集成》本《盐铁论》序）。《盐铁论》所记是汉昭帝时关于盐铁、酒榷、均输政策的辩难，问题是从现实中提出来的，但辩难双方都涉及有关史事的评价。因此，在后人看来，它不仅反映了西汉经济史上的重大问题，也反映了当时人们对历史的评价，说它是一部“究治乱”之书，至为恰当。其书凡60篇，从《本议》到《杂论》，篇篇标目，一目了然。尤可贵者，这是用对话、辩论的形式写出的著作，读来使人兴致盎然。又如范祖禹所著《唐鉴》一书，是专论以唐为鉴的论史之书。范祖禹是司马光主编《资治通鉴》时的得力助手之一，分工负责唐史部分，故对有唐一代的历史经验教训、兴废得失之故有全面而深刻的认识。北宋去唐未远，又是一个大朝代，所以范祖禹认为，“今所宜鉴，莫近于唐”。《唐鉴》一书，“采唐得失之迹，善恶之效，上起高祖，下终昭宣，凡三百六篇，为十二卷。……唐之事，虽不能遍举，而其大略可睹矣”（范祖禹《唐鉴》序）。所谓“三百六篇”，其实是列举306件史事而一一加以评论。范祖禹为了说明北宋统治者借鉴唐朝的经验教训的重要，而在评价唐朝历史方面难免有所偏颇。其后论写道：“……较之唐世，我朝为优。夫唐事已如彼，祖宗之成效如此。然则今当何监（鉴）？不在唐乎！今当何法？不在祖宗乎！夫惟取监（鉴）于唐，取法于祖宗，则永世保民之道也。”对于范祖禹之论唐朝历史经验教训，其中肯之论甚多，而所可议者也不少，这可以其与王夫之《读通鉴论》的有关评论相比较，自可见其高下长短。

凡此，不一一列举。从史学上看，“史论”有什么作用呢？唐代史学批评家刘知幾说“夫论者，所以辩疑惑，释凝滞”（《史通·论赞》）。意谓史事中有疑义之处、不可通晓之处者，史家有必要发论，以有助于读史者明白其大略。显然，他的这个看法，与史论的功用相去甚远。南朝宋人范晔撰《后汉书》，成纪、传共90卷，预计另撰十志而未果。他说：“欲遍作诸志，《前汉》所有者悉令备。虽事不必多，且使见文得尽；又欲因事就卷内发论，以正一代得失。”（范晔《狱中与诸甥侄书》，见中华书局点校本《后汉书》书后）范晔认为，史家的史论应起到“正一代得失”的作用。所谓“正”者，即史家发论，评论得失，给后人以启示，以借鉴。这跟刘知幾所说有很大不同，反映了范晔对史论的理解，有深刻的寓意和明确的价值取向。至于王夫之对史论的认识，可以说是中国古代史家中最有代表性思想成果，他说：“引而伸之，是以有论；浚而求之，是以有论；博而证之，是以有论；协而一之，是以有论；心得而可以资人之通，是以有论。”（《读通鉴论》叙论四之二）这是从学理上和致用上全面地反映了史论的作用和价值。今人读论史之文、论史之书，自当如同王夫之所论，从不同的方面得到有益的启示。

（摘自《群言》2004年第4期）

法国印象派与中国唐诗

彭 俐

什么是“诗中有画，画中有诗”？

中国诗中有法国印象派绘画，法国印象派绘画中有中国唐诗。唐诗于公元七八世纪达到鼎盛时期，印象派在19世纪下半叶形成，两者在历史中相隔整整1000多年，却奇妙地相互默契，相互关照，相互呼应。这种东西方两个历史文化悠久、具有代表性的国家的两种不同类型的艺术之间所产生的“互文”现象，令我们怦然心动的同时又有些瞠目结舌。

先从艺术创作的观念上说，法国印象派绘画强调人本主义精神、讲求技法自由、提倡创新意识，而中国唐诗也关注社会人生、主张个性张扬、表达创造意志。印象派用大自然的太阳、空气与色彩来构制图画，唐诗则用内心世界的阳光、空气和颜料挥洒成章。它们在硕健俊朗的精神气质上是那样的相似，犹如宇宙之神宙斯一母所生的两个艺术宠儿，活泼而又顽皮。

最初发现印象派作品与唐诗意境不谋而合，是因为看到印象派最有代表性的画家克劳德·莫奈的一幅画《睡莲，晚间印象》。画面上的睡莲，一朵又一朵，连成一片又一片，在落日熔金的水波中，如绿云飘浮。晚照似火一样燃烧，有温度的流水温暖着植物，一切都光灿灿，暖融融。于是，联想到白居易的诗句：“一道残阳铺水中，半江瑟瑟半江红。”白居易的诗，描写的是黄昏时分，江水中光与影与色彩的综合印象，正与印象派用光与色彩为元素作画的本质相符。再读张继的《枫桥夜泊》：“月落乌啼霜满天，江枫渔火对愁眠。姑苏城外寒山寺，夜半钟声到客船。”我们怎么读怎么像看一幅画，而且是印象派的名画。原来，无论东方还是西方，无论古代还是近代，也无论诗人还是画家，人类的艺术家们在感受大自然美妙景致时，所生发的心灵颤动和意兴飞扬都是那样的水乳交融。

印象派绘画与唐诗，都凸显生命的个性色彩和主观意念，特别是瞬间感觉和印象。如李白那首家喻户晓的五言绝句《静夜思》：“床前明月光，疑是地上霜。举头望明月，低头思故乡。”月光朦胧，寒霜依稀，两相映衬，模糊一片，诗人笔法多像是印象派画家笔触，对景物的描摹细腻逼真，对光与色泽的微妙变化捕捉得准确生动，在再现自然景色的同时含蓄地表达自己的感受。更有张若虚的诗篇《春江花月夜》，大有丹青的意蕴：“春江潮水连海平，海上明月共潮生。滟滟随波千万里，何处春江无月明！江流宛转绕芳甸，月照花林皆似霰：空里流霜不觉飞，汀上白沙看不见……”一派空濛无际，缥缈月色无着，犹如雷诺阿“用细小重叠的笔触，表现自然光线的若隐若现的反射现象”；又仿佛西斯莱“根据一天中不同的时刻和大气的变化来观察河上的风景”。

“掬水月在手，弄花香满衣。”（《春山夜月》于良史）“野旷天低树，江清月近人。”（《宿建德江》孟浩然）“林表明霁色，城中增暮寒。”（《终南望余雪》祖咏）“蝉噪林欲静，鸟鸣山更幽。”（《山居秋暝》王维）至今留存的万千首唐诗中，这种细腻观察、生动描写自然的诗句俯拾即是，正与印象派画家们长期在户外林间水边写生的情景相吻合。再看居斯塔夫·卡耶博特的作品《赛艇》，画面上清流深湛，小船悠然，如果在旁边配上韦应物的那首诗《滁州西涧》，将会很贴切：“独怜幽草涧边生，上有黄鹂深树鸣。春潮带雨晚来急，野渡无人舟自横。”只需把“野渡无人”改成“野渡‘有’人”即可。还有卡米耶·毕沙罗的画作《蓬图瓦兹：埃尔米塔日的坡地》，有农夫躬身劳作田野间，使人想起孟浩然的诗《过故人庄》：“故人具鸡黍，邀我至田家。绿树村边合，青山郭外斜……”

印象派画家与唐代诗人，在热衷于表现社会底层普通民众生活这一点上，也惊人的一致。爱德华·马奈有名画《酒馆女招待》，酒馆里女酒保这样不起眼的小人物，出现在绘画大师的笔下，这对习惯了以往宗教题材和上帝、天使、教皇、贵族肖像的欧洲正统的古典画家们看来，恐怕是“轻浮”之举；而我们早已熟读李白的诗句：“风吹抑花满店香，吴姬压酒唤客尝。金陵子弟来相送，欲行不行各尽觞。”诗人李白将沽酒的女子写进他卓尔不群、浪漫瑰丽的诗歌中，在唐朝当时的上层社会看来，也必然是格格不入的。弗雷德里克·巴齐耶也画有《插牡丹花的黑女人》，作为仆人的黑人妇女占据了整个画面的主要位置，同样表达了一种民主的平民思想与大众情怀；我们又可以在白居易的长诗《琵琶行》中找到同等人文关怀的诗句：“我闻琵琶已叹息，又闻此语重唧唧。同是天涯沦落人，相逢何必曾相识？”埃德加·德加则创作了《苦艾酒》，枯坐在简陋的咖啡馆里的一男一女，穿着朴素，神情木讷，愁容惨淡，略显忧郁；而我们也能忆起诗人杜甫的《兵车行》与《三吏》、《三别》等同情、关注小人物命运的名篇。

埃德加·德加绘有《舞蹈课》一画，并享有“表现动态人物的大师”的美誉；我们的诗人杜甫则也写有《观公孙大娘弟子舞剑器行》一诗，栩栩如生地表现人物动态：“昔有佳人公孙氏，一舞剑器动四方。观者如山色沮丧，天地为之久低昂。㸌如羿射九日落，矫如群帝骖龙翔。来如雷霆收震怒，罢如江海凝清光……”同样是描写舞蹈演员的动作，画家有画家的技巧，诗人有诗人的绝招，异曲同工之妙，跨越了万里地域与千载时光。印象派有肖像画杰作，唐诗有题赠人物的名篇。著名肖像画家德加的作品《证券所人像》，将商业人士的表情、神态刻画得十分传神；唐代大诗人刘禹锡的诗歌《自朗州至京戏赠看花诸君子》，则讽刺朝政反复无常、权贵翻云覆雨：“紫陌红尘拂面来，无人不道看花回。玄都观里桃千树，尽是刘郎去后栽。”前者画商人纤毫毕露，后者咏政客入木三分。

印象派画家中有风景画的圣手，唐代诗人中有山水诗的巨擘。印象派有莫奈、西斯莱和毕沙罗；唐代诗人有王维、孟浩然和韦应物；莫奈有在吉维尔尼河道上自己建造的“水上花园”，画睡莲不辍，一住30年，巧的是，王维也有自己和朋友玩赏徘徊、饮酒赋诗的“辋川别墅”，写辋川不息，也是一待30年。莫奈参加首届印象派画展的作品《日出·印象》，描绘的是太阳出生的粲然，是整个印象派的代表作；王维在他的《辋川集》中收入的名作《山居秋暝》，描写的是月亮当空的妩媚，是山水诗的楷模：“空山新雨后，天气晚来秋。明月松间照，清泉石上流。竹喧归浣女，莲动下渔舟。随意春芳歇，王孙自可留。”可以说诗与画各显其能，皆以灵动之心、通透之笔，将日月定格于人类的艺术长廊，对照着读，兴味倍增。

比较一下尤金·布丁的风景画和张旭的山水诗，也饶有趣味。布丁的模板油画《安特卫普的港口》，画的是阴云密布的天空、停泊的帆船和岸上白色的小楼，人们可以感受到空气的湿度和微凉；张旭的七言绝句《山行留客》，描摹的是春日山中的旖旎风光：“山光物态弄春晖，莫为轻阴便拟归。纵使晴明无雨色，入云深处亦沾衣。”在《唐人绝句精华》的注释中说：“此诗末句最能写出深山云雾溟濛景色。”诗亦溟濛，画亦溟濛，诗画观景两心同。法国评论家称：“布丁去布列塔尼旅行时，常在室外画画，开始对光线之捉摸不定和大气的细微变化表现出新的兴趣。”可见在这里，诗人与画家的兴趣是一致的。无论法国近代印象派画家还是中国唐代诗人，对艺术创作的态度中外无二，古今不变，那就是严谨、刻苦、忘我、痴迷。毕沙罗于1872年与塞尚同在户外作画，严冬亦不辍，一生作画多达1600幅；耄耆之年的雷诺阿因患有风湿病，导致手部扭曲变形，有时痉挛不止，握笔的手总是颤抖不停，但他依然坚持作画，并对朋友说：“痛苦终将过去，美和爱永存。”而唐代诗人孟郊、贾岛则以“苦吟”著称，号称“郊寒岛瘦”。钱钟书先生的《谈艺录》中，提到贾岛的诗《自题》：“二句三年得，一吟双泪流。知音如不赏，归卧故山秋。”人们还记得这些忘情歌咏的诗人那可爱的样子：“吟安一个字，捻断数根须。”其实，艺术创作的过程除了艰辛，更有乐趣，我们从印象派那些被阳光涂抹、让色彩燃烧的画幅中体会到画家的生之欢愉，也从唐代诗人白居易的诗里感受到诗之灵感召唤时的极乐：“人各有一癖，我癖在章句。万缘皆已消，此病独未去。每逢美风景，或对好亲故。高声咏一篇，恍若与神遇……”（《山中独吟》）

最后要说的也许是最重要的，那就是印象派绘画与唐代诗歌，都充满雄健丰盈的阳刚之气，蕴涵着蓬勃旺盛的生命活力、开拓意识和进取精神。印象派有一批大师，唐代诗坛有一批大家，两者也都各自生活在激情四溢、创造力空前的时代。印象派技术自由的画法首先得益于伏尔泰、卢梭主张的思想自由，而唐代诗歌的繁荣也以当时相对而言的政治昌明、文化观念开放的社会背景为基础。印象派画家的艺术创作“摆脱了对历史、神话、宗教题材的依赖”，而唐代诗人的作品则一扫魏晋时代文风的萎靡颓唐浮夸做作，更加广泛深入地表现社会生活及人生况味。画笔一挥，诗情荡漾，“前不见古人，后不见来者”。关于印象派与唐诗之间的微妙关系，足可以写一本书。

（摘自《群言》2004年第11期）

关于苦雨斋群落

孙　郁

鲁迅住在八道湾的时候，其寓所就常有友人光顾，是北大学人的沙龙。自从他与周作人分手、离开那里后，八道湾沙龙的意味不仅未断，反而更浓了。周氏身边就渐渐形成了一个文人圈子。他的友人、弟子常常往来于此，一时间诸多佳话从那里传来，颇有些故事在里。钱玄同、钱稻孙、徐祖正、张凤举等是朋友辈，彼此相知甚深。而俞平伯、江绍原、废名、沈启无是周氏的学生，感情也非同寻常。这引起了诸多人的兴趣，连胡适、郁达夫、沈从文也来凑过热闹。这些人大多远离激进风潮，喜欢清谈，厌恶政治，象牙塔里的特点过浓，与左倾文化是多少隔膜的。鲁迅南下后，与左翼队伍连为一起，对苦雨斋不无微词。而周作人那个沙龙里的人渐渐也成了讥讽左翼文化的一个营垒。京派文化的出现，实在说来和苦雨斋的关系是深而又深的。

周作人给自己的书房命名为"苦雨斋"，其实有点玩笑的意思。北京少雨，一年的雨季不过几个月，只是有点士大夫雅兴而已。许多人喜欢周氏的文章，在社会间的影响渐多，可与鲁迅相比肩。不过传承其思想与文风的，大多是他的学生。其流音之广，我们在90年代张中行的文字里亦可感受到。就现代散文而言，鲁迅之外，周作人的辐射力可能也是最大的吧。

苦雨斋的主人与弟子间形成了一个传统。他们都非激进的文人，和胡适、陈独秀那样的思想者亦差异很大。周作人自称自己是"学匪"，意思乃非正宗的儒生，有点离经叛道的意味。不过这离经叛道，不是鲁迅那样喷血的忧患和低语，没有紧张感和惨烈的气息。他和自己的学生们在思想上喜欢新的学理和个性意识，古希腊哲学、日本艺术，现代心理学与民俗学都被深切地关注着。还注重对明清文人小品的打捞，志怪与述异流露其间。加之有点欧美散文与六朝小品的余味，遂在文坛上造成了势力，对后人引力一直是时起时落的。

周作人那一群人，不愿意张扬自己，感情多是内敛的，写文举重若轻，学识与趣味相间，没有迂腐气和时尚气。但精神的力度亦不可小视。周氏的短文在知识的庞杂上无人过之，审美的含蓄与诗意的淡雅，不失锐气，有时甚至撼人心魄。废名的作品隐曲清涩，如禅机暗伏，妙音缕缕。他其实深谙西洋文学，但行文偏没有洋人气，反而倒十分中国。又和士大夫者距离遥遥，使周作人那样书斋的博大变为乡野古店的清风，有了似人间又非人间的况味，将现代小品推向高妙的境界。俞平伯暗仿苦雨斋笔记，在旧时文章间而行。他在才气上不及废名，而学问是自成一格。那些关于《红楼梦》与宋词的研究文字，得前人之余绪，深浸于古曲与旧学之间，温和里散出爱意。江绍原是民俗学的先驱，其文字多有鲜活之色，谈民间文化与初民信仰，能从现代科学理念里为之，思想是紧迫胡适、鲁迅、周作人的。至于沈启无，其文深染苦雨斋笔意，连句法也亦步亦趋。他关于明清小品，古代文学史的研究，也一时被读书界关注。钱钟书就曾著文专门谈论沈启无编的那本《近代散文抄》，偶尔的谈吐里也多涉猎周作人的思想，在文坛都是可久久打量的事情。

和周作人关系深的人，都不是喜欢热闹的舞台。他们远离革命，拒绝左翼思潮，思想盘旋在古老的希腊和18、19世纪西洋的经典文献里。在他们看来，中国的新旧文化，在特征上过于功利化和道学气，要救这病症，就必须有超功利的心境，将内心沉浸在纯粹的精神静观里。所以，在他们那里，没有印象派的灵动与象征主义的晦涩，没有流血的痉挛和绝望的哭诉。他们几乎不亲近尼采、梵·高、塞尚的艺术，而是在永井荷风、左拉、弗洛伊德式的文本里望世界。废名就承认自己对文学的理解，有许多从洋人的小说那里来的，加上有点六朝的遗风。他从周作人那里懂得了阅读西洋原典的意义，因为不了解古希腊与希伯来的文明，对外国的思想的理解总有些问题。至于对中国的历史，倘不去找远离八股的心性之文，那是无所谓进化与革新的。江绍原先生研究古老的遗存，就有一种期待，他从洋人的学说里找到科学与逻辑的东西为己所用，境界是不俗的。而他研究中国问题时，文风却是中国气味，没有食洋不化的毛病的。他们都受到了周作人文化观的启发，以平和之心追根溯源，要寻找的是人类精神的某种原型。这其间的快慰，我们从他们的文章里都多少可以感受到吧。

先前的文人讥讽苦雨斋是逃逸社会的群落，那是不确的。他们也臧否人间，偶发牢骚，只是隐语过多，在审美的层面缭绕，鲜被注意而已。周作人和他的学生们在文章里不都是自娱自乐，对文化的批评随处可见。他们嘲弄旧式学问，亲近个性主义的艺术，精神常常放逐在荒漠的空间，在岑寂与清冷里重审艺术，根底还是人生哲学的顿悟。废名就在文章里说：

> 中国的文章里简直没有厌世派的文章，这是很可惜的事。我这话虽然说得有点游戏，却也是认真的话。我说厌世，并不是叫人去学三闾大夫葬于江鱼之腹中，那倒容易有热中的危险，至少要发狂，我们岂可轻易喝彩。我读了外国人的文章，好比徐志摩所佩服的英国哈代的小说，总觉得那文章里写风景真是写得美丽，也格外有乡土色彩，因此我尝戏言，大凡厌世诗人一定很安乐，至少他是冷静的，真的，他描写一番景物给我们看了。我从前写了一首诗，题目为《梦》，诗云："我在女子的梦里写一个善字，我在男子的梦里写一个美字，厌世诗人我画一幅好看的山水，小孩子我替他画一个世界。"
>
> 我喜读莎士比亚戏剧，喜读哈代的小说，喜读俄国梭罗古勃的小说，他们的文章里都有中国文章所没有的美丽，简单一句，中国文章里没有外国人的厌世观。中国人生在世，确乎是重实际，少理

想，更不喜欢思索那“死”，因此不但生活上就在文艺里也多是凝滞的空气，好像大家缺少一个公共的花园似的。延陵季子挂剑空垅的故事，我以为不如伯牙钟子期的故事美。嵇康就命顾日影弹琴，同李斯临刑叹不得复牵黄犬出上蔡东门，未免都哀而伤。朝云暮雨尚不失为一篇故事，若后世才子动不动“楚襄王，赴高堂”，毋乃太鄙乎。李商隐诗，“微生尽恋人间乐，只有襄王忆梦中”，这个意思很难得。中国人的思想大约都是“此间乐，不思蜀”，或者就因为这个缘故在文章里乃失却一份美丽了。我尝想，中国后来如果不是受了一点佛教的影响，文艺里的空气恐怕更陈腐，文章里恐怕更要损失些好看的字面。我读中国文章是读外国文章之后再回头来读的，我读庾信是因为读了杜甫，那时我正是读了哈代小说之后，读庾信文章，觉得中国文字真可以写好些美丽的东西，“草无忘忧之意，花无常乐之心”，“霜随柳白，月逐坟园”，都令我喜悦。“月逐坟园”这一句，我直觉的中国难得有第二人这么写。杜甫咏明妃诗对得一句：“独留青冢向黄昏”，大约是从庾信学来的，却没有庾信写得自然了。中国诗人善写景物，关于“坟”没有什么好的诗句，求之六朝岂易得，去矣千秋不足论矣。

我觉得这一篇文章像似苦雨斋师生间在文章美学里的纲领，他们的诗意的精神不免傲视群雄，自以为独得了天下文章的要义。废名此文写于1936年，正是左翼文化浓烈的时期。他觉得艺术太靠近时尚思潮，大概是个问题，不可被实用的语境所俘虏，否则不过时文与滥调。和废名一样，俞平伯对伪道学与民族主义亦多警惕之语，注重的是经典的艺术。偶涉现实也是出语不凡，锐气暗藏其间。当世人主张抵制日货时，他却不以为然，以为自强才是真的，造出了比日货更好的产品比空喊爱国更重要。否则不过义和团的再演，徒受折腾。他和废名从周作人的思想里受到启发，实用主义不能救国人的灵魂，只有远离喧闹，静回己身才能超越轮回。所以，苦雨斋在对当时文人的批评，都有些超时空的冷观，他们对狂热之际的青年的警告，其实是纯粹诗人之梦的一个演绎。当战士，他们不行；做隐士，也是笑话。就这样不温不火，不东不西，既拒绝旧的士大夫气，又反对血色的革命，除了在文字里发点牢骚，实在也看不到别的什么。

新文学不久就被苦难与政治所遮掩，这是历史的必然。逃逸那种必然，在左翼青年看来就不免有些落伍。可是文化生态告诉世人，在激烈的内乱里，总有些保持内心安宁的人，这些也多不合时宜。日本军队入侵北平时，周作人在黑暗里欲保持安宁而不得，俞平伯则避世不出，废名逃到湖北黄梅去了。沈启无随着老师欲振兴文学，却不能免俗，不料被周作人逐出师门，落得凄苦之境。但他在日伪时期也为抗战人士偷偷做了些事情。在那样的乱世，要洁身自好，是大难之事。他们的矛盾和困苦，以及不能一以贯之自己梦想的个性，在今天看来，都是时代的奚落。比如废名就曾不喜欢鲁迅，对周作人推崇有加。50年代后却写了一本关于鲁迅的书，态度大变。江绍原早年相信老北大知识阶层的意义，以为胡适、周作人是不可多得的人物。可是在政治运动里又不得不批判自己，渐渐远离这苦雨斋的情境。俞平伯在50年代就遭受批判，其力之强是他所未料的。竟没有留下几篇关于苦雨斋回忆的文字。真是可哀可叹的。

现在看俞平伯当年的日记，他和废名、江绍原、沈启无往来八道湾的记载，梦一样的飘忽美丽。那时他们之间的交流，有着温馨的爱意在，谈天、喝茶、讥世，有点竹林七贤之味，又仿佛流杯亭间的吟诗作赋，宇宙万物、人间烟云，都在笑谈间成诗成画。这些读书人在混乱的年代营造了自己的园地。虽然知道这样的园地并不长久，大家都在无奈的时空，可是梦没有断，思想也就慢慢地延伸在书与文字间。他们对抗不了时代，却对抗了无智与无趣的精神暗区。这些脆弱的存在，在残暴的压榨里却显示了文字书写的另一种魅力。他们似乎也证明，在道学之外的世界，天空与大地是极为宽广的。大家不过是耕耘了一点小小的园地而已。

我们早就想编一套苦雨斋丛书，把这一脉的风致系统昭示出来。苦雨斋散文不仅是文学史层面的精神闪光，实在说来，也是思想史不能不注意的群落。研究现代文学史，这个群落给人的暗示，不亚于左翼队伍。在审美的层面上，呐喊与高呼口号容易，而有悠远的情思与深幽的学养则非下一些功夫不可。中国后来的激进主义文学成就不俗，但除鲁迅外，能与古今自由对话的思想者则少而又少。但苦雨斋这个群体却保持了一种精神的冲淡与宁静。他们的高低不一的文本抵制了精神的粗糙，使我们知道超功利的挣扎与现实的挣扎同样不易。前者在中国的今天几乎成为稀有之物，而后者则不呼即来，土壤丰厚，至今亦流音不绝。我们讲文化要有一个生态，就是对稀有的存在的关注，使之还能在枯萎的园地里看到曾有的绿意。出现一个鲁迅很难，出现苦雨斋在今天也是梦中之事。有梦，是个不安于固定的冲动，总比无所事事要好。我们深知这样的神游也非海市蜃楼般的徒劳。

（摘自《群言》2009年第4期）

全球化时代的文化互动

方李莉

宗教与民族心理

到美国以后，我每星期都去教堂参加礼拜和查经班（即学习和讨论圣经）。从中，我一方面提高语言能力，一方面就此理解美国文化和美国人的民族心理。我认为，一个国家的民族心理与其传统文化有关，而传统文化的核心就在于其信仰，对于传统来说，这种信仰就在于宗教。虽然并不是百分之百的美国人都信仰基督教，但至少有一半的美国人每星期去教堂，而另一半人虽并不是如此虔诚，他们在心里也是敬畏上帝的。在美国彻底的唯物主义论者并不多，尤其是我所处的莱克星顿，据说属于圣经带，也就是基督教信仰比较根深蒂固的地带。

通过参加这些宗教活动，我对美国人以及西方文化，尤其是他们的民族心理，有了进一步的了解。圣经里写道：上帝按照自己的形象用泥土制造出了人，人的身体是泥土做的，但是上帝对着泥土做的人吹了口气，于是人就有了生命。虽然身体是泥土做的，但灵魂的出现却是因为上帝吹的那口气，因此人与上帝息息相通。因为人是上帝按自己的形象制造的，所以人具有上帝的某些特征，即自由意志与创造力。但人类并不能滥用它们，需要在上帝允许的一定范围中使用。为此，上帝在人的心中放进了上帝的律法——良心和道德，尽管不同的民族有不同的文化传统，良心和道德准则却基本相同。上帝制造出了人，并对人充满了爱，人却偷吃了伊甸园的禁果，蒙蔽了自己的内心，使世间充满罪恶。为了拯救人类，上帝派了他的独生子基督来到世间，传播上帝的福音，让人类迷途知返，接受最后的审判归向永生。

而圣经则是上帝给予人的启示，作为基督教徒要不断地诵读圣经，向上帝祈祷，建立与上帝的亲密关系。在中国，神在庙宇里，要祈求神，就需要到庙宇中对着神像烧香磕头。但基督教徒可以随时在心里祈祷上帝，没有神像也没有庙宇，上帝与人同行，与人同在。圣经中，最重要的原则就是赞美上帝，爱人如爱己，爱是其中最重要的内容，上帝有大能，而人是上帝的儿女，所以只要人向上帝祈祷，上帝没有不应许的。在基督教徒看来，人的一生并不是命中注定，因为人有自由意志，只要遵守上帝的律法，就可以支配自己的生活。在生活中如果有些事做不到，基督徒可以随时向上帝祷告，而上帝也必然会给予帮助。由此可见，信基督教的人并不信命，而是相信任何命运都能靠着努力和对上帝的祈求而改变，当然，与其说是对上帝的祈求还不如说是因为心里有上帝，做起事来更有信心也更踏实，许多事也最终真的都做成了。

而在中国人的传统信念中，人的命天注定，人们很容易认命而不相信自己的自由意志。一方面听天由命，知足者常乐；另一方面多做善事，以求改变命运。这样的人生态度尽管消极，但人心安宁，社会比较稳定，道德水准也比较高。但现代的中国人彻底改变了，人们不再信命，转而相信自己的自由意志；但也不再信神，心中的律法也就是良心开始模糊，物欲占据了许多人的内心，所以社会的公信力降低，而假冒伪劣、相互欺骗的事情却多了起来。还有一部分先富起来的富翁们宁愿去包二奶、铺张浪费，也不愿捐助社会。

在基督教国家里，许多富翁有了钱往往反馈给社会，投入到慈善事业，这与宗教信念有很大的关系。圣经告诉人们：“要嘱咐那些今世富足的人，不要自高，不要倚靠钱财，只要倚靠那厚赐百物给我们享受的神……要嘱咐他们行善，在好事上富足，甘心施舍，乐意助人……追求公义，敬虔，信心，爱心，忍耐，温柔”。所以在美国凡是信仰基督的人都非常乐于助人，在美国的不少中国人也都成了基督教徒。因为这些中国人刚到美国时，无一不是困难重重，语言不通，人生地不熟，处处都需要别人的帮助。在这种时候，往往是基督教徒很热心地帮助他们考驾照、找房子、办信用卡等等。久而久之这些受过帮助的人也开始参加教会活动，并成为基督教徒。

以前的中国教会，基督教徒大多来自香港和台湾，但现在大陆的已占了多数，且普遍拥有高学历，大多是到美国读博士或博士后，然后留在美国工作的。不少人在美国已扎根二十几年，工作体面，收入较高，他们是教会的主要支持者。在教会还能看到不少年轻学生，起初，大多数人只是为了扩大社交面或寻求帮助，到后来潜移默化也成了基督徒。

不久前，有位刚从中国大陆归来的美籍华人牧师对我们说，现在的中国政府比以前更加开放，尤其是在宗教信仰方面采取了更加宽容的态度。其实，处于人的心灵深处的宗教，涉及国民心理与国民价值观，没有任何一种文化能像宗教那样改变人的价值观与人生观。中国的佛教来自于印度，后来成了主流教派，融入到中国的文化之中，成为塑造人的灵魂的工具。基督教在中国的发展，或许也是改变国民心理的一剂药方，更或许是改变基督教的一剂药方，因为中国人不会仅是拿来主义，而会将其改变成更适宜中国人信仰的宗教。已经有人在研究基督教与老子及孔子学说之间的关系，并将其融合到中国的文化体系中，也许这就是全球化时代在文化上的互动吧。

基督教徒的见证

基督教徒的见证指的就是，基督教徒把自己在生活中体会到的上帝的恩惠当众讲出来。每个教会的查经班除了学习和讨论圣经，还常常会有基督教徒谈自己的见证。因为很想了解中国人是如何见证上帝的，我最近参加了一次中国教会的查经班。我被分到了其中的教育组，其成员都是大学的教师或学生。我听了两位教徒的见证，觉得很有意思。一位是刚来到肯达基大学当教师的中年男子，来自大陆，取得计算机博士学位后就成为一名公司职员。他说中国人在美国生活很不容易，他和妻子又有一个先天痴愚的孩子，如果不是加入基督教，他们的生活一定倍感压力。如今他们信仰上帝，心里不仅没有感到悲伤还时刻感受到上帝的爱，因为他们认为孩子是上帝对他们的考验。正因如此，孩子的成长比预期的顺利，还常常给他们带来一些意想不到的欢乐。这位教徒说有时在网上看到，大陆一些博士生因现代生活节奏太快和压力太大而自杀，他认为如果他们也能将自己交给上帝、信仰上帝，压力就会小得多。不久前，由于美国经济不景气，他被公司裁员了，但他并没有因此而惊慌，而是一边到处发简历，一边每天和妻子一起祈祷，终于他接到肯达基大学的聘用书。他说，并不是基督教徒因为有了上帝的庇护就不会有生活上的困境，而是因为他们知道有上帝时刻与他们同在，便有了一种安全感，再大的压力也只会将其看成是上帝给予的考验。

另一位教徒是一名39岁的女博士，她曾在深圳的一所中学教书，丈夫是当地有名的眼科医生，还有一个女儿，家庭生活非常幸福。几年前，她认识了一位美国牧师，在牧师的帮助下到美国进修一年，在此期间也曾参加过教会活动。后来她回到深圳，发现丈夫有了外遇，原本幸福的家庭因此破裂。她痛不欲生，只想离开那个伤心之地，便再次来到美国。由于她选修的是教育学学位，这类专业很难拿到奖学金，而她只带了8000美元，生活很困难。于是她想到了中国教会，教会也给予她最大的支持，在一位中国基督徒教授的帮助下，她拿到了全额奖学金，解决了经济困境。然后她开始一边努力学习，一边积极参加教会的工作，成了一位非常虔诚的基督教徒。后来她还通过网络认识了一位美国人，尽管来自不同的国家，语言不通，但仍然一见钟情，心灵相通。去年他们结婚了，她还把女儿也接到美国，丈夫将她的女儿视如己出，一家人生活得非常幸福。2009年7月她拿到了博士学位，正赶上经济形势下滑，专业又不热门，发出去的许多求职信都没有回音。但她仍很有信心，相信上帝一直爱着她，很快，她接到了一所大学的录用通知书。她说，对于如今所拥有的一切，她并不认为是自己的运气使然，而是因为上帝帮助了她；在性格和为人处世上她也改变了很多，变得谦卑、宽容。

这样的见证很朴素，没有我之前预期的发生什么离奇的故事。基督教徒们只是因为读了圣经，明白了很多做人的道理，他们因信仰而产生信念和信心，体味到生活的美满和知足。

暂时忘记自己是中国人

一天我在房间里写文章，吉雅（我的房东）走进来发现我使用的还是中文，便对我说，你应该暂时忘记你是中国人，只用英文说、写、思考问题，这样你的英文就会进步很快。

我承认她说得很对，但我做不到。我是教师，常有学生发来文章让我审读修改；我还负责一个学术部门，诸多事情还需过问；我还要经常完成杂志社和出版社的约稿；此外，我还在写博客，记录我在美国的生活，设想着也许若干年后，这可能是一份研究当今美国人生活的重要资料，甚或是研究当今中国学者如何看待美国的一份重要资料。如果我只是一个涉世不深的年轻学生，没有负担，没有研究任务，暂且忘记自己是中国人，每天只和美国人在一起，英语水平一定比现在高得多。

其实，我住在吉雅家，每天和她及她的家人生活在一起，聊家常，交流厨艺和对生活的看法，我的英文听力和口语水平已经提高了许多。一些中国朋友曾经问我每天只能说英文累不累，我说如果我不说英文，连狗都指挥不了，因为吉雅家那条能听懂人指令的狗也只懂英文。

不过每天我的英文水平也都在进步之中，因为虽然搬到了吉雅家，凯丽和茱利仍然每星期来和我交流英文。茱利帮我解决英语的语法和写作，而我和凯丽则采取互动的学习方式。凯丽学习艺术史，对中国的陶瓷艺术很感兴趣，所以我用英文给她讲解我曾经写过的一些关于陶瓷艺术的书，讲解过程中如果语法或单词错误，她及时帮我纠正。这样我既提高了英文，也帮助她了解中国的陶瓷艺术。就这样，虽然不能暂时忘记自己是中国人，但每天使用英文的时间还是比中文长，尽管很辛苦，但也乐在其中。

有时候，我觉得我也应该信仰上帝了，因为我现在十分庆幸自己有如此好的英文学习环境和理解美国文化的条件，这样的机会不是每个人都能轻易得到的。

不同的审美观

美究竟是主观的还是客观的？一直是美学领域里争论不休的问题。在美国，我算是感受到了不同文化背景下的不同审美观。

第一次感受到这种审美差异是我和阿美雅一起去理发。她有满头的自然卷，要是在中国这可是求之不得的事情，不少中国女性都会花钱将自己的头发卷成大波浪、小波浪等式样。而在美国恰恰相反，时髦的姑娘们同样要到理发店花不少钱，但却是将自己自然卷曲的头发拉直了。

我所熟悉的安迪教授的夫人华静，虽然气质不错，但皮肤黑，眼睛小，在中国人的眼里应该很难算得上是一位美人。不过我的美国朋友与她初次见面，都会跟我说华静长得好漂亮，尤其是她的肤色和眼睛。原来在美国人的眼里，黑皮肤是一种健康美的标志，而小眼睛则让人觉得含蓄和神秘。

当我告诉华静美国人说她长得很漂亮时，她却大笑起来，原来她从小就因为自己的小眼睛和黑皮肤自卑，没想到在美国这些却全成了优点。不过，她也因此愈加自信，每年回中国都会带一些富有中国特色的服装和首饰，开Party时把自己打扮得极具民族风情。

后来我留意到美国的电视节目里面的亚洲面孔，也总有一番异国情调。我想，这也许是因为华静和这些亚洲演员拥有许多他们没有的特点的缘故吧，正所谓物以稀为贵。

（摘自《群言》2013年第3期）

今天文艺批评还能做什么

解玺璋

中国的文艺批评，几乎是在毫无准备的情况下，突然遭遇了商业文化盛行这样一个时代。仿佛是在一夜之间，中国的商业文化像雨后春笋一般蓬蓬勃勃地生长起来。举凡文学、戏剧、电影、电视，以及后起的广告、游戏、服装、时尚，都被纳入一个庞大的生产、消费系统，在这个系统中，文学艺术作品的传播、接受过程，则被描述为消费者的消费过程。这样一来，消费就被置于至高无上，君临一切的地位，并将最终掌握和控制这个社会的文艺创作。于是，商品生产的逻辑就被引进到文学艺术作品的生产中来了。消费决定生产，就像当年革命决定创作一样，不仅使一切有利于自身的社会话语获得了存在的理由，而且获得了最终的合法性。所以，从商业文化的逻辑出发，一件文学艺术作品，其价值和意义何在？不再需要批评家说三道四，衡量的标准也不再是政治正确或艺术高妙，而是收视率、票房、销量、码洋、排行榜、上座率，这些可以用真金白银来衡量的指标，在很大程度上取消了传统文艺批评的价值判断和意义建构。有人曾经用“失语”来描述现实中批评的尴尬和窘境，也有人认为，商业文化从根本上是拒绝批评的。但为什么会有“失语”或“拒绝批评”这样的表象呢？在其表象下面，有哪些深层的原因呢？传统文艺批评对于商业文化有效性的丧失，它的无的放矢和无所作为，是根源于自身的缺陷，不能与时俱进，还是另有隐情呢？如何回答这些问题，关系着文艺批评能否走出当下的危机和困境，而未来文艺理论的基点和路径，也许就在其中显现出来。

文学艺术总是和一定的社会理想或人生理想相联系，创作是这样，批评也是这样。在中国古代，传统文艺批评大致可以分为两条路径，其一是以孔孟为代表的政教中心说，再一个是以老庄为代表的审美中心说。20世纪以来，前者为革命的批评话语所取代，后者则演变为审美的批评话语。但又有所不同。革命的批评话语将社会革命和民族解放直接设定为自己的政治诉求，它也讲“文以载道”，只不过这个“道”不再是封建时代的伦理纲常，而是救亡图存，是反帝反封建等一系列迫在眉睫的现实任务；而审美的批评话语，则把文学艺术纳入“美学视野”，并确定其审美活动的非功利性和独立性，认为它具有“神圣之位置与独立之价值”，但又不同于庄禅物我两忘式的怡然自得或自我陶醉，其目的亦不在解脱、消遣和自适，而在于强调文学艺术的自身目的。这两种批评话语在1949年以前互为消长，各有所长；1949年以后，革命的批评话语曾一度上升为批评的主导，甚至成为唯一具有合法性的声音。那是一个万马齐喑的年代，这种情况一直延续到1980年代，才开始发生一些松动和变化。首先是党和国家的政治诉求由阶级斗争转向大规模的经济建设，需要广泛动员各种社会力量。于是，人的价值就凸显出来，而革命时期在“人”的身上留下的现实的“伤痕”，也需要尽快地抚平。由此便引发了人们对于“革命”本身的反思，以及对人道主义的重新认识。正是这一现实情境的根本变化，为“革命”与“文学艺术”的剥离准备了社会条件。文学不再被看作是某个“阶级”的文学，而是“人”的文学。“文学是人学”这一命题的内在隐喻，正是要坚持上述“革命”与“文学艺术”的剥离。实际上，1980年代的“人道主义热”和“美学热”同时发生，绝不是偶然的。人道主义认为，人的本质是自由的，美学也认为，美的本质是自由的。在这里，人道主义和美学都成了无所不包的“自由学说”，而审美的批评话语也就把“自由”写在了自己的旗帜上。

从这里可以看出，革命的批评话语是以革命的人文理想主义为其信仰的，而审美的批评话语则以自由的人文理想主义为其信仰。自1980年代以来，人们先是经历了“革命的人文理想主义”的幻灭，并以“自由的人文理想主义”取而代之；不久，“自由的人文理想主义”也在迅速地走向高涨的同时，迅速地遭遇了现实挫败，只是这种挫败不仅来自政治方面，也来自突然爆发的商业文化方面。商业文化以不可阻挡之势向社会的各个方面渗透，并大肆张扬自己的以享乐主义和金钱至上为表征的人生理想和价值观。按照商业文化的逻辑，作为消费者的观众或读者，他们看一部电影或电视剧，到剧场看一场演出，或读一本书，只是要从沉重的工作和生活的压力中解脱出来，使自己的身心得到释放和缓解。所以，他们不需要沉重、痛苦和深刻，他们要的只是轻松、快乐、消遣、刺激。他们甚至还嘲笑沉重、痛苦和深刻，质疑获取意义的必要性。他们有一句名言：个人与社会相抗的自由是危险的，但是个人获取物品的自由则是无害的。因此，他们无需冒着危险去争取与社会对抗的自由，而只需让自己的钱包鼓起来，就能得到消费的自由。“不差钱”的流行，正是这种商业文化逻辑的体现。面对这种商业文化的逻辑，无论你是革命的批评话语，还是审美的批评话语，实际上都只能处于无话可说却又不能不说而且说了也是白说的境地。

值得注意的是，上世纪90年代以来，所谓解构的批评话语，在中国，几乎是与商业文化同步登场的。由于这种批评理论主张取消深度模式和等级秩序，主张对形而上学所建构的意义世界进行质疑并指出它的虚妄，它不仅不再创造“意义”，不对作品的意义进行阐释，而且还要指出意义的虚构性，并从根本上导致意义的虚无和空缺。恰恰是在这一点上，解构的批评话语与商业文化达成了一种默契，从而获得了一种理解和表述商业文化“意义空缺”之现状的理论批评方式。陈晓明发现了这种很“有意思”的现象，他说，在中国，“深度”的拆除并不像在西方那样，主要是一种理论批判的结果，更多的倒是历史现实运作的结果。他曾指出，在中国的理论批评家尚未动手“解构”之前，那“深度”（意义）已经自行解构了。我们也许应该庆幸解构理论和批评策略的引进和介绍，让我们拥有了可以描述和表达这一解构的话语方式，但是很遗憾，这种理论在翻译和转述的过程中，特别是在实际应用于中国现实的过程中，它的革命性和“纯粹”的批判立场，其实是被遮蔽，甚至是被阉割了。它的关于自由主义理想的许诺，在我们这里仅仅被理解为文化等级制的瓦解，以及对理想和信仰的逃避。问题在于，我们的现实性是否已经发展到可以放弃理想和信仰的阶段呢？游戏和娱乐是否真的可以达成社会的和谐呢？尽管我也不喜欢整体性，不喜欢本质化，不喜欢形而上学，但我也不希望解构主义将所有的批评庸俗化为语言的游戏。实际上，在中国，对现实的抗拒与批判一直是一种被迫进行的生存选择。在这里，压迫远远不只是一种话语，还是一种活生生的、触目可见的现实。这正是当下中国人需要理想和信仰的现实性基础。在当下，做一个中国人，就意味着既要批判形而上学，又要追求形而上学，这种双重要求恰恰构成了我们内心的全部冲突和痛苦。

由此可见，在商业文化盛行的时代，文艺批评的乏力和困顿，或者说，文艺批评的有效性的丧失。究其原因，绝不在于批评家的“失语”，即丧失了言说的能力，而在于不知道说什么，也就是“什么”的遗失；其二，也并非商业文化“拒绝批评”，而是批评立场的丧失，使得我们只能认同或迁就商业文化的逻辑，甚至用“凡是现实的，都是合理的”来安慰自己，不加批判地、全部或者部分地接受商业文化的理想和信仰。因此，我以为，要恢复批评的自信心和有效性，首先就应该从找回丢失的“什么”开始，这个“什么”，也就是文学艺术的“终极所指”或“意义本源”，具体而言，则表现为人文理想主义所体现的历史、现实、未来、人与真理。也许我们永远无法回到固有的理想信仰中去了，但我们也绝不能忍受意义的虚无而漂泊于精神的荒原。

（摘自《群言》2009年第10期）

作家之所以伟大

凸 凹

在现实中，作家的额面上，并没有特别的标签——趋暖避寒，喜乐悲苦，与常人是一样的。一如香樟与臭椿，即便暗里的气味有些不同，但在大地之上，不过都是树而已。

既为常人，就意味着，腋下流的绝非是香汗，谈咳之间也多俗语方言，且逢名利也生攫取之心，遇美色也会动枕席之念，行止之间，都是凡夫俗子的做派。形状之种种，从作家们的传记里，是不难找到例证的。

梭罗的《瓦尔登湖》可谓高品，但现实中他却是个穷人，偶有收益，舍不得上税，为了逃避惩罚，躲进爱默生的庄园里，筑木屋而居，大唱“生活简单，精神富足”的圣明之歌。细细想来，这不过是末路穷途之后的孤芳自赏，因为没有“物质”，索性就“反物质”，多少有些表演的性质。《瓦尔登湖》在当时是冷的，现在的热，是因为这个世界欲望膨胀，人有“物化”征象，他的“精神原则”正可用来反拨。他的名誉是后世所赐，意外所得。

俄罗斯人有“重理性”的整体特征，但马雅可夫斯基却是个躁动不安的人，时而激烈，时而抑郁，时而坚定，时而犹疑。在一般人眼里，他是个“心智不全”的人。这样的一个人，之所以成了神坛之上的人物，理性反思之后，不难发现，那个时代也是患了“多动症”的，他是被社会赋予了与之相适应的一个角色——在这个角色上，他要完成一系列规定动作，要不停地“摆姿态”。这时的艺术，它关心的不是人，而是人的形象，人的形象（社会形象），要比人本身高大。

如果只读卢梭的自传《忏悔录》，感觉他温柔善良、纯洁优雅，几近于完人。但读了他同时代人的记述和后人的研究，便不得不很遗憾地发现，他原来也是个善“摆姿态”的人。他不尽父责，把亲生儿女全送进公益机构，却以《爱弥儿》那样的鸿篇巨制大谈特谈对青少年的教育；他对感情不忠，对华伦夫人始乱终弃，却在《新爱洛漪丝》中为妇德编制近乎苛刻的道义原则；既然以思想启蒙为重，主张自由、平等、博爱，却与同是启蒙家的伏尔泰、狄德罗毫不见容，誓死为敌。16世纪最有影响的思想家蒙田，是卢梭的思想之源，其自传体《散文集》有不可泯灭的智慧光芒，但卢梭在提到本师之时，口气却大为不敬：“我把蒙田看作是伪诚实的领头人物，他的讲真话也为的是骗人。他虽暴露自己的缺点，但是只暴露一些可爱的缺点。蒙田把自己画得酷似本人，但是只画了个侧面。”然而在我们看来，卢梭和蒙田在精神上的亲缘关系，使蒙田在《散文集》中得出的结论，如“懂得光明正大地去享受自己的存在，这是绝对的、甚至可说是神圣的完美”，正暗合了卢梭自己在《忏悔录》的叙事底色。卢梭说到蒙田时的气势汹汹，或许更说明他恨自己没能完全摆脱蒙田著作的影响。事实上，卢梭的高明之处就在于，他把自己摆在受奴役、被迫害的位置上，因而建立了一种进入人心的道德优势，一如帕斯捷尔纳克在《安全保护证》中所说：“艺术为奴役者兴建宫殿时，人们是信任它的。人们以为它在分担共同的见解，而日后又会分担共同的命运。”卢梭的力量，是他懂得如何不露声色地利用了人间的悲悯与同情。

不摆姿态的人是有的，譬如帕斯捷尔纳克。

他的《安全保护证》和《人与事》两部自传写的是那么平实、质朴，从他身上看到的是一种属于“众”的凡常人生。

他出生在莫斯科郊区的一个叫别列捷尔金诺的小村庄，7月暑天，他光着脊背埋头侍弄马铃薯，入冬以后，他到树林里去捡枯枝，取暖、煮食小牛肉。他的吃相与辛劳之后迫切需要食物的农民一样，顾不得雅驯而只是为了饱。他远离文坛，经历大自然的自然变化——朝暾、夕阳、雨润、霜寒——并为此欣喜若狂："大自然，世界、宇宙的秘密/我全身带着玄奥的战栗激情/流着幸福的热泪/守护你那永恒的使命。"

他在歌颂大自然的诗中，出现的最多的一个词：感恩。"感恩吧，你的赐予比索求多！"这样的感情基础，使他心中有敬重，对托尔斯泰那样的从时间深处走来的人，衷心景仰，"以至于我们全家上下都渗透了他的精神"。所以，对待创作，他取持重的态度，对一切匠气的、而不是出自真心的创作，都加以鄙视。他面向大地的本真与人类质朴的感情进行创作——楚科夫斯基记述道，"帕斯捷尔纳克把描写眼前的细节看成是艺术家对待自己的素材应有的认真态度。他认为背叛准确性就是背叛艺术"。帕斯捷尔纳克自己说，现实主义，几乎是艺术家唯一的创作原则，能对生活的瞬间做准确的描述，艺术家才能登上现实主义的高峰。在生活面前，不能有丝毫的放纵，不能有任何的妄想，否则，就是"演戏般的高调"、"造作的激情"、"虚伪的玄奥"和"矫饰的谄媚"。

他干脆说，现实主义不是什么文学流派，而是写作的最高准确性。

他认为，要实现这种准确性，对现实做认真的观察是基本的态度，但在忠于现实的同时，要有自己的主观思考，"成为自己的而不是别人的现实主义"，最终揭示本质，给客观事物赋予"喻示"意义。所以，艺术作为活动是现实的，作为事实是象征的——准确的描绘，就是从大自然那里得到"借喻"，以鲜活生动、撼人魂魄的形象说话。

"生活啊，我的姊妹，你今天还在蔓延/你像春雨，撞在哪儿就在哪儿碎身/可是人们佩戴垂饰，高傲而不逊/像燕麦田中的毒蛇，谦恭地整人。"这是帕斯捷尔纳克抒情长诗《生活啊，我的姊妹》中的一节，"燕麦田中的毒蛇"，绝对是现实的，而"谦恭地整人"，就是文字之外的象征意义了。

所以，准确的描写，鲜活的形象，自己就会站出来说话。

品藻之余，直让人感到，所谓象征主义、意象主义、浪漫主义、现在主义，等等主义的文学流派和样式，都是现实主义文学的衍生与孕育。作家的伟大，也好像并不取决于他自身所散发出的光芒，不过是生活的浩瀚之光，从他狭小的指缝之间，折射到苍白的纸面上的一二缕而已。

所以，谦卑地垂首，反而是一种荣誉的风范，因为身姿一旦放低，反而更能进入生活的内部，更能得到“核心的核心”，呈现出更为本质、更为独特的意义，艺术的不朽，或许就这样渐渐地近了。

事实也正是这样。在当时独领风骚、遮天蔽日的马雅可夫斯基，到了今天，人们干脆就忘记了。而帕斯捷尔纳克却从历史的覆盖中，闪身而出，呈现出经久不衰的魅力。且不说那一部具有金子一般质地的《日瓦戈医生》，即便是他早期的诗歌，也摇曳生姿，让人百读不厌，与伟大的里尔克、茨维塔耶娃一道，让人景仰，并像他们之间那样“纯粹的爱”一样，我们也爱得甘心情愿。

他伟大在自己的“准确性”之中。

（摘自《群言》2010年第11期）

陈独秀：天地独行一孤虻

方　宁

每次提到陈独秀，我总是会马上联想起苏格拉底和他著名的“牛虻论”。公元前399年，哲人苏格拉底被以民主制著称的雅典指控为不信神和带坏青年。在雅典公民法庭面前申辩时，他将自己比喻为是神赐予雅典的一只“牛虻”，在他看来，雅典社会就像一匹“良种马因肥大而懒惰迟钝”，需要牛虻不时刺激，才能不断前进。在这里，苏格拉底指出了知识分子作为社会良心的重要作用，他们是一个社会历史、现实的观察者和批判家，是始终推动社会进步的重要动力。苏格拉底也以其一生的执着追求和惊鸿之死，成就了一代伟大理想主义者的典范。美国学者波斯纳认为，无论怎样的社会，都需要有一定数量的“牛虻”，这些“牛虻”冲击着社会麻木的思想，对僵硬的常规发起挑战，对抗所谓的正统和教条。这些“牛虻”就是有理想、有担当的社会知识分子。在20世纪的中国，文人陈独秀正是这样一只特立独行的“牛虻”。

陈独秀一生的思想经历和革命实践极为曲折复杂，在多变的社会历史环境下，历尽坎坷而发生过多次深刻的变迁。但终其一生一以贯之的，是他对国家社会的关心和热爱，对民主自由的向往和争取。推进国家和社会的进步是其毕生的追求，一切落后、愚昧、教条的东西都是他的敌人。他说：“我个人的意思：觉得‘社会生活向上’是我们的目的，政治、道德、经济的进步，不过是达到这目的的各种工具。”生命不息，则前进不止。从早年参加科举考试到组建参加反清组织，从参与辛亥革命到发起五四新文化运动，从推动思想启蒙到创建中国共产党，从最初的不谈政治到后来身处政治漩涡，直至晚年避居偏远小城，陈独秀始终秉承自己的理想直道而行，他绝不受各种旧有理论框架的羁绊，也不服膺于任何没有经过自己独立思考和认识理解的理论，不屈从于任何政治或学术权威的价值独断。为追求真理和理想，他不怕打、不怕杀、不怕坐牢，不为世俗所理解，最终在贫病交加中孤独死去。他的同乡兼挚友胡适曾评价他是“终身的反对派”，陈独秀也认为“实是如此”，但他说并非是故意如此的，乃是社会事实迫使其不得不如此。

陈独秀是真正的理想主义者，追求独立思考和思想自由。他提出“我有口舌，自陈好恶；我有心思，自崇所信；绝不认他人之越俎，亦不应主我而奴他人：盖自认为独立自主之人格以上，一切操行，一切权利，一切信仰，唯有听命各自固有之智能，断无盲从隶属他人之理”。“我决计不顾偏左偏右，绝对力求偏颇，绝对厌弃中庸之道，绝对不说‘人云亦云、豆腐白菜’不痛不痒的话，我愿意说极正确的话，也愿意说极错误的话，绝对不愿说不对又不错的话。”“我只注重我自己的独立思想，不迁就任何人的意见……我不受任何人的命令指使，自作主张，自负责任。我绝对不怕孤立。”

民主科学是陈独秀终身秉持的基本价值。他以难得的博大胸襟和世界眼光，审视着中国社会的一切，吹响了思想解放的号角，开启了文化革新和思想启蒙之路，推动了中国近代民主科学思想文化的形成和发展。他使民主科学走出书斋，进入普罗大众的视野，并使得这些观念更加深入人心，威望无以复加。正是他提出了“德先生”、“赛先生”的形象说法，使它们成为那个时代最流行的词语之一，深深影响了几代中国人，至今还在人们的耳际回响。更为重要的是，他以民主科学为突破口，对一切专制伦理进行了系统、彻底的批判，冲破了传统思想文化一统天下的阻碍和藩篱，为各种先进思想和文化在近代中国的自由传播和发展提供了基础条件，在思想领域开启了百家争鸣的局面，推动国人的思想由前现代向现代转变。其晚年经过一系列的挫折与反思，体悟到更高层次的思想综合，形成了具有世界主义眼光的民主社会主义观念。

陈独秀是坚定的爱国者，但从不盲目爱国。1914年陈独秀即发表了《爱国心与自觉心》一文，站在理性主义和民主主义的角度，对狭隘的爱国观进行了猛烈的批判。他激动地说："国家者，保障人民之权利、谋益人民之幸福者也。不此之务，其国也存之无所荣，亡之无所惜。""盖保民之国家，爱之宜也；残民之国家，爱之也何居。"在面对"恶国家"与"无国家"的两难选择时，陈独秀得出"残民之祸，恶国家甚于无国家"的结论。他反对非理性的盲目爱国，寻求理智的宪政下的爱国主义，提倡以人权的保护为基础、以个人的解放和自由作为终极目的的爱国主义。1919年五四事件之后不久，他又发表《我们究竟应当不应当爱国》，大声疾呼"我们爱的是人民拿出爱国心抵抗被人压迫的国家，不是政府利用人民爱国心压迫别人的国家。我们爱的是国家为人谋幸福的国家，不是人民为国家做牺牲的国家"。

陈独秀就是这样一位特立独行、复杂多面的人物，评论家们往往将其誉为盗火者普罗米修斯，这大抵也不错。陈独秀确是普罗米修斯式的革命者，为近代中国盗来了民主科学的天火。但革命本身也并不是陈独秀追求的最终目的，在他看来在革命之上还有更高的价值，革命往往是不得已而为之的。那种不能推动社会进步的所谓革命，即使其理论再华丽、口号再动听，也只能是作乱而已。他说："我们为什么要革命？因为现在社会底制度和分子不良，用和平的方法改革不了才取革命的手段。革命不过是手段不是目的，除旧布新才是目的。若是忘了目的，或是误以手段为目的，那便大错而特错……这种无目的之革命，不能算革命，只能算作乱。"以普罗米修斯式的革命者喻陈独秀，还难以完全概括他人格的全貌和核心特质。因此，在笔者看来，作为一代有担当的独立知识分子，陈独秀反对任何的道统论者，始终与各种势力采取不合作的态度，他更像是苏格拉底式的社会先知，是独行天地、永不停歇的社会"牛虻"。

（摘自《群言》2011年第5期）

老舍的真魂

孙　郁

先前搜集北平史料，读到日伪时期的文字，常常气闷。沦陷区的文人有气象的文章不多，逃出城门的文人却写出诸多不凡的作品。我注意到，抗战爆发时，老舍在济南发表了怀念北平的短文，带痛的眷恋久久不散。他到了重庆，谈论家乡的文字更为苍凉。关于帝京，写得很有感情，那些感受慢慢都集中到几年后的《四世同堂》里了。我第一次读《四世同堂》，是30年前。忘不掉的是四合院的人影、胡同里的叹息，和跑在路上的车夫们。太阳旗下的北平一片灰色，故事就在这恐怖里开始了。沦陷的北平人如何地挣扎，怎样地度日，都写得精妙。不过年轻的时候读这本书，觉得有先验的理念在，所以印象不及《骆驼祥子》刻骨。为何有这样的感受，自己也觉得奇怪，也许那时候正沉浸在唯美主义阶段，所思所想，都有些怪诞也说不定的。

《四世同堂》被许多人所熟知，乃因了电视剧的演播。可惜我没有看过那出剧，不知样子如何。据说放大了小说的主题，人物多样、鲜活，加之爱国的激情，自然有别样的意味在。老舍的不凡，在于从芸芸众生看出人世的玄机，市井里的奇观可借其文本而转到别的艺术门类里。他的神魂，在戏曲、绘画和诗文间都能跳来跳去，泥土里升腾的美，一洗士大夫的陈腐气，爽朗得让我们心跳。

我曾经想，有的作家的文字只能看，一朗读起来就失去了味道，废名的作品如是；也有的作家的文本，看和读效果都好，尤其是朗读，在舞台上吟诵，意象可以放大的。老舍的书几乎都可以如此。他的小说在舞台上转换的成功，似乎已经注解了内中的道理。

把老舍的精魂立在舞台，需要多维的空间。多年来京味儿话剧走的是这条路子。但是模仿老舍的作家，气象上都少了点什么。他其实别有深意在，我们的一些仿照者被其形式吓住了。比如老舍懂一点神学，了解西洋的国民性。他是在与西洋人性的对比中来写帝都人的世界。今人似乎放弃了这样的视角，或者基因里就没有这些。那得到的不过老舍的形，离灵魂世界殊远。面对老舍，其实不那么简单。

话剧界纠缠老舍的京味很久，曾经看过一些京味的剧本，可是我自己没有舞台的感觉，也无法分清其间的道理。但暗自期待老舍精神的还原，喜欢看看真的京味儿话剧。后来田沁鑫执导的《四世同堂》搬上舞台了，恰好被朋友拉去看这部话剧新作，自然是兴奋，带着一种期许，似乎也想找到老舍与旧都间的气味。那一天的天挺冷，剧场却是热的。我看过一些外国名作改编的话剧，都有幽魂的流动，暗暗袭着人心。《四世同堂》也会如此么？果然那天的印象很好，全剧真的别具新意，时空的处理和人物的穿插，都有特点。舞台设计得朴素、有味儿，故事的片段不失原作色调。满台的悲欢喜怒，夹着一段民族的屈辱史，在观众的眼里荡来荡去。奴才、庸众、斗士，演出的是一出民族的生死剧。那一刻感到了导演的心绪，她在老舍那里找到了一种心灵的呼应。死灭、独吟、呐喊都散落在此间，真的漂亮得很。

大约12年前，在上海看过田沁鑫与林兆华导演的京剧连台本戏《宰相刘罗锅》，很有海派的意味，京剧的格式被打破了。后来看到她执导的有关田汉的剧，名字忘记了，就有现代主义的痕迹。革命与情欲间的莫名的魔力延伸着，手法亦奇。但处理老舍的文本似乎不能如此。因为那里有庄重的声音。古老的帝都内百姓的挣扎，无望的泪光和反抗者的身影，只能以悲壮的调子为之。其间也有反讽，有诘问，但多的是民族的尊严。这场演出，钱先生的坚韧，祁老太爷的叹息，瑞宣的苦思，冠晓荷的无耻，大赤包的贪婪，都形象逼真，画出了老北京百姓的众生相。想一想，审美的尺度与老舍是暗合的。

田沁鑫是个懂得艺术要义的人，但也不拘泥在唯美的氛围里。知道面对老舍要有一种精神的敬意。她处理人物的出出进进，和战争里的世象，知道要烘托什么，割舍什么。于是流风转动里，喧哗后有静思，恐怖间藏着浩气。被死亡缠绕的胡同与老街，亦有绿色的萌动。看芸芸众生的起落悲欢，总有伟岸的存在。这个基调把握得很好。老舍自己的陈述和演员的对接，在此浑然一体。那也提醒着观众，我们在造访一段远去的韶光。那一切，与今人并非无关。在变动的古城，美丑间的较量从未停止过。

早期的老舍有些灰色，幽默里的无奈是拷问国民性的。他的转变，来自抗日。国家的概念和民族自立的精神驱走了往日的寒气。《鼓书艺人》是其转变的标志之一，开始从小人物的命运里看国运的兴衰，只是线条还过于淡薄。可是到了《四世同堂》，乃宏大的叙事，人物多了，故事多维并进，荡出道道涟漪。田沁鑫大概欣赏老舍的这一复杂中的纯粹，将其精神的隐秘提升出来。老舍的价值是从民俗民调里读出爱恨，从口语里疏散出人间的冷暖。《四世同堂》叙述的口吻没有一点文人气，和一般的布尔乔亚的笔意亦有距离。田沁鑫意识到这个优长，自由分配的时空很多。人物不是教条的面孔，尽量贴着精神展示性格。在话剧舞台还原文学的经典，且以新颖的手段强化历史感，对今天的观众来说，是没有隔膜的吧。

《四世同堂》是很中国的名字，看上去有点老气。它不是单纯的老北京的故事，而是一直纠缠着诸多现代性的难题。因为描述了东洋人的侵略嘴脸，还有西洋人的文化背景，作品的意味就复杂了。这里有主奴问题，男女问题，新旧问题，操守与失节问题。生活在变异里多维化了，人的文化理念也随之变迁。比如瑞宣本来喜欢新诗，爱看现代洋人的作品，可是亡国之际，也忽然悟出陆游、文天祥诗文的妙处。古人的血性，飘然而来，呈现着新旧的纠结。老舍的思想里，有东方人的气节和仁爱之心，这使他有了旧文人的傲骨，但时时又存在着一种现代性的审视。田沁鑫注意到了这些。北京人喜欢老舍笔下的对白，大概是飘散着古今与中外不同变调的缘故。

当代的话剧剧本，可反复阅读者殊少。那些专业话剧作家似乎找不到灵魂，而一些小说作家进入剧本的写作，又不免多是话剧腔，鲜有曹禺、老舍的味道。老舍的小说易立在话剧舞台上，原因很多：一是颇有生活气息，人物是活的；二是故事性强，有可截取的诸多片断；三是有悲悯的感情暗藏着，那种大爱之痛隐隐地弥散着，显得那么浑厚。有此三种，则巍巍乎如山，洋洋兮似海。田沁鑫在此可以找到一种智力的源泉，在自己心内构建出一座历史的城堡。后人对一部辛酸史这样理解，可以无憾矣。

但画出老舍的魂不易。他的爱恨，都在那些声调中。我们看原文，对白都很讲究，土语里飘着诗意的因子，让我们暗自销魂。《四世同堂》乃怀乡之作，拳拳之忠，回肠荡气，语调里有民俗的美质在。话剧要再现老舍的精神形象，不太容易，导演与演员，专注于故事与人物性格者多，体味原作者的普度众生的慈悲有限。这需要内在的功夫。也许话剧的形式本身就可能遗漏小说的意味。以小说家的韵致要求话剧的表演，自然也有强求的一面。

从天桥剧场走出，在冬夜的大街慢慢回味舞台的故事，内心有一种快慰。似乎有了一次与老舍面对的机会。我一直觉得小说《四世同堂》的意图过于分明，并非作者的代表作。可是在话剧里却看不到这些了。那原因是老舍语言的魅力。说起语言，我们当代的作家要感到惭愧。百姓间交流时的那种深湛的智慧与趣味，深矣广矣。只要有爱心的人都能悟到什么。可是后来的北京语言的表达，除了王朔等少数作家外，能有表现力的不多，导演们也只能从老舍这样的经典里领悟艺术的灵感。因我们不争气，显得老舍的不凡；也因老舍的不凡，我们才知道艺术的路不是玩出来的。对经典、对舞台敬畏的人，才有资格与我们的前辈从容地对话。现在能解先驱之味者，确乎少了。

（摘自《群言》2013年第9期）

应历史地、辩证地审视梁漱溟的思想遗产

——兼论“伦理本位，职业分途”

马　驰

梁漱溟在中国思想文化领域有着突出的贡献，后人了解梁漱溟，莫过于当年在延安他与毛泽东就“如何建设一个新中国”进行辩论，针对西方社会“个人本位”、“阶级分化”的特点，梁漱溟提出了他认为的更加符合中国社会现实的“伦理本位”、“职业分途”的观点。当时的毛泽东则十分强调阶级和阶级斗争的作用，梁漱溟不同意的正是这一点。他认为，外国的中古社会，贵族与农民阶级对立鲜明，但中国的中古社会贫富贵贱不鲜明、不激烈、不固定。有句老话叫：“朝为田舍郎，暮登天子堂；将相本无种，男儿自当强。”因此中国社会阶级分化和对立也就不鲜明、不激烈、不固定。根据这种分析，梁漱溟提出“伦理本位”、“职业分途”。“伦理本位”是指中国家庭和社会的重要原则，像父慈子孝，兄友弟恭，夫妻相敬，亲朋善友，等等，即注重义务；“职业分途”，就是社会分工，人人尽责，做好本行，则社会就能稳定、发展。即便当时两人也相持不下，谁也没有说服谁。

斯人已去，在此我们无意充当历史的审判官，但深受了几十年“左”的路线之害，特别是经历了十年“文革”噩梦，我们对阶级斗争学说，对阶级斗争扩大化可能造成的恶果，已经有了深刻认识，对时下社会上一些权钱交易、官商勾结更是深恶痛绝，在此基础上，对梁漱溟“伦理本位，职业分途”似乎也有了一些新的体会。历史唯物主义告诉我们，我们讨论

所有的问题都不应离开特定的历史语境，认真梳理、审视、研究梁漱溟的思想历程，从历史的、辩证的视角重新审视梁漱溟的“伦理本位，职业分途”思想，对廓清中国现当代思想史、文化史，仍然具有重要意义。

从历史的维度审视“伦理本位，职业分途”

梁漱溟的重要思想集中体现他在五四新文化运动后期发表的《东西文化及其哲学》，以及在国共两党激烈冲突时出版的《中国文化要义》等著作中。《东西文化及其哲学》以大无畏的勇气批评新文化运动“向西走”的不对，公开宣称他就是要“向东走”，宣称世界未来有待于中国文化的复兴；《中国文化要义》基于他对中国社会实际的观察与研究，提出中国社会的基本特征是“伦理本位，职业分途”，以此否定阶级斗争理论，认为自己多年来进行的乡村建设才是中国的唯一出路。甚至直到1950年代中期，梁漱溟这一信念都不曾动摇。然而，我们看到，经过几十年的“思想改造”，1980年梁漱溟与艾恺对谈的时候，他对自己思想文本的解读已经不是依据先前的信念，与研究者的观察也大相径庭。他不再坚持“向东走”，不再反对“向西走”，相反，连他自己都有到欧美走走的意思不断流露。在对自己先前著作进行评价时也不再像先前那样自负。尤其耐人寻味的是，在尘封70年后出版的遗稿《中国文化的命运》中，我们看到的仍然是他在重新阐释中国民族性的缺点、中西社会构造的不同、“伦理本位，职业分途”等老问题，可见他对中国社会的基本认识并没有变化，他的学术立场并没有随着中国社会转型而转变，由此我们有必要重新审视“伦理本位，职业分途”等老问题。

梁漱溟早年通过他在山东农村的实地考察，并结合对中西社会内在结构差异的比较研究，从历史、现实、未来等几个切入点对中国社会特殊形态进行了剖析，并以此作为中国前途当然选择的根据。梁漱溟认为“中国非一般国家类型中之一国家，而是超国家类型的”。与其称为国家，不如将其作为以伦理关系为纽带，以伦理情谊为主要维系手段的“文化共同体”。这与西方以个人为本位，以集体利益和集体生活为必要手段并作为个人赖以生存的公共基础不同，中国人整体意识和对整体利益的关注则贯彻在动态的人伦关系之中，由此也导致了公共意识的淡漠和公共生活的松弛。可以说，西方人始终在集团生活和个人权利两个端点的矛盾纠葛中进行选择。中国人由于缺乏集团生活或公共生活也就无从映现个人问题，当然也避免了个人与集团之间的紧张和冲突。中国表面上松散形式的背后却有着以文化认同为内在根据的自我调节力和凝聚力。以职业分途代替阶级对立，特别是以义务为出发点的道德调节，实际上是建立在对人性自信基础之上，并充分弘扬了人类的道德可能性。中国哲人的早悟及其文化的早熟，特别是其社会模式的设计，恰恰代表了人类的未来。它不仅为以伦理为本位组织社会和以德治国提供了理论根据和现实可能性，更为重要的是，印证了中国社会的现代选择只能以此为参照系有所损益而别无他途。梁漱溟认为中国人的国家观念实际上是家庭或家族关系的某种放大，因此从理念上没有利益的冲突和关系的对立。在对外关系上，则表现为对抗性的缺乏。与其说国力的角逐，不如说是更关注文化上的认同。而所谓“天下”者，在更准确的意义上，是一个文化共同体的概念。中国历史上的“常被异族蹂躏，是其失也；蹂躏我者不久便同化，是其得也……盖其结果，常增加‘中国人’之组成分子，而其所谓‘天下’之内容，乃日益扩大也”。梁漱溟认为，中国之所以如此，是基于“理性”的选择并选择了“理性”。

在社会与个人相互关系上梁漱溟认为，中国与西方社会有很大的差异，中国的特殊性就在于从家庭出发而不止于家庭，是以伦理关系组织社会。一切不仅在“理”中，更在“情”中。“必须用‘伦理本位’这话，乃显示出中国社会间的关系而解答了重点问题”。人生将始终在相互关系中生活或其本身就表现为诸多关系。这种种关系，就是种种伦理。家人父子是其天然的基本关系，故伦理首重家庭。父母总是最先有的，再则有兄弟姐妹。长大以后，夫妇、子女、宗族、戚党遂由此而生。在社会上，于教学则有师徒；于经济则有东伙；于政治则有君臣官民；遇事相互扶持，则有乡邻朋友。总之，随着一个人年龄的增长和生活面的拓宽，渐有其四面八方若近若远数不尽的关系。是故“伦理始于家庭，而不止于家庭”。伦理关系，既是情谊关系同时也是相互间的一种义务关系。“每一个人对于其四面八方的伦理关系，各负有其相当义务；同时，其四面八方与他有伦理关系之人，亦各对他负有义务。全社会之人，不期而辗转互相联锁起来，无形中成为一种组织。”

伦理本位的社会在经济上表现为：财产既非个人私有亦非社会所有，而是“共财”或“通财”。也就是说，凡在其伦理关系之中者，都可直接或间接地有份。在政治上，“但知有君臣官民彼此间之伦理义务，而不认识国民与国家之团体关系”。不但整个政治结构纳入伦理关系之中，抑且其政治理想和操作方法，也无不出于伦理而归于伦理者。中国的理想是天下太平，其主要内容不过就是人人在伦理关系上做到恰到好处，大家相安相保，养生送死而无憾。自古所谓“孝治天下”，不更说明了人们政治行为和政治运作的伦理性质吗？

梁漱溟认为，既然中国社会是伦理性质的，那么就不存在所谓阶级或阶级对立的关系，至少衍生于西方的阶级内涵在中国是不存在的。人们之间的区别和地位的差异，缘于相互需要的社会分工或职业分途。他以官制为例指出，历朝官吏虽享有统治权，但既非世袭，亦非终身，只不过居于一短时期代理人的地位。同时，做官的机会是向全社会开放的。任何人都可以读书，任何读书人都可以应考。新陈代谢，只要德才兼备大多都有升迁的机会。“这样，统治被统治常有时而易位，更何从有统治被统治两阶级之对立？”总之，在中国耕与读之两事，士与农之两种人，其间气脉浑然相通而不隔。士、农、工、商之四民，都是组成广大社会之不同职业。其不断调整和转换，从而彼此相需，彼此配合。

显然，梁漱溟对中国当时社会结构或特征的把握是偏颇的，甚至是错误的。他的致命伤是以偏概全，用一时、一地的个别现象代替了普遍现象，作为一个书生，他确实没有看到中国社会阶级压迫、阶级剥削的普遍性。又由于他深受儒家文化的影响，夸大了中国社会的特殊性而否认了人类社会历史存在的普遍性。所谓伦理本位者，实际上是以主观的好恶或幻想中的模式来裁剪或重构历史。所谓中国社会不存在阶级对立者，则是不符合史实的。社会中的人们总是生活于一定的所有制之下，因其不同的社会地位、利益占有而分成不同的利益集团。这是历史的事实，不以人主观上的承认与否为转移。中国共产党恰恰是以阶级斗争的理论为指导完成了对旧社会的改造和革命。这使梁漱溟在历史的结论面前尤为尴尬，以至新中国成立后不得不修正或放弃这一主观臆断。我们也应该清醒地认识到，在中国漫长的封建时代，儒家文化又是封建社会最完善的思想形态；而在儒家文化这一最完善的思想形态中，最为核心的内涵又莫过于宗法制度。封建宗法制度的最根本特点，就是人与人之间的等级关系（梁漱溟显然没有认识到这一点）。从家庭到整个社会，从庶民到贵族，乃至朝廷上下，所有的人都被划分为各种等级：上下、尊卑、男女、长幼，等等。不但政治、阶级关系有君臣主奴之分，即使是血缘关系、婚姻关系都变成了上下尊卑的宗法等级关系，这是中国封建社会最为本质的社会形态，这种社会形态与现代公民社会格格不入。

站在儒家立场上的梁漱溟显然也没有意识到宗法制度给中国社会进步带来的恶劣影响。我们知道，中国曾经是一个以家族为单元的社会。“四世同堂”、“五代同堂”的家庭实际上就是一个小家族。皇帝有皇家，祖宗家法是皇家遵循的圭臬，即使外族统治的清朝亦不例外，皇家利益是最高利益，中间有各级官吏，民间有家族豪门。官吏对上代表皇家的利益，对下代表豪门的利益。在民间，家族的利益和荣誉是最重要的。如果家族中有人犯了诸如“谋反”之类的皇家大法，就可能遭灭族的大祸，而如果因“忠孝节烈”受到旌表，则是家族无上的光荣。聚族而居的百姓，为了获得自身的安全和家族内的秩序，亦必须在遵守王法以外，还要遵守族规。所谓“国有国法，家有家规”就是这个意思。直到近现代，有些宗族开祠堂，族长对犯有“逆伦重罪”的族内子弟，仍可决定施以诸如沉潭之类的死刑。如果与其他族姓发生冲突，仍可以决定致使大量生命死亡的械斗。官方甚至不会追究。皇家之所以会把一些生杀予夺大权下放给族权，当然是有深意的。

我们也知道，中国的家庭远没有西方家庭的独立性。古希腊、罗马很早就用家庭个体生产代替了集体协作生产，清算了氏族制，瓦解了氏族公社，并通过大规模的军事征服，俘虏了大批战俘，给自由民家庭供应奴隶劳动力，从而建立了普遍的奴隶制度。这种制度，甚至到欧洲早已进入封建时期的哥伦布发现新大陆以后，又被移植到美洲。由此可以证明西方的奴隶制时期是社会发展的一个重要阶段。而在中国，却实际上并没有普遍的、历史阶段意义上的奴隶制度。把中国周朝实行井田制以前认定为奴隶制时期，有照搬西方理论模式的嫌疑，是值得商榷的。由于中国社会是带着氏族制脐带进入文明时代的，从来没有彻底清算过氏族制。相反，中国封建社会始终带有浓厚的氏族制色彩。像古希腊、罗马那样通过大规模征服，获取俘虏成为奴隶劳动力的过程，在中国没有发生的证据。秦国起，坑赵降卒40万于长平，而没有将这些降卒变为奴隶，也证明大规模利用俘虏成为劳动力的思维在中国很淡薄。这是因为在中国，独立的家庭私有制发育不完全。因此，全面地利用奴隶劳动的管理条件不具备。“普天之下，莫非王土，率土之滨，莫非王臣”的思维定式，影响了中国人3000年。这种思维定式，首先在制度上、心理上将一切权利归属于最高统治者或政府。人民的权利只能来自于统治者的恩赐、赋予和让渡，而人身权利、人格权利也必须以对统治者的依附、臣服为基础。这种权利的思维定式，仍浓厚地存在于中国人的潜意识里，存在于政府和民间的广大人群心中。这从中国人不管是政府还是民间人群的财产观念中大量体现出来，从权力在全社会的利益博弈中无所不在的影响中体现出来。

费孝通将社会组织体系描述为由亲属关系为纽带组成的“差序格

局”：“我们社会中最重要的亲属关系就是这种丢石头形成的同心圆波的性质……以‘己’为中心，像石子一般投入水中，和别人所联系成的社会关系，不像团体中的分子一般大家立在一个平面上的，而是像水的波纹一般，一圈圈推出去，愈推愈远，也愈推愈薄。”费孝通的这个描述显然更符合中国社会的实际状况。当今社会中，以家庭为核心，以家族关系为半径结成社会关系网络正是宗法制度文化的延伸。当今中国社会的一些经济体、行业组织以及村民自治组织中，宗法制度文化的组织凝聚作用是不可低估的。如中国当下的私人企业中，其组织系统和运行机制就是运用了宗法规则，家长往往掌握企业的最高权力，家庭成员基本上是按照长幼、男女等在家庭中的地位分配决策和管理权力及承担责任，其他人也大体按照亲疏程度而被安排在不同工作岗位，由此而凝聚力量，构建组织系统，大家各安其位，各尽其职，企业主要依靠宗法观念和习惯来维持其运转，并支撑着企业的发展壮大，这是因为亲属关系是一种最可靠的社会资本，这与西方现代企业制度，与西方职业经理人制度相去甚远。宗法制度阻碍了中国现代化进程，其最为突出的表现就是民主意识的缺乏，而民主意识的缺乏是传统儒学的特点之一。虽然有不少人试图从儒学“民贵君轻”的民本主义思想中引申出民主的成分，认为孔孟的民本思想在我国历史上曾经产生过重要影响，发挥过巨大的作用，对于促进今天的社会主义民主政治建设也具有现实意义，然而，儒家所谓的“民本”是为“主民”、“专制”服务的，所谓帝王开庭议以广纳忠言、开科举以广纳贤才之举，也只是专制统治的需要，对于现代民主政治没有任何影响。在中国儒家典籍中，虽然“民主”一词古已有之，但其含义却与现代民主没有多少关联。现代民主是一种以自由、平等和公正等为基本原则与基本前提形成发展起来的思想精神，以及与之相吻合的以“主权在民”为基本特质的社会政治制度和政治生活方式。从理论上讲，儒学中的“民主”是指“作民之主”的意思，根本没有以人民为社会、国家主人的意味；从实践上讲，儒家文化中那些被现代新儒家视为具有平等、自由精神的思想主张或观念因素，都不仅未曾自发地“转出”现代民主，而且只是发展成为现代民主的对立面，最终成为维护君主专制主义的理论。

从辩证的维度审视“伦理本位，职业分途”

历史已经证明“伦理本位，职业分途”有其明显的局限性，但这一思想对防止阶级斗争扩大化又有着某些合理性。值得注意的是，梁漱溟在坚持“伦理本位，职业分途”同时，并没有一味地要求复古，他认为历史和逻辑均已证明复古是死路，西化更是无望。中国问题的深层次解决既不是“器物”的借用，也不是政治制度的简单模仿，而是精神或道德的重建。这体现了梁漱溟思想的深意和智慧，也为我们今天讨论中国传统文化的现代性转换提供了宽广的空间。问题的关键在于如何对其进行现代转换？梁漱溟并没有给我们留下现成的答案，但他已经为我们勾勒出要将西方奋力向前的人生态度具体地涵融到传统的人生之中，创造出充满进取精神又不脱离轨辙的人生态度，尤其是社会伦理层面更要创造出具体的融合路径。通过对中西社会结构和伦理传统的比较，梁漱溟认为这种具体的融合不仅是现实的、可能的，而且可以跳出“中体西用”的怪圈和克服全盘西化及复古主义的“误导”。梁漱溟认为中国问题只有从伦理道德的层面入手方可以带来深层次或根本的解决。这是自鸦片战争以来曲折的图存自新的必然归结。但这一问题并不是能用“体”、“用”之类模糊概念和缺乏操作性的笼统框架来解决的。而且其“体”其“用”，往往又被“复古”和“西化”抓其一点发挥成偏激的结论。重要的是，要理性地冷静地对中西伦理传统全面梳理和具体把握。他还认为，中西伦理之所以具体融合的根据还在于时代问题转变和文化的演进。特别在西方，随着“人对物”的时代转移到“人对人”的时代，其文化以及作为文化核心的伦理精神也必然发生变化或称为“顺转”。中国的人生态度和社会伦理虽然昨天不合时宜，但今天却是机运来临。东西方在新的框架里，具体的融合过程也就是一个重新整合、重新创造的过程。同时，由于中国文化的内在合理性和未来的可行性，又说明这个过程不是一个互为本位而是以中国伦理精神为基本取向的。对于中国人和社会来说，梁漱溟还认为，中西伦理具体融合道路的选择及其形式和内容的规定，都是根据现存的矛盾特别是中国现代化的具体实践过程。只有实现了中西伦理的具体融合才意味着中国问题的深层次解决。中国自古就有人民为主体的思想观念，但只是在民有、民治、民享三个方面，而缺乏西方近代意义上的民主。其原因在于中国过于依重家庭生活，政治上一向主于消极无为。虽然如此，中国当今急需补充的却不是西方的全套的民主、自由和科学，而是社会伦理秩序的重构。即从学习西方组织合作团体入手，使中国从散漫进于组织。也就是以团体生活训练民众，克服散漫陋习和怠于伦理义务，特别是游离于伦理关系之外又不受公共生活约束的“个人主义”。因此，伦理道德的拯救，也就是政治上经济上的拯救。梁漱溟这些论述即便是放到迅速走向现代化的当今中国，无疑都是警示之言，值得今人认真思考。

（摘自《群言》2013年第11期）

政府应该怎样管文化

王东林

全面深化改革的目标已经确定，每一项具体改革都是一个“进行时态”的课题，需要我们发挥创造性思维，以科学、理性和大胆实践的精神去破解，去构建，去完善。

“政府部门由办文化向管文化转变”，在中共十八届三中全会《决定》中的主要指向是“按照政企分开、政事分开原则”，“推动党政部门与其所属的文化企事业单位进一步理顺关系”。这方面解读的文章比较多，而且主要集中在文化产业领域。但是，从一个更大的“文化的本义”出发，从“办”到“管”的转变，可能不仅是一个职能性的“管办分离”问题。这个转变，实质上包容了极其深刻的内涵。明确这些内涵，涉及党政部门到底应该如何“管文化”的问题。

“管”的用途是为了规范地“放”

在既旧的思维定势中，“管”往往是一种“上对下”或“居高临下”的姿态，在行为习惯上很容易同“卡”和“压”两种手段联结并连动，叫做“管卡压”。“管”的人一搞“管卡压”，高高在上，不切实际，不谙世情，官僚主义便由此盛行起来；“被管”的人缺乏主动性、自由性和创造的空间，或者无所适从，就会千方百计搞“上有政策，下有对策”，糊弄上面“管”的人，形式主义便由此盛行起来。

其实“管”在古代还有一个意思“锁钥”。据《左传·僖公三十二年》载：“杞子自郑使告于秦曰：‘郑人使我掌其北门之管，若潜师以来，国可得也。’”杜预注：“管，钥也。”大意是，杞子从郑国派出使者秘告于秦国，说：“郑国人让我掌管了他们北大门的钥匙，秦国只要悄悄地派兵前来，我给你们开门，就可以占领这个国家了。”

追寻字源，“管”的确同“关”和“卡”有关系。有“管”一定有“关卡”，这也是过去官府的“印章”为什么叫做“关防”的道理。当然，我这样说肯定不是为“管卡压”找什么“合理的历史依据”。但细想想，“关卡”之设毕竟不是为关而关、为卡而卡的，而是用来规范放行的。你手上的那把“管”（钥匙）的用途是用来“启锁开门”给人放行的。是否“放”？如何“放”？“持管守关”的人必须依据法律法规公平、公正、公开地执行，这就叫“依法行政”。你不能总是习惯于盛气凌人地守在门边，随心所欲，高下在手，不是顺眼的不放行，不是熟人不放行，不给好处不放行。不明白“守”与“放”的辩证关系，难免会重蹈“一管就死，一放就乱”的覆辙。

文化部蔡武部长说“现代文化市场体系”的“现代”有四个特点：一是要符合市场规律；二是要体现中国特色社会主义的要求；三是要促进生产要素合理流动；四是要更加开放。从这个说法来看，政府文化部门由“办文化”向“管文化”转变，必然意味着一个“空间开放”的问题，也就是要放开更多的空间，让社会力量进入，让自己从具体操办文化事务的繁琐中解脱出来，集中精力去健全文化管理体制，利用社会力量和市场化运作理顺文化的供求关系，当好裁判员。这样，才有可能形成政府主导、社会参与、多元投入、协同发展的新局面。

“管”是“控制”而非“钳制”

“管”是一种控制。文化涉及人的灵魂，涉及心灵土地的守护和国家安全。这些正关涉到文化能否实现强国目标的大问题，因为“文化强国”本质上是通过文化对人的塑造，对民族的塑造而达到增强国家实力之目的的，当然需要有必要的控防。古代有所谓“非礼勿视，非礼勿听，非礼勿言，非礼勿动”，就是为保持文化纯良，抵御不良因素“有伤风化”，而在视、听、言、动方面布设的文化防控。我们不能一说“市场化”，一说要“瞄准需求，满足需求”，就放弃文化原则，放弃理想信念，放弃道德底线，一味迎合甚至谄媚低俗。只要能赚钱，什么都不顾，搞“脱衣秀”，搞“万圣节”，搞“全国人民大偷菜”，搞“杀人游戏”……千方百计挑逗、刺激、调动和释放人们心里邪恶的欲念。明明是“诲淫诲盗”，还美其名曰“创造需求”。文化的过度商业化、恶搞化与泛娱乐化，可以肆无忌惮到否定传统，颠覆权威；可以不知廉耻到公然以丑为美，以恶为善，以耻为荣。对待这样的大问题理所当然地应该管好控好。

值得警惕的是，以美国为首的西方国家，一直没有放弃对我们青年一代在物质上引诱、意识形态上影响、价值观念上改变、理想信念上动摇的企图。

改革开放以来，中国经济发展举世瞩目，军事防御力量大幅提升，国家硬实力空前增强。但在文化方面，我们抵御西方文化侵略的力量还相当薄弱；我们可能还没有充分意识到，在文化攻守的战场上，我们已经丢失了地盘；近年来充斥市场的低俗化、泛娱乐化的所谓“文化”，竟然在不由自主地密切地“配合”以一些西方国家的文化战略，以致沦陷了不少人心灵的土地！

我们常说的“增强文化软实力”，不仅仅是提升文化产品的创意、生产和销售能力，还应该特别包括增强本土文化走向世界的传播力、感染力、吸附力以及国家文化防御能力的重要内容。为此，新组建的国家安全委员会，应该把文化安全问题摆放到重要位置。文化风土同样应当“守土有责”！

“管”包括了“控”与“控制”。“控制”的意思是“节制”和“驾驭”，与“钳制”不能混同。“钳制”有“强力控制”的意思，与之相近的近义词有“胁迫、挟制”等。比如说“控制”的依据是法律规范；反之，法律规范的作用是“控制”，也就是控出一个范围来给人以自由。而“钳制”不同。比如“钳制舆论”，就带有“制止舆论表达”的意思。“钳制”的依据往往是少数人或个别人的意志。

有人可能不喜欢使用“控制”，而喜欢使用“自由”这样的词汇。实质上，真正意义上的“自由”都少不了“控制”。我们有些地方可能太过自由了，以致大家都跟着失去了自由。在马路上，由于行人和非机动车可以自由地闯红灯，结果交通失控堵塞了；在官场上，官员可以自由地利用公款收受好处，结果官员失控腐败了；在社会上，人们可以自由地突破规矩和底线，结果行为失控道德失范良心遗失了；我们有些控制不住情绪的人甚至可以肆意发泄动不动“小子，我做了你！”这在被我们认为自由度很高的欧美国家简直不敢想象。“失控”，必然会出问题。

当然，政府管控文化，不仅要严格依法办事，还要善于运用政府政策的杠杆，做好对文化“扶”的工作。作为心灵工程的文化建设，尤其需要“扶”，需要“呵护”式的“扶”。即使是参与市场竞争和交换的文化产业，同样需要“扶”。

在“办文化”到“管文化”的转换中，原来由政府办的某些“文化项目”转交给企业或社会去办了，政府部门的管理者照理应该更能够以“过来人”的切身体验，做“设身处地”的理解和制度设计，少一点刁难，多一点帮扶。倡导企业界流行的“管理就是服务”的理念；倡导公务员淡化“官员”意识，增强“服务员”意识。毛泽东同志题写“为人民服务”五字，一度贴遍了全国所有的政府机关和公共服务空间。这五个字，一直是中国共产党“全心全意为人民服务”宗旨的规范表述。在一定意义上说，“服务”的观念不是创新，而是“回归”。

管“条块”更要管“系统”

文化作为“人类特有的生存方式”，是完整的结构系统，因而文化建设和管理必然是一个系统工程。政府“管文化”，一个亟待解决的问题是，如何适度超出单纯的“工具性”管理模式，从“管硬件”发展到“管软件”，从“管器物”发展到“管内容”，从“管条块”发展到“管系统”。文化管理者应该真正地懂文化，并确立文化管理的系统观念。在体制与机制建设上，要改变“部门”的“领地意识”和“诸侯观念”，真正破除“部门利益”，树立“文化一盘棋”和整体“国家利益”的思想。所有涉及“文化”的管理部门应该汇通并协调工作。

文化管理的条块分割，其合理性是精细分工，专业运作，但最后还得要实现协调整合。仅以“资源整合”一点而论，我国文化行政管理同其他部门一样切割得很碎，整合度不够，不利于资源的合理配置和有效利用。中共中央提出“社会主义核心价值观”，但似乎没有很好地融入整体结构中的制度体系和教育体系，尤其是没有融入人们的生活系统，真正地变成一种共同的生活方式。文化资源的切割更导致部门间的各自为政，株守一隅。文化、旅游、广电、出版、体育、社科甚至包括宗教，都处在一种离散状态。比如说，地方文艺院团的改革和布局调整，就涉及一个无法回避的资源组合问题。改革中是否可以适当地超越“文化厅局”部门职能的限制，在一个更广阔的视野内来思考和研究问题呢？比如说各省市文艺院团的戏曲演艺资源与电视传媒资源组合，就可以有效地扩大舞台艺术的传播范围，更大面积地培植观众对本土艺术的理解与兴趣，提升演员的知名度，形成地方戏曲的“明星效应”，同时丰富电视节目的播出内容；文化厅局管理的专业艺术院校同教育厅局管辖的优质艺术学科资源优化组合，就可以迅速获得优质的共性教学内容，再在此基础上，分别注入地方剧种的特殊内容，便能集中优势力量，为地方戏曲艺术培养高素质人才，传承非物质文化。现在有不少城市都建起了现代化的体育场馆，一次运动会后就处于闲置状态，为什么不能与高校的体育专业进行组合，最大限度地发挥资源的作用呢？这样高校就用不着搞重复投入，至少体育场馆日常的维护费用和人力，也可以由教学单位来分担。

分与统，既涉及观念问题，更涉及体制问题，都是需要认真研究的改革内容。中央推进大部制改革的举措，实际上已经释放出了这一层意思。

“管”是“疏导”和“带领”

“管”文化，要特别注意“疏”和“导”。“去壅滞而令畅通”为“疏”，不疏则不通。鲧禹治水的经验应该成为政府“管文化”的借鉴。

政府管文化，有些地方的确要死守，对一些腐朽、颓废的东西要用“堵”的办法，拒之于门外。其实“堵”的防线光靠政府的力量并不够，尤其是在网络新媒体飞速发展的客观形势下。最好的方式是把这条防线筑在每一位公民的心里，变成一种内在的自觉意识，自觉地做到“非礼勿视，非礼勿听，非礼勿言，非礼勿动”，并且具有“慎独”的精神，这就更需要“疏”。

“管”和“理”组词叫“管理”，“疏”和“理”组词叫“疏理”，都着一个“理”字。这里的“理”是从古人治玉引申来的。《韩非子·和氏》有语：“王乃使玉人理其璞而得宝焉，遂命曰和氏之璧。”理玉要顺着玉璞的纹理来，去粗存精；管理同样要遵循人与社会和文化的规律来，不懂文化的运动规律，管不好文化。因而管文化的人要特别学习一些文化学的知识，按文化的运动规律办事。

“疏”和“导”结合叫“疏导”。管理是疏理和疏导。“导”，不仅是“指引”，更应该是“带领”和“牵引”。“指引”是“站在上面”或“走在后面”；“领”则要“走在前面”，“以身作则”。

文化重在“教化”。家庭、学校、博物馆、纪念馆，各种传媒提供的视听阅读，乃至各类型的文艺表演和娱乐，都有一个载道、传道、弘道、以文化人的核心任务。文化“教化”在古代叫做“风化”，即通过一代代人的“传习”，潜移默化地塑造人的品格，提升人的素质。孔子说：“君子之德风，小人之德草。草上之风，必偃。”由此可知，文化“风化”的重要规律之一是“上行下效”。这就必然要求管文化包括不是专门管文化的政府官员、文化精英、家长师长，要成为文化核心精神忠实的实践者和表率者。党和政府提倡的核心价值，首先是党政官员要笃信、笃行、笃领。如果没有这些“上位人群”的身体力行，表率垂范，就形不成足够的“风力”，也就难以达到文化“风化”的作用。弄不好，甚至有可能引发文化抵触和文化危机。我们很难想象，一种连倡导者自己都不能够笃信、笃行、笃领的“文化价值”，能够让大众相信并奉行。

有人说党政部门从“办文化”到“管文化”的转变，是“由管脚下向管天下转变”。这个说法很有道理，符合文化的本义、性质和规律。然而，正是这一个“转”字，真正预示了一场观念与方式的革命。

（摘自《群言》2014年第1期）

塑以祭魂

——创作侵华日军南京大屠杀遇难同胞纪念馆大型群雕追记

吴为山

甲午正月底，石城细雨，虽是早春，却泛着秋的凉意。前往侵华日军南京大屠杀遇难同胞纪念馆凭吊缅怀的人群络绎不绝，如同清明，默默的、缓缓移动的队伍在与群雕《逃难》的相遇中，尤显凝重。

2014年2月27日十二届全国人大常委会第七次会议通过了将每年12月13日确定为南京大屠杀死难者国家公祭日的决定。从此，纪念馆承载的意义更为突出。回忆起当年我接受为侵华日军南京大屠杀遇难同胞纪念馆扩建工程创作设计大型组雕之时,正是在2005年12月15日，“大屠杀”祭日的两天后。

那时正值寒冬，北风凛冽。我的心情沉重，仿佛时间倒流到1937年那血雨腥风的岁月，逃难的、被杀的、呼号的……那屠刀上流下的鲜血正滴入日本军靴下……我恍惚走向南京城西江东门，这里是当年屠杀现场之一，白骨层层铁证男女老少屈死于日军的残暴里。虽然这一带已是住宅群立，各机构新楼布列,但冥冥中不乏阴风、冤气。极目西望长江滔滔，平静中有巨大的潜流，俨然30万亡灵冤魂的哀号。自1982年我求学于南京，多年间，我常常陪友人、国际来访者，甚至日本同行来此凭吊。我们也常常可看到日本人士抱着忏悔和赎罪的态度在献花。我觉得这是每个有良知的人应有的历史态度。这种带着人性真善情怀而生发的悲剧意识是人类和平的心理基础。

我曾于2005年4月樱花时节应邀访问日本东京并举办雕塑绘画展。作品中内蕴的汉风唐韵感动着一衣带水的邻国观众，他们依依抒怀，谈及玄奘鉴真，也论到当年徐福率众男女东渡日本求仙草之往事。文化渊源的共通当获得彼此的理解。然而也有不解，《朝日新闻》记者问，60年过去了，中国为何还不放过“大屠杀”事件？

我的回答只能是：以史为鉴，则后事可师矣。

摆在面前的是，尽管当年东京审判和南京审判皆以确凿的犯罪事实为依据，对日本战争罪犯作出了正义的判决，仅东京审判就历时两年半，开庭818次，419名证人出庭作证，779人作了书面证言，受理证据4336件，英文审判记录48412页，判决书厚达1213页。可是“战后”60年来，日本政府在对待战争性质和战争责任问题上，基本上采取暧昧态度，或含糊其辞，或躲躲闪闪。其极右势力更是否认对华战争的侵略性质，否认南京大屠杀事实，不仅对战争不反省，对被侵略国家不道歉，还把南京大屠杀说成是中国“虚构”的，是“谎言”、“捏造”。许多日本官员,包括内阁大臣甚至首相不顾国际舆论去靖国神社参拜。1996年8月，日本公开出版了《大东亚战争的总结》一书，实际上就是对侵华战争包括南京大屠杀全面的翻案。一个敢于公然推翻铁的史实的国家及其右翼人群，是未来和平危机的隐患。

我们再看看国内的状况，改革开放后随着经济建设和社会转型，人们的价值观发生了变化。年轻一代的历史责任感普遍淡化，享乐主义、拜金主义已在很大程度上取代了人文理想和精神、生命价值实现的需求；民族与国家意识在个人主义膨胀中也渐渐模糊。曾经有一篇报道，一批“明星”参观南京大屠杀遇难同胞纪念馆，边看着受害者名字，边笑着喝矿泉水。这张照片醒目地登在《扬子晚报》上，再看看图片文字说明，更是让人触目惊心：一个民族的子孙对自己民族历史灾难、耻辱竟如此冷漠，这潜伏着巨大的危机！

类似世界近代史上的三大惨案——奥斯威辛集中营的法西斯大屠杀、

广岛原子弹爆炸、南京大屠杀，在未来会重演乎？在当今和平环境中提出这个问题似乎耸人听闻，但细想则是令人忧心忡忡。

因此，侵华日军南京大屠杀遇难同胞纪念馆工程的扩建是历史的需要，是人类的灵魂工程。如此重大的题材，如此重要的地点，如此壮观的场馆，雕何？塑何？雕塑者何为？！

首先是立意，立意的基础是立场。是站在南京看待这座城市的血泪，同情当年市民的苦难遭遇？还是站在国家民族的方位，看待吾土吾民所蒙受的劫难？我认为只有立足于人类和历史的高度来正视、反思这段日本军国主义反人类的兽行，才能升华作品的境界，超越一般意义上的纪念、仇恨。回顾我国自上个世纪至今所有表现抗战题材的作品，几乎都是再现场面。那种国仇家恨溢于作品的内容与形式，是时代的必然。但今天的中国日益强大，今天的世界日趋文明，中国有自信来倾诉历史的灾难与蒙受的污辱。作为受辱者，中国有责任控诉战争，有责任告诉世界，和平是人类精神所栖。一个遍体鳞伤的弱国是没有能力祈求和平的！因此凝固平民悲怆的形象，表现祖国母亲蒙难、呼唤民族精神崛起、祈望和平应当是整个作品的核心。立意明确后，要解决的是作品的取材与形式。

有许多建议几乎一致：入馆处表现屠杀的惨烈，尸骨成堆，尸横遍野，主建筑下面血染成河。我则认为，纪念馆处于街区，在喧闹的现代商业、人居环境中，世俗生活情感与惨痛历史悲剧之间需要过渡。雕塑应当一目了然而又层层引人进入，悲情意识由内而生发。因此，叙事性、史诗般群雕组合可产生这样的感情交响，波澜跌宕，起伏壮阔。它超越一般意义上灾难的描述，痛苦的诉说，在这史诗中所生发的美，足以鞭挞丑恶、罪恶，足以从灵魂深处渗入，而荡涤人类的污浊。它有别于单一化、极端化、政治脸谱化的捏造，而是以普遍人性为切入点作深刻地表现。所谓人性就是以人的生存和尊严为出发点。

在这恢弘的精神意象辐射下，一个强有力的旋律在我内心油然而生：高起——低落——流线蜿蜒——上升——升腾！

它对应着：体量、形态、张力产生的悲怆主题《家破人亡》（11米高），继而是各具神态、体态、动态的《逃难》群雕（十组人物），再继而是由大地发出的吼声，颤抖之手直指苍天的《冤魂呐喊》（12米高抽象造型）。

这组组雕将三角形体面为元素的主体建筑作为背景，组成激越而低沉、悲惨而激愤的乐章。三组雕塑互为相关，为纪念馆拉开了历史悲剧的序幕。就空间而言，它形成气场，使观众统摄于悲天悯人的氛围中，让观众进入纪念馆后，每见一根白骨，每见一件血衣便产生无限的悲情和联想。

优秀的创作设计方案是思想的体现，但只有成为公共艺术，走向空间，落实为物化后的精神载体，才能称为作品。当作品的思想性、艺术性感染了观众，化为心灵的寄托，才是真正的存在，其价值也才能得到体现。从这个意义上讲，方案的评审通过至关紧要，否则无以实施。

我预感到所创作方案的评审难度，决定以图片、电脑图像漫游和实景模型三种表现方式呈现方案，全方位、立体地让专家、领导了解。2006年9月，经过全国十多位专家的认真评审，我的方案得到一致好评，通过了！

然而，正如我所预料，原设计主题雕塑《家破人亡》12米的高度受到了建筑师的反对，他们认为该雕塑只能高5米，结果我们在这个问题上相持半年。我的创作初衷是：侵华日军南京大屠杀遇难同胞纪念馆的核心是“遇难、纪念”。它的第一主题应当是《家破人亡》。雕塑以12米的高度，表现被凌辱的母亲悲痛之极，无力地托着蒙难的儿子麻木地向着苍天呼号，屈辱而不屈。她是千千万万受难家庭的代表，是蒙难祖国母亲的象征。造型似大写的“人”，嶙峋而沧桑的身躯在视觉上给人以震撼。

该雕塑的创作手法采用“大写意”，让母体成为山河、成为巨石，母亲赤足立于大地，痉挛欲绝，那已永不再生的儿子化为了山脉。且配以诗文：

被杀害的儿子永不再生

被活埋的丈夫永不再生

悲苦留给了被恶魔强暴了的妻

苍天啊……

所幸的是，著名建筑大师齐康院士在现场认真比较建筑与雕塑的关系后，断言：雕塑不能低于11米。与我的设计基本吻合！而今落成后的这尊标志性雕塑，让过往行人望而生悲，让走近的观众如临巨岩，产生强烈的压抑感，人们就带着这样的震撼缓缓移步纪念馆的大门。

我常常在思索，如真的存在灵魂，那当年的受难者会怎样告诉今天的人们，他们身心的创伤？！我曾访问遇难幸存者常志强，他亲眼看着自己母亲被日本人刺死，弟弟泪水、鼻涕与母亲血水、奶水冻凝在一起。时光已逝去70个年头，可这位80岁老人仍然声泪俱下，噩梦未醒。我有一个强烈的欲望，要复活那些受屈的亡灵。纪念馆内那些头盖骨上的刀痕，那被砍断的颈骨，那儿童骨头上的枪眼……那在光天化日下被剥光衣服的妇女的哀哭，身上还投射着日本军帽的影子；那被反绑着双手、跪着，刹那间身首已分的俘虏；那被集体活埋的妇女、青年；那在日本兵铁锹覆土的间隙，昂首不屈的男子……在我不平静的创作遭遇里，无数彻夜难眠的夜。我甚至走在南京旧城区，也不自觉听到轰鸣与刺杀的哀鸣！试想，纪念馆的大门就是被攻陷的中华门，如果进馆内的人与这批由城内逃出的亡灵相遇，这当是历史与现实、幻觉与真实、灾难与幸福、战争与和平的相遇。我将这十组21个人物置于水中，与行人及建筑若即若离，营造时空的对语。尺度近乎真人，在感觉世界里与观众互为参照。他们中有妇女、儿童、老人，有知识分子、普通市民、僧人等。最为让人悲怜的是常志强的母亲将最后一滴奶喂给婴儿；最为勾起回忆的是以儿子搀扶80岁母亲逃难的历史照片为原型的创作；最为令人惊恐的是那被日军强奸的少女为一洗清白而投井自尽；最为引人沉思的是僧人为死者抹下含冤的双目……这些人物虚实错落，形成悲烈的曲线。雕像为银灰的色质，迥然于见惯了的青铜、古铜色，它是另一个世界、另一个时空的冤魂，是弥天恐怖中逃出的难者。

这组雕塑我做得极为淋漓酣畅，它可以凭借体态、动态的极端夸张而达到极强的表现意念，可以将老人那颤抖的筋脉刻画得入微而生动，也可以从他们凸起的双眼揭示那惊恐与仇恨！在这里，精妙的写实和概括的写意，准确的塑造和变形的夸张，结构和比例的所有标准只服从于“表现”。这种表现是缘自于魂的底层又深入到骨子里的大表现！由此，我真正体会到结构与灵魂的对应，表现与精神的对应，夸张与情绪的对应。

建筑师为纪念馆设计的主建筑由东至西，最高处18米，最低处西端为正负零。我设计的《冤魂呐喊》在西端，从构思上步入情绪高潮，从整体视觉形式上呼应了建筑，也为建筑的西端增加了应有的平衡。它以劈开的山形寓意破碎的祖国河山，其豁口便自然成了纪念馆的门道。它虚拟城门，是逃难之门，是死亡之门。左侧三角形直指苍穹，塑造了一呐喊的冤魂。右侧表现的是平民生灵被屠戮的场面。它拔地而起，斜插云霄；是冤屈的吼声，是正义的呼号。以三角形的视觉冲击，紧连大地，摄人魂魄，撼人心魂。

西方现代艺术革命，其重要的成果是以几何形体对事物进行抽象概括，对情感进行抽象表现，以突破单一写实手法对客观形态的描写。这一成果被广泛运用于设计，也常被纯艺术创作所吸收。在《冤魂呐喊》这组雕塑中，几何体的运用是我无意间在视觉幻念中形成的。它是从大地深处突兀而出的！我冥冥感到在那样的空间，在《家破人亡》《逃难》后需要这样一个“大抽象”符号的感情特征而彰显，以昭观众。

《家破人亡》《冤魂呐喊》均是于天地间找到空间。室外雕塑最为重要的是借助于天地之势造型，缘自精神表达而生发张力，依托于象征性而激发人们的迁想。主题性、历史性雕塑还应通过体与量的相对关系展现其厚重与深刻。《冤魂呐喊》，将人间的苦难诉之于上苍，分别为12米、7米的两个三角形体块将观众陷于其间，压抑狭窄的“逃难之门”为观众与“逃难者”塑造了同一的情感通道。

走出纪念馆是和平公园，但见绿洲一片，在出口处长140米、高8米的墙上以“胜利”为主题做浮雕墙：以“V”形为基本构成，分别以“黄河咆哮——冒着敌人炮火前进”和“长江滔滔——中国人民抗战胜利”为内容做浮雕；在“V”形的结点处塑造了一位吹响胜利军号的中国军人，脚踏侵略者的钢盔和折断的指挥刀，表现了人民的胜利、正义的胜利，也象征着让战争远离人间。该雕塑采用现代设计的构成手法，借助“V”字的大小对比透视，形成气势恢弘的大场面。胜利的主题与和平公园主题相辅相成。放射状的浮雕有力地表现了胜利的精神状态，它仿佛拥抱和平的双翼，为一部悲烈、沉郁的史诗结尾处，找到了舒展而光明的警句。

整个组雕没有出现一个日本侵略者的形象，皆表现我遇难同胞，表现我中华儿女，但遇难者群像的惨烈足以佐证日军之凶残与兽行。日方观众和记者无可挑剔，因为我们是以和平祈望而塑魂的，是为纪念我同胞而塑魂的。它的潜台词则为——记住历史，不要记住仇恨！

塑造手法中刀砍、棒击、棍敲与手塑相并用，其雕痕已显心灵伤痕，是民族苦难记忆，是日本军国主义暴行的罪证记录。塑造的悲与愤产生速度与力量，在《辛德勒名单》的主题音乐的回响中完成每一个形象……38℃高温酷暑的露天劳作，深夜连续十多个小时的创作已注定了艺术家情感和民族情感、人类情感的相融，并将此投射于作品。

为此，我写下：

我以无以言状的悲怆追忆那血腥的风雨

我以颤抖的手抚摩那三十万亡灵的冤魂

我以赤子之心刻下这苦难民族的伤痛

我祈求

我期望

古老民族的觉醒

——精神的崛起！！！

（摘自《群言》2014年第3期）

编后记

《群言》创刊30年，她相伴中国社会现代化、法治化进程的曲折历程而来，见证当代社会的变革、文化思潮的涌动，以及世情人心的移易，从并不久远的历史中萌发出一枝文化的枝芽。对于一个人来说，30年正是人生初立、事业肇基的壮年之始；对于一段历史来说，30年不过一瞬，只是时代洪流中的一轮涟漪；对于一本杂志来说，30年的历程凝结着几代人的心血、智慧、理想，饱含着无数作者的支持、理解和包容，汇聚着太多读者的关爱、呵护与信任，是一段令人心生敬畏的历史，是一份励人奋进的责任。她的分量沉甸甸的，她的温度暖融融的。

庆贺创刊30周年，我们奉上精心编选的文丛来纪念往昔，酬飨读者。从一开始我们就知道，编选工作是一项艰难而浩大的工程：360期杂志，几十个栏目，数万篇文章，几千位作者，两千余万字，取舍是个大问题。经过编辑部同人反复斟酌，几轮筛选，终于确定了现在的规模——30年荟萃于七卷册。看来规模不算小，但相较30年来层堆累叠的佳作，仍不免反复权衡，而屡屡割爱。由于种种原因，文丛的编选工作殊为仓促，耳边犹有铃音催迫，心内时时伴着焦虑惶恐。在选文方面，我们尽可能兼顾当下的阅读心理与审美趣味，同时也不敢背离历史的轨迹，轻薄故纸。以致文丛的规模虽然一再扩充，但仍然不能如我们最初的设想，将所有好文章悉数收入。编选的过程不是淘洗陈迹，而是重温历史。埋首捧读那些厚厚的合订本、发黄的旧纸页，仿佛置身时光隧道，令人感慨万端。那些旧文字凝结着前辈学人的智慧之思，透散出几代知识分子的文化理想与家国情怀，传至今日依然散发着光泽，镌刻着时代的印辙。我们将这厚厚七卷本的文丛视为对过往历史的深深敬意，同时也是对未来漫漫程途的自我砥砺。其中很多篇章或光华灼灼，闪耀着穿越时代的智慧和直击人心的力量；或缱绻情深，字句间涌动着浸润人心的真情厚意，这些显在的文字与潜在的情愫，不断感动着我们，激励着我们，震荡着我们。

出版这套文丛，不仅是对《群言》历史的梳理与纪念，也是对那些曾经为我们撰稿的老先生们的追怀，更是对一个大师仍在、星光璀璨，庶人多议、百花争妍的时代的记录与思慕。我们之所以不揣敝帚自珍之嫌，编成了这厚厚的七卷册的纪念文丛，就是希望它能较为完整地反映中国社会这30年来的巨大变迁。这样，我们出版这套文丛才不致堕入自娱自乐的狭隘境界，而能成为对历史的记录、对时代的回应。过去的30年，可以说曾经是纸媒的黄金时代。我们相信，《群言》没有辜负那个时代，在费孝通、丁石孙、蒋树声、张宝文等民盟中央几任主席的关爱下，在陶大镛、袁行霈、张平等历任主编的带领下，在一代代群言人戮力同心、孜孜矻矻的努力下，《群言》吸引了一批关心民瘼、热心国事的作者，呈现出有担当、有风骨、有情怀、有操守的办刊风格，成为深受读者喜爱的知识分子精神家园。

我们的首任编委会主任委员陶大镛先生对《群言》初创厥功至伟，凡有关《群言》的事情，巨细靡遗，无不倾力。《群言》今天的风格和一批品牌栏目都是在他的主持下形成和创立的。可以说，陶公是《群言》真正的奠基人与开创者。尽管现在的编辑部同人绝大多数都无缘亲承教诲，甚至从未与他谋面，但在我们心中，“陶公”两字本身就代表着一种“群言精神”、“群言风貌”，是一个时时鞭策我们的亲切的名字。前辈的无私付出成就了《群言》在知识界的口碑，为我们今日的发展铺就了道路。毋庸讳言，由于都市生活节奏紧张迅捷，人们无暇深入思考、静心品味，阅读越来越呈现碎片化的特点。传统媒体渐趋式微。所幸《群言》不断得到各界作者、读者的厚爱，得到民盟中央领导的指导和民盟各级组织的襄助。民盟中央主席张宝文将《群言》作为民盟宣传工作的重要组成，从长远发展的角度给《群言》以极大的扶植，使《群言》的事业有了新的发展，使我们在新媒体风行的时代，能够从容应对，不坠风标。

近两年来，我们秉持《群言》为知识分子服务的办刊宗旨，坚持党派性与普适性兼顾的原则，努力开拓办刊思路，不断创新办刊形式，完成了创刊以来首次扩版，刊物呈现了更为丰富的内容和更加广阔的视野；首次尝试推出地方专刊，广受好评；对栏目进行增新复旧，力求以“移步不换形”的方式对杂志进行逐步调整，使之既体现出时代特点，又不失其既有格调。如今，刊物发行量已突破3万份，实现了历史性的飞跃。

相伴《群言》30年的历程，有太多令人感动的作者、读者给我们以真挚的关心和爱护、全力的帮助与扶持。我们的办刊经费有限，不能给前来开座谈会的专家学者以市场通行的酬劳，但是很多多年合作的作者从不计较，不仅自己热心参与，而且还主动帮忙延请相关领域的行家前来赴会。有些读者常年订阅我们的杂志，每期都认真阅读，对于我们工作的偶然疏失和细微的突破改变都能及时发现并来信指出，有时恳切地批评，有时热情地鼓励。在今年“我与群言”的征文中，一位读者在来稿中这样写道：“或许因为年近五十，经历多了，对事物的认识、理解都比以前更全面、客观。读《群言》感到非常顺畅亲切，犹如与时代对话，与名家学者交流，与学问家们问道解惑。……许多长者的文章笔力老到，文风雄健，立意并未随时间的流逝而过时，他们谈时事、论世界，摆观点、评弊端，绘百态、树正气，歌善美、贬恶俗，博古通今，情理交融，读来获益匪浅。”读者的肯定是对我们最大的褒奖、最好的鼓舞，更是鞭策我们不断前行的动力。编读之间诚挚的交流，是我们几代编者不断积累的宝贵财富，是刊物得以发展壮大的基石。《群言》如同前辈们手植的一株幼苗，30年来已亭亭如盖，如今我们守护它的根系，也享受它的荫庇。

《群言》出刊百期时，季羡林先生发来贺词说：“我们的《群言》决不属于‘四话’（指假话、大话、空话、废话）类，它还能讲一些真话，是与人为善的真话。它一不靠内部新闻，二不靠秘闻和小道消息，专靠真理吃饭，一身正气，威仪俨然……”的确，30年的历史见证：《群言》从来不是一个保守的论坛，他是知识分子的群言堂；是百家争鸣、智慧之花竞放的自由天地；是弼违救失、进善惩恶的谠言谏诤之所；是思想交锋、观点荟萃的辩论场；是情深意重、诚挚无欺的心灵憩园与灵魂栖所。

有位热心读者曾评价《群言》“靠讲真话的本事，立足于中国思想文化前沿，发挥自己的光和热”，我们承诺，未来的《群言》仍将秉持初衷，不改本色，为作者读者、为各界新老朋友营建一方知识分子集群智、抒群言的思想净地。

《群言》编辑部

2015年11月